山海踏歌
鲍尊轩诗词文赋作品集

台州市档案馆 / 编

许宏志　张林忠 / 主编　　章以谦 / 著

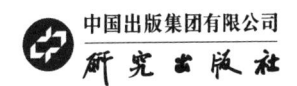

中国出版集团有限公司
研究出版社

图书在版编目(CIP)数据

山海踏歌：鲍尊轩诗词文赋作品集/台州市档案馆编；许宏志，张林忠主编；章以谦著. -- 北京：研究出版社，2024.12. -- ISBN 978-7-5199-1754-8

Ⅰ.I217.2

中国国家版本馆CIP数据核字第2024FB0452号

出 品 人：陈建军
出版统筹：丁 波
责任编辑：林 娜 孔煜华 于孟溪

山海踏歌：鲍尊轩诗词文赋作品集

SHANHAI TAGE: PAOZUNXUAN SHICI WENFU ZUOPIN JI

台州市档案馆 编 许宏志 张林忠 主编 章以谦 著

研究出版社 出版发行

（100006 北京市东城区灯市口大街100号华腾商务楼）

北京新华印刷有限公司印刷 新华书店经销

2024年12月第1版 2024年12月第1次印刷

开本：880毫米×1230毫米 1/32 印张：11.5

字数：278千字

ISBN 978-7-5199-1754-8 定价：87.00元

电话（010）64217619 64217652（发行部）

版权所有·侵权必究

凡购买本社图书，如有印制质量问题，我社负责调换。

序 一

第一次听说章以谦这个名字，缘于朋友荐来他的两篇稿子，《浅谈山水画三重境界》和《造境与写境》，署名"八十一岁翁写"。看题目就知道是画论，篇幅不长，仅千儿八百字，言简意赅，却观点鲜明，别具意趣。尤喜其中一句"我行我素，我写我法，写生、写意、写心。行到水穷处，坐看云起时，我心悠哉"。这是一个画家的创作体悟，其境界已臻"从心所欲不逾矩"。

我一边寻思放哪儿发表稿件，一边百度了下"章以谦"，不搜不知道，一搜连叫好。原来他是三门人，上海东方电视台高级导演，中国电影家协会会员、上海电影家协会会员，刘海粟及门弟子，"擅长中国山水画和电影、电视短片创作"，"电影作品曾获国际电影节奖和国家奖"，这是百度百科上的简介。此外，他的名字多与画作、诗词联系在一起。

直觉此人有料，作为台州乡贤，很适合做人物版面报道。于是，趁老先生回乡之际，记者有了一次一整天的登门采访。

白发苍苍，面目却依然清俊，身材挺拔，谈吐儒雅，气度不凡。八旬翁章以谦给记者的第一印象，是人如其名的谦谦君子之风，是"腹有诗书气自华"，令人一下子想起范仲淹写给严子陵的名句："云山苍苍，江水泱泱，先生之风，山高水长！"

用这句话形容章老先生,同样贴切:一半是他在山水国画领域,独擅胜场,其画作功力深湛、汪洋恣肆;一半是他甘于淡泊,不求闻达,"一室之外,山水而已"的处世态度。

"匏尊轩"就是一间小县城普通套房二十来平方米的陋室,画室除了文房四宝、书籍、字画,一桌一椅,别无长物。"匏"就是葫芦,室名取田园生涯淡泊无为之意,真是名副其实,"斯是陋室,惟吾德馨"。

媒体记者采访耄耋老人,通常忌长谈,宁可多采几次。可那天,章老先生竟与记者聊了六个小时,未见有倦意。一来,是老人兴之所至。二来,估摸他怕记者路途远,不麻烦其多跑。一大早,他顾不上吸氧,中午也不午休,就这么侃侃而谈,仅一壶茶水作伴。记者心忧老人硬撑着不好,可他仍是坚持谈完。末了,还提笔签名,赠送记者两本线装书,《匏尊轩词集》和《谦斋诗词集》,装帧精美,古朴素雅,可谓至宝。

章先生"诗书画印"俱佳,修养全面,这在当代画家中,凤毛麟角。这两本古典诗词集,均是他古稀之后,两度结集出版的。四十年前,章以谦曾私淑北京大学王力教授学诗词,一本《诗词格律》精研了十载,打下了扎实基础。从此,他诗情不泯,厚积薄发,创作了大量高品位、高格调的古典诗词。

诗言志,词寄情,他的诗词除了精准驾驭格律和词牌,诗语凝练,字字珠玑,体现韵律美之外,用《匏尊轩词集》主编的话说:"最具意味的是,用他那特有的观察力,画家的眼光、画家的诗笔,写景抒情。读他的诗词如看他的画,画面感十足,可以感受到诗情画意。"

还有,他的诗词,一如其画,多以故乡山海、田园等景物和生活为题材进行创作，抒发着一个游子浓浓的乡情乡愁，极易引发同乡读者共鸣。"渔帆片片泊扩塘，漠漠天风海涛凉……家山神秀图堪绘，蛇岛红酣染夕阳。"这般写景状物、洋溢着诗情画意的诗句，在诗词集中比比皆是。艺术总是相通的。章先生在古典诗词创作上的成就，实不亚于画画。

章先生出身贫寒农家，年少求学之路不无坎坷，仰赖天分，蒙家人开明，考上美院，得遇名师，由美术科班入职沪上，当上影视导演，几十年辛勤耕耘，于职场多有斩获，业绩卓著。但他在美术、诗词等艺术领域，从未放弃画笔、消减诗情，总是孜孜以求，不懈探索，锐意创新，使得艺术成就水到渠成。如果说当导演是他的职业，那么搞艺术就是他的事业。他自称，"活到老，学到老"，"我虽人至耄耋，仍然向往诗意人生"，这是一个真正艺术家超越年龄、热爱生活的信念，哪怕经历过常人无法想象的磨难。

"少小离家老大回"，章以谦带着他的艺术成就，荣归故里。"愿你出走半生，归来仍是少年。""回首向来萧瑟处，归去，也无风雨也无晴"，这，是老先生的人生境界。"先生之风，高山仰止。虽不能至，心向往之。"

黄保才

台州市新闻传媒中心党委副书记、副主任、总编辑（副董事长）

序 二

或有好古者，作诗则孜孜于格律。余颇不以为然也。格律诗词乃有唐一代始兴之体，此前无而此后衰，虽为尽善尽美之一格，然非诗之圭臬者也。诗三百，圣人奉教也，然无对仗可求。魏武遗篇，后人推崇也，亦无近律可遵。即如诗词盛世之唐宋，亦非凡诗皆格律。李杜好古风歌行，苏辛用格律而时破之。夫子云"诗言志"，乃不刊之论也。所谓诗者，诗人情志之泄也。感动人心，摇荡情志之言即为诗。古今语汇变，语音变化尤甚，即今之承继格律者，窃以白话为辞，普通话为韵可也。天变道亦变，此真道也欤！古体今用可，然因格而伤文，岂非胶柱鼓瑟、刻舟求剑也哉！

有是言，缘读章以谦先生诗也。先生乃中国著名电影科教片编导，当代著名画家，乃我乡贤前辈也。余观先生之山水，传统笔墨郁勃而现代气息盎然，承古开新，意蕴深厚，气象万千。今读其诗，益识先生襟怀也。先生之诗如其画，江山风物，春花秋草，皆我心头丘壑。长啸高歌，浅唱低吟，莫不声情并茂。"湫水山色当窗见，海游溪声入坐闻""硕果林园枝上下，农家别院涧东西""高峰皱石叠成阙，松气狮云别有天"云云，犹具画家诗笔之特色也。

先生作诗以韵味为上，谙格律而不为藩篱，正得作诗要钥也。其诗多自题画，稍为辑集即煌然成卷，亦堪佩也。思今之画家能诗者罕，何耶？形而下而道亡，物欲炽而诗心息矣。有如先生不舍"诗梦"者，文化情怀使然也，志道据德、依仁游艺之志使然也！故读先生诗，一赞复一叹焉。

余识先生也日浅，然敬先生也，春风其言，松竹其品，温文尔雅，一如其名，故一见而缘深。今蒙先生器重，嘱为序，晚生何敢当也？言如上，直恭敬不如从命耳。

陈祥麟　壬午春分识于杭州

目 录

词 卷

卷 一 ·· 002

　　水调歌头·黄山雨中观瀑 ·· 002

　　水调歌头·爽饮武夷山岩茶 ··· 002

　　水调歌头·西山潮音阁 ·· 003

　　暗香·香雪海观梅 ·· 003

　　浣溪沙·太湖荆溪图卷（题画） ··· 004

　　浣溪沙·回环韵烹云煮茶 ·· 004

　　朝中措·坐饮平山堂怀古 ·· 004

　　鹧鸪天·景舟师海上制壶 ·· 005

　　鹧鸪天·墨梅图 ··· 005

　　鹧鸪天·白露秋凉坐茶寄调（两阕） ·································· 005

　　虞美人·香茗清供（回文） ··· 006

　　虞美人·重阳（回文） ·· 007

　　鹊桥仙·天目山消夏 ··· 007

　　南歌子·香梦 ··· 008

　　满庭芳·布衣壶宗 ·· 008

001

满庭芳·品安溪铁观音……………………………009

满庭芳·神游山海画廊……………………………010

满庭芳·清溪源雅集图……………………………010

满庭芳·坐饮丹邱山仙子红茶……………………010

满庭芳·岁月风华寄情丹青贺辞…………………011

临江仙·天目青顶…………………………………011

临江仙·泰山朝晖图（题画）……………………012

一剪梅·画里乾坤（题画）………………………012

卷 二 ……………………………………………………013

瑞鹤仙·珠游溪观鹭畅想…………………………013

瑞鹤仙·家山海国神秀图卷（题画）……………013

洞仙歌·长夏宿农家………………………………014

洞仙歌·揽胜海山茶意图（题画）………………014

洞仙歌·山里人家…………………………………014

洞仙歌·听泉斋饮武夷岩茶大红袍………………015

天香·梦里家山画中秋……………………………015

念奴娇·师来夜谈…………………………………016

壶中天·家山海国图（题画）……………………016

百字令·富阳严陵矶………………………………017

百字令·香山早茶…………………………………017

南浦·严陵矶………………………………………018

鱼游春水·富春江…………………………………018

瑞龙吟·山家叙茶…………………………………019

踏歌·听泉斋饮茶…………………………………019

目 录

鞓红·品明前绿毫寄调 ………………………… 020
芭蕉雨·天目山夜读《庄子》 ………………… 020
玲珑玉·三年夏宿清溪源 ……………………… 021
冉冉云·凌霄花开 ……………………………… 021
碧牡丹·芭蕉凉荫 ……………………………… 021
剑器近·山乡雨霁 ……………………………… 022

卷 三 …………………………………………… 023

越溪春·湫水绿毫 ……………………………… 023
疏影·浮玉山居逢师 …………………………… 023
绿意·海湾渔村图意（题画） ………………… 024
家山好·海国幽梦 ……………………………… 024
暮云碧·故乡海山吟 …………………………… 025
露华·海山朝晖图（题画） …………………… 025
露华·造化心源山海境 ………………………… 026
露华·读《艺海诗风——国立艺专诗选》 …… 026
拾翠羽·夏饮冻顶乌龙翠玉茶 ………………… 027
清风满桂楼·山海图意（题画） ……………… 027
暗香疏影·坐竹读书看茶 ……………………… 028
暗香疏影·听泉斋清饮 ………………………… 028
暗香疏影·海湾胜景图卷（题画） …………… 029
一枝春·山海不了情 …………………………… 029
一枝春·茶吟家山（乙酉新春用前韵） ……… 029
梅子黄时雨·吾师诗谭 ………………………… 030
清夜游·海葵袭来风雨大作 …………………… 031

夏云峰·双清池···031

　　夏云峰·游千丈岩得韵···032

卷　四···033

　　早梅香·邓尉香雪海探梅·······································033

　　黄莺儿·太湖梅园···033

　　风入松·凤凰品湘酒··033

　　步月·步出东风航天城畅怀（平韵）·······················034

　　步月·月夜车行大戈壁（仄韵）······························034

　　塞垣春·正屿涛头海天阔（题画）···························035

　　梦芙蓉·宋赋合卷记吟··035

　　万年欢·过梅溪··036

　　万年欢·玉溪湫水···036

　　水龙吟·壬辰大寒雪里红梅初开·····························037

　　东风第一枝·雪梅···037

　　凤箫吟·喜作金笺山水小品····································038

　　凤箫吟·冬阳茶梦···038

　　映山红慢·雪霁围炉··039

　　蓦山溪·湘楚凤凰行··039

　　探芳信·辰山国际兰展··040

　　高山流水·听古琴曲《西泠话雨》··························040

　　一萼红·凌霄··042

　　西江月·阳羡山中饮茶···042

目录

卷　五 ⋯⋯⋯⋯⋯⋯⋯⋯⋯⋯⋯⋯⋯⋯⋯⋯⋯⋯⋯⋯⋯⋯043

凤栖梧·茶吟诗意长卷（题画）⋯⋯⋯⋯⋯⋯⋯⋯⋯⋯043

凤栖梧·溪山雅集图卷（题画）⋯⋯⋯⋯⋯⋯⋯⋯⋯⋯043

凤栖梧·游潘家小镇⋯⋯⋯⋯⋯⋯⋯⋯⋯⋯⋯⋯⋯⋯⋯044

蝶恋花·现代重彩《梦蝶》（题画）⋯⋯⋯⋯⋯⋯⋯⋯044

玉连环·岁朝坐雪⋯⋯⋯⋯⋯⋯⋯⋯⋯⋯⋯⋯⋯⋯⋯⋯045

白雪·新春烹茶乡梦长⋯⋯⋯⋯⋯⋯⋯⋯⋯⋯⋯⋯⋯⋯046

八声甘州·新春抒怀⋯⋯⋯⋯⋯⋯⋯⋯⋯⋯⋯⋯⋯⋯⋯046

国香·春节写山海茶吟（题画）⋯⋯⋯⋯⋯⋯⋯⋯⋯⋯047

国香·啜墨看茶随韵⋯⋯⋯⋯⋯⋯⋯⋯⋯⋯⋯⋯⋯⋯⋯047

八节长欢·观瀑亭听泉⋯⋯⋯⋯⋯⋯⋯⋯⋯⋯⋯⋯⋯⋯048

促拍满路花·古梅⋯⋯⋯⋯⋯⋯⋯⋯⋯⋯⋯⋯⋯⋯⋯⋯048

促拍满路花·海湾梅花节⋯⋯⋯⋯⋯⋯⋯⋯⋯⋯⋯⋯⋯049

汉宫春·海湾梅园⋯⋯⋯⋯⋯⋯⋯⋯⋯⋯⋯⋯⋯⋯⋯⋯049

汉宫春·绿萼红梅（甲午腊尽乙未正新岁交三阳开泰）⋯050

阳春·听泉斋茶香醉人⋯⋯⋯⋯⋯⋯⋯⋯⋯⋯⋯⋯⋯⋯050

扬州慢·游瘦西湖⋯⋯⋯⋯⋯⋯⋯⋯⋯⋯⋯⋯⋯⋯⋯⋯051

扬州慢·扬州纪游⋯⋯⋯⋯⋯⋯⋯⋯⋯⋯⋯⋯⋯⋯⋯⋯051

十月桃·武陵仙源（题画）⋯⋯⋯⋯⋯⋯⋯⋯⋯⋯⋯⋯052

霓裳中序第一·茶意诗情⋯⋯⋯⋯⋯⋯⋯⋯⋯⋯⋯⋯⋯052

行香子慢·泉溪烹茶图卷（题画）⋯⋯⋯⋯⋯⋯⋯⋯⋯053

秋夜月·品茶赏月诗萦怀（甲午中秋）⋯⋯⋯⋯⋯⋯⋯053

凤凰台上忆吹箫·金笺写海山仙子国图卷（题画）⋯⋯054

005

卷　六 055

　　龙山会·登龙山亭怀古 055

　　望云间·古今上海滩 055

　　南乡子·岁月足瞻观（吟酬） 056

　　八归仄韵·借山书屋 056

　　八归平韵·借山书屋再吟 057

　　青门饮·云岭山庄 057

　　八音谐·寿拙荆七十岁华诞（乙未冬月） 058

　　选冠子·谷雨初晴 058

　　花发沁园春平韵·故里归翁 059

　　花发沁园春仄韵·岁月蹉跎（丙申正月） 059

　　五福降中天·自寿七十五岁（丙申春） 060

　　迎新春·元宵 060

　　渡江云·乡愁 061

　　两同心·湫水野茗 061

　　鹤冲天·野茶泛绿韵 062

　　望海潮·壬辰除夕 062

　　望海潮·春归 063

　　望海潮·山海台州 063

　　望海潮·母校华诞贺词 064

　　南乡一剪梅·丹邱 065

　　金菊对芙蓉·山居 065

目 录

卷　七 … 066

声声慢·冻顶乌龙兰花香 … 066
声声慢·闲品丹邱绿毫 … 066
声声慢·金秋茶墨吟 … 067
行香子·半枝莲向阳盛开 … 067
行香子·年初一寿七十六岁（丁酉正月）… 068
秋霁·秋夜啜野茶 … 068
清波引·听泉煮茶图卷（题画）… 069
庆春泽·鸡年大吉（乙酉新春）… 070
定风波·元宵客来煮茶 … 070
瑶台第一层·谷雨茶吟 … 070
青玉案·香茶寸涛声 … 071
青玉案·石城细泉 … 071
青玉案·乾坤清气茶亦道 … 072
凤楼春·煮水听涛品丹邱山仙子红茶 … 072
醉春风·闻茶听香 … 073
云仙引·送友赴川扶贫壮行 … 073
雨霖铃·叙茶东方城 … 074
雨霖铃·沪上飞觞为友赴川壮行 … 075
浪淘沙慢·冬至节感怀 … 075
江城子·祭冬 … 076
江城子·祭冬再吟 … 077

卷 八 ……………………………………………………… 078

    双声子·皤滩古镇纪游 …………………………… 078

    双声子·武陵源（题画）…………………………… 078

    翦牡丹·琴茶秋意图（题画）……………………… 079

    杏花天·退笔漫写溪山雅集（题画）……………… 080

    醉蓬莱·苍峰湫壑雅集图（题画）………………… 081

    醉蓬莱·一夜丹邱梦 ……………………………… 081

    合欢带·合欢壶泡茶吟韵 ………………………… 082

    如鱼水·三门湾 …………………………………… 082

    黄鹤引·鲍尊轩烹丹邱茶 ………………………… 083

    黄鹤引·澄怀观道壶中乾坤 ……………………… 083

    秋水·听茶 ………………………………………… 084

    瑞云浓慢·瑞云山广润书院 ……………………… 084

    望梅·梦饮九重天 ………………………………… 085

    采莲令·大冲村观赏五百亩荷塘 ………………… 086

    贺新凉·鲍尊轩仲夏夜 …………………………… 087

    琼台·夜煮越溪春 ………………………………… 087

    瑶华·石城春色 …………………………………… 088

    瑶华·柳浪闻莺馆同学会 ………………………… 088

    江南好·看山归来写图（题画）…………………… 089

    寿山曲·寿拙荆七十五岁初度 …………………… 089

    采桑子慢·家山茶韵图卷（题画）………………… 090

    菖蒲绿·饮和清吟 ………………………………… 090

目 录

卷 九 ··· 092

瑶台第一层·灵凤茶醉九霞红 ····················· 092
满庭芳·枧头古村 ·· 092
满庭芳·红叶霜浓 ·· 093
满庭芳·巴渝往事 ·· 093
满庭芳·听雨 ··· 094
天香·大冲荷韵、并蒂莲 ····························· 095
东风第一枝·二〇二一年元旦故乡雪霁茶吟 ····· 095
瑶台第一层·海国仙乡（题画） ·················· 096
定风波慢·八十初度吟 ································ 097
双声子·画境梦回三门湾（题画） ·············· 097
东风第一枝·听涛轩主人之天台飞觞寄意 ····· 098
东风第一枝·湫水山居图（题画） ·············· 099
偷声木兰花·观梅忆孤山超山 ······················ 099
减字木兰花·夜饮丹邱茶 ····························· 100
临江仙·茶凝九霞红 ···································· 100
临江仙·凝望乡关 ·· 101
鹧鸪天·山海居 ··· 101
鹧鸪天·望海楼峰 ·· 101
鹧鸪天·山雨 ··· 102
鹧鸪天·岁月静好 ·· 102
鹧鸪天·乡土诗瓢 ·· 102
鹧鸪天·玉溪梅 ··· 102
鹧鸪天·梨花雨 ··· 103

009

鹧鸪天·匏尊轩⋯⋯⋯⋯⋯⋯⋯⋯⋯103
鹧鸪天·清宵听茶⋯⋯⋯⋯⋯⋯⋯103
鹧鸪天·中秋夜吟⋯⋯⋯⋯⋯⋯⋯104
鹧鸪天·红枫古道⋯⋯⋯⋯⋯⋯⋯104
鹧鸪天·摘柿子⋯⋯⋯⋯⋯⋯⋯⋯105
鹧鸪天·我隐故园⋯⋯⋯⋯⋯⋯⋯105
鹧鸪天·茶禅一味⋯⋯⋯⋯⋯⋯⋯105
鹧鸪天·浪迹天涯⋯⋯⋯⋯⋯⋯⋯106
鹧鸪天·墨魂⋯⋯⋯⋯⋯⋯⋯⋯⋯106
鹧鸪天·海上煮茶⋯⋯⋯⋯⋯⋯⋯106
鹧鸪天·国清隋梅⋯⋯⋯⋯⋯⋯⋯106
鹧鸪天·养和⋯⋯⋯⋯⋯⋯⋯⋯⋯107
鹧鸪天·折枝牡丹⋯⋯⋯⋯⋯⋯⋯107
鹧鸪天·橘树故园⋯⋯⋯⋯⋯⋯⋯107

卷 十 ⋯⋯⋯⋯⋯⋯⋯⋯⋯⋯⋯⋯⋯108

鹧鸪天·寿词⋯⋯⋯⋯⋯⋯⋯⋯⋯108
小重山·南龛禅茶图（题画）⋯⋯108
渔家傲·乡情茶韵⋯⋯⋯⋯⋯⋯⋯109
渔家傲·蛇蟠岛⋯⋯⋯⋯⋯⋯⋯⋯109
应天长·溪上雅韵图（题画）⋯⋯110
于飞乐·八十一岁初度⋯⋯⋯⋯⋯110
自度曲·跋《海山渔村图卷》（十句六韵四十八字）⋯⋯111
满庭芳·听雨偶吟⋯⋯⋯⋯⋯⋯⋯111
沙头雨·神游甲午岩⋯⋯⋯⋯⋯⋯112

目 录

寻瑶草·飞觞丹邱茶 ······112
南浦月·梦里山海 ······112
诉衷情令·清溪闲钓 ······113
诉衷情令·听枫 ······113
一落索·茶醉乡情 ······113
雨中花令·意写家山 ······114
石湖仙·赋美鲈鱼鲜 ······114
芰荷香·留得残荷听雨声 ······115
宣清·海岛礁岩（题画） ······115
如鱼水·山海揽胜（题画） ······116
望云间·山海朝阳（题画） ······116
西河·茶词三叠 ······116
满庭芳·丹邱寺礼佛并谒梅长者陵 ······117
双声子·病恙中看沧海桑田 ······118
鹧鸪天·贺正华我弟八十大寿作图并吟题一阕于画上 ···119
满庭芳·白露爽饮丹邱茶 ······119
玉蝴蝶·读茉莉女史雅词答黄菊珍 ······120
天香·题山海九霞红（题图） ······121
解连环·一树金桂满园香 ······122
桂殿秋·戏觞金桂仙子茶 ······122
桂枝香·乡隐感怀 ······123
满庭芳·故园秋桂 ······123
过涧歇·归隐故园又一年 ······124
水龙吟·丹邱山大雪纷飞 ······124
水龙吟·忽忆丹邱茶场 ······125

水龙吟·传舫漫赋家山茶……125
水调歌头·八十三岁初度……126
天香·甲辰春节作山海清秋图卷（词跋）……126
喜朝天·山海任翦裁……127

诗　卷

卷　一……130

雁荡山写生宿朝阳山庄……130
观音洞得饮玉液茶……130
观音洞……131
洗心泉……131
灵峰白云庵主施佛茶……131
灵峰观音洞（回文诗）……132
秋夜茶吟（回文诗）……132
海山行吟（回文诗）……133
玉溪茶韵（回文诗）……133
湫水梅溪（回文诗）……134
山海神秀（回文诗）……134
听泉烹茶（回文诗）……135
夜茶（回文诗）……135
题啜墨看茶图（回文诗）……136
天目山禅源寺消夏（回文诗）……137
建溪秋露白（回文诗）……137

目 录

茶韵墨痕（回文诗）……………………138
饮和（回文诗）……………………………138
登潮音阁（回文诗）………………………139
崇梵寺菩提苑雅集…………………………140
蝶舞…………………………………………140
天台宝华石…………………………………140
秋风玉露茶…………………………………141
岁朝吟韵（回文诗）………………………141
借山书屋诗意（回文诗）…………………142
师生叙茶……………………………………142
山海朝晖图（题画）………………………143
嵌名诗三韵…………………………………143
竺昙猷尊者海游……………………………144
宿蛇蟠岛口占………………………………145
咏荷…………………………………………145

卷 二 ……………………………………147

台州茶友来访夜饮…………………………147
闲品仙居野茶………………………………147
钟馗嫁妹图（题画）………………………148
借山养天年…………………………………148
夏夜走笔……………………………………148
海山卧游……………………………………149
雨夜坐茶……………………………………149
洱海风涛苍山雪忆吟消夏…………………149

山窗	150
湫壑烹云图（题画）	150
禅僧坐茶诗二首（题画）	151
鲍尊轩七夕烹茶盼秋凉早至	151
煮水听涛写意	151
晚岁归隐	152
东屏古村落	152
宿岩下潘家小镇客斋吟八首	153
川越飞觞（吟酬）	156
喜寿之年故园买屋吟句	157
听涛闻香·吟酬	158
春夜饮茶	158
丹邱茶梦自迟迟	159
独饮飞觞远思君	159
海山人家茶意图（题画）	160
己亥端午吟	160
中秋品茶赏月	161
玉连环铭壶赠友	161
菩提子	162
看山图（题画）	162
杂吟五首	163
宴饮香茶吟韵	164
重礼多宝、酬以谦老师	164
五王出游图卷（题画）	165
九节石菖蒲	165

梦回湫水石城（题画）……166
家在山海间（题画）……166

卷 三 ……167

游亭旁城隍庙归饮湫水绿毫感赋……167
湫水山行逢雨……167
雨中登湫水岭吟忆……167
湫水山麓宁和里丹邱寺……168
石城山……168
岩洞龙髓水……168
丹峰亭远望怀古……169
龙山书院旧游……169
望海楼峰……170
家山秋行……170
笔架山行雨霁……170
石城山古佛洞……170
丁亥初秋游石浦吟句……171
小坐听泉斋屋顶十坪兰园品茶濡墨得韵……171
闲雅小坐听泉斋品茶再韵……171
百橘草堂夜吟……172
云庐……172
再韵云庐……172
忆童时海游下街头洋山渔船归帆林立之景如画……173
元宵旧忆……173
登丹门远眺……173

湫水玉溪寺	173
望家山海色	174
夜阑听潮	174
东郭村偶吟	174
寻东郭洞憩洋溪亭望铁场山海	175
丹峰山揽胜亭望秋抒怀	175
水磨桥忆旧	175
晋樟	175
回龙桥揽胜	176
秋归吟	176
乡梦·海山仙子国	176
乡梦·暮年残梦到家山	177
乡梦·琴江三屏山穿岩	177
乡梦·八月	177
乡梦·登文昌阁	177
乡梦·梅溪怀古	178
乡梦·湫水神游	178
乡梦·独棹越天秋	178
乡梦·梦回听泉斋	178
乡梦·围炉看茶憳然梦回听泉斋叠前韵	179
仙岩洞谒文天祥祠	179
游仙岩洞谒文天祥祠用原韵再吟	179
三吟仙岩洞	179
仙岩洞石泉潭	180
溪头杨山口百惠氏认祖归宗	180

目 录

登龙山亭 ··· 180
海游章家一祠两馆庆典感赋 ·················· 181
中秋在全城堂赏月观社戏 ······················ 181
参观新场农民新村得韵 ·························· 181
观下谢村鱼灯舞感赋 ······························ 181
观下谢村鱼灯舞再吟 ······························ 182
金秋散步珠游溪 ······································ 182
游亭旁城隍庙寻丹邱寺遗址未果 ·········· 182
神游 ·· 183
湫水玉溪生 ·· 183
湫云深处 ·· 183
茶轩品茶留云山庄主人赏饭赏兰 ·········· 183
暮冬蛰居吟 ·· 184
借宿 ·· 184
蛰居狮岩 ·· 184
兰轩 ·· 184
腊冬寒梅初开即韵 ·································· 185
寒夜煮茶 ·· 185
乡吟 ·· 185
猫狸岭仙人桥 ·· 185
隋梅 ·· 186
游石梁方广古寺归吟 ······························ 186
游高明寺般若潭 ······································ 186
高明寺幽溪 ·· 187
游天台山高明寺诸景方丈了文大师煮佛茶招饮感赋十韵 ································· 187

卷　四 ································· 188

　　湫水岩煮茶图 ··························· 188

　　云溪飞棹图 ····························· 188

　　醉溪秋泛图 ····························· 188

　　湖山晴阁图 ····························· 188

　　松峰云霭图 ····························· 189

　　归帆图 ································· 189

　　岩壁飞瀑图 ····························· 189

　　镇雄关水村图 ··························· 189

　　桃源清溪图 ····························· 190

　　梅雨瀑图意 ····························· 190

　　龙泉饮茶图 ····························· 190

　　音韵图 ································· 190

　　四明晴云图 ····························· 190

　　铁溪棹月图 ····························· 191

　　溪阁清话图 ····························· 191

　　秋壑闲吟图 ····························· 191

　　清溪归帆图 ····························· 191

　　云水山居图 ····························· 192

　　瑰丽群山题画 ··························· 192

　　山居幽然图 ····························· 192

　　湖山晓色图 ····························· 192

　　桃源问茶图 ····························· 193

　　石梁听瀑山庄品茶·题重彩长卷石梁图 ······· 193

四明观瀑图 193
题湫水岩煮茶图 193
家山秋行图卷 193
春山晓霭图 194
太湖舟饮图 194
紫凝品水图 194
荆南山煮茶图 194
黄山吟·丁亥秋写长卷而作 195
作新安行长卷吟句 195
龙池山雅集图卷题句 195
湖山撷秀图吟句 195
携琴访友图 196
清溪紫气图 196
春水归棹图 196
秋溪棹吟图 196
黄山云峰图 196
石城云瀑图 197
题宿墨湖山秋爽图卷 197
石城岩洞过雨图 197
茶仙陆廷灿诗意图·和露煮岭云 197
海国穿岩奇观图 198
湫水山居图意 198
湫山逸兴小品十帧 198
荆溪春图意 198
鹤溪琴茶图 199

秋溪丹山图……199
参用虹庐笔意作听泉图……199
侗山秋韵图卷……200
水墨莲蓬……200
湫水溪烹茶图题句……200
题萤窗投影图……200
巨幅海山仙国揽胜图卷绘成感赋……200
茆屋煮茶图……201
秋宿云岭山庄写故乡全景长卷……201
重题海山朝晖图……201
题湫水山居图·拟天童寺住持八指头陀敬安大和尚诗……202
剡溪茶会·八指头陀诗集句题画……202
观云庐泼墨巨制湫水烟云图感赋……202
云庐泼墨山水吟……202
湫水峡烹茶雅集图……203
穿岩秋晖图题句……203
溪山揽胜图题句……203
题龙珠凤雀图……203
撷秀溪山图卷……204
溪峦深秀图卷……204
玉溪烹茶图卷……204
湫溪烹茶煮石图卷……204
听泉写经图……205
宿清溪源写湫山海岛撷秀卷……205
步琴志楼主韵吟题武陵山乡图卷……205

目 录

壬辰正月初一《湘楚清溪山居图卷》完成，吟句自寿七秩晋 ·· 206
题楚山湘溪茶意图卷 ································ 206
太行山苍岩胜景图 ································· 206
泰岱朝晖图 ··· 207
庚子秋题佩君《鹤图》 ······························· 207
题佩君《丹顶鹤朝霞图》 ···························· 207
题佩君《鹤图吟赋》 ································ 207
丹顶鹤 ··· 208
沪上子夜飞雪望乡吟 ······························· 209
题《丹峰湫烟鸿蒙图》 ······························ 209
题《南龛佛崖神游图》 ······························ 209
题《栖霞山图》 ···································· 210
玉溪禅境 ··· 210
题《闲情逸致图卷》 ································ 210
题《林泉高致图》 ·································· 211
题《禅意醉秋·闲情逸致图卷》 ······················ 211
自寿八十一岁吟韵两章 ···························· 212
立春即吟 ··· 212
老笔纷披（题画） ·································· 213
神游甲午岩（题画） ································ 213
帆鼓晨潮（题画） ·································· 213
题《南龛禅茶》 ···································· 214

卷 五 ··215

梅雨瀑 ··215

灵峰 ··215

再吟灵峰 ··215

三吟灵峰 ··215

铁城嶂 ··216

游溪口雪窦山飞雪亭观千丈岩瀑布 ································216

再吟游雪窦寺千丈岩瀑布 ································216

登四明山徐凫岩 ··216

溪口隐潭 ··217

四明山徐凫岩撒雪瀑感赋 ································217

妙高台 ··217

四明撒雪岩品珠茶 ································217

四明山隐潭茶楼饮小龙团 ································218

游溪口雪窦山隐潭品茶 ································218

游四明山宿溪口镇 ································218

湖上过西溪 ··218

横店影视城夜观太极幻梦用仄韵 ································219

游横店影视城秦宫汉苑感赋 ································219

天目诗吟 ··219

宿天目山禅源寺 ··220

天目山禅源竹林 ··220

清溪源消夏 ··220

避暑清溪源 ··221

清溪源听山泉饮香茗	221
西天目山见萤火虫三十年不逢因吟	221
凉意蟠龙桥雨花亭	221
浮玉山揽胜	222
天目山度夏喜逢师友	222
天目山度夏喜逢师友再吟一韵	225
天目山清晓散步	226
山居清溪源	226
清溪源待客	226
暮山行	226
揽胜西天目	226
金秋璀璨天目山	227
闲坐双清池蟠龙桥	227
轮渡赴普陀六横岛感赋	227
轮渡六横岛远眺普陀山吟颂	227
普陀行忆先翁夫子为古寺重光雕石数年	228
海天佛国	228
游山阴兰亭得神龙本兰亭序拓片	229
天门道中	229
采石矶眺望长江	229
太湖船游姑苏水乡	229
溪山春爽	230
荆溪烟村偶用仄韵吟之	230
邓尉探梅	230
瞻仰汉阳古琴台	230

长白山行吟	231
湘西秋行	231
湘西凤凰廊桥饮酒	231
湘西五溪	232
观土家人嫁女，新娘哭嫁歌唱通宵风俗	232
边城凤凰秋意	233
滇西大理忆吟	233
游汉阳归圆禅寺记吟	233
鼓浪屿远眺金门岛	233
泉州游洛阳桥开元寺夜听南音	234
福州鼓山涌泉寺	234
黔东南州游飞云崖	234
步出东风航天城入居延海大戈壁	235
探居延海大漠戈壁	235
黄山绝顶随吾师海粟翁写生	235
金沙江石鼓镇俯瞰虎跳峡调韵吟句	236
宿香格里拉纳帕海	236
帐篷宿白玛雪山下海子朝谒松赞林寺	236
帐篷宿泸沽湖	237
昆仑	237
大足石刻	237
香雪海	238
东坡书院怀古	238
游扬州大明寺谒鉴真大和尚坐像	239
扬州行吟	239

目 录

游大明寺坐平山堂上饮茶怀古·················239
游大明寺夜读第五泉水记感赋···············240
平山堂坐饮吟佳联得句·······················240
步上扬州大虹桥口占二首···················241
谒欧阳修祠（用平字韵）···················241
瘦西湖五亭桥小坐得句·······················241
三生石得句···242
洗车古镇采风·······································242

卷 六···243

秋望···243
晚晴···243
江南古梅展感怀···································243
读王蒙丹山瀛海图感赋·······················243
焦墨山水···244
读寒山拾得诗吟句·······························244
夜光杯刊文有武夷山野煮岩茶者喜其逸趣吟句···244
读画偶吟···245
夜读袁宏道天目山游记·······················245
四景·春晴（回文诗）·······················245
四景·夏闲（回文诗）·······················245
四景·秋晓（回文诗）·······················246
四景·雪梅（回文诗）·······················246
浦江月色···246
龙华寺···246

元旦 …………………………………………………………247
华林书院百岁红梅盛开 ……………………………………247
青春版昆腔牡丹亭 …………………………………………247
寄迹丹青吟 …………………………………………………247
海上同学会 …………………………………………………248
清明 …………………………………………………………248
梦儿 …………………………………………………………248
天寒地冻画斋来客围炉烹武夷茶 …………………………249
雪夜孤吟 ……………………………………………………249
申城银装 ……………………………………………………249
南方冰雪冻灾 ………………………………………………249
坐雪 …………………………………………………………250
友朋来谦斋烹茶相约陶都题画砂壶 ………………………250
七十初度赏雪感赋 …………………………………………250
海上雪霁 ……………………………………………………250
七香园茶舍烹茶 ……………………………………………251
赵州禅茶 ……………………………………………………251
暮年 …………………………………………………………251
用友咏梅绝句衍成律诗 ……………………………………251
七秩自寿 ……………………………………………………252
中秋望故乡 …………………………………………………252
回首人生·诗词集卷感赋 …………………………………252
人生述怀·七秩晋一纪吟 …………………………………253
道境禅意，造化心源 ………………………………………253

文赋卷

淡淡的记忆 ………………………………………… 256

茶禅一味　清雅自知
　　——跋拙作《烹云凝烟清吟听泉》山水画长卷 ……… 260

古贤脉意　旧雨新知
　　——顾景舟汉铎壶创作与赧翁梅调鼎一段壶缘 ……… 263

老宅论壶琐记
　　——采访顾景舟师笔记辑录 ……………………… 267

情缘的纪念
　　——景舟大师命题《撷秀湖山图》三记 ……………… 283

生活、艺术、科学
　　——观大足石刻 ………………………………… 286

太夷先生墨宝作寿礼记 …………………………… 301

填词 ……………………………………………… 304

序、跋短文八则 …………………………………… 311

画谈三则 ………………………………………… 316

鹧鸪声声
　　——忆顾景舟师海上寄寓和"鹧鸪提梁壶"创作 …… 320

黔山灵石记 ……………………………………… 326

犀峰蒲石记 ……………………………………… 328

后　记 ………………………………………… 329

词卷

卷 一

水调歌头·黄山雨中观瀑

一夜暑天雨,床头听鸣泉。欲观黄岳湫水,把伞绕山崖。莫道龙吟狮吼,纵有吹笙鼓瑟,泉籁自悠然。穿石荡岩壑,喷雪落云天。

此何似?似匹练,却高悬。桥亭仰望,鸿蒙漱玉涤尘烟。但愿常清如许,任尔流经千里,直到大江边。雨瀑堪欣赏,应记在黄山。

注:《钦定词谱》(以下简称《词谱》)列八体,双调,平韵,九十五字。各变体字数和句读有异。此词用苏轼正体调式。

水调歌头·爽饮武夷山岩茶

雨霁泼青绿,涧净碧于蓝。闲游奇壑九曲,邂逅此溪山。汩汩清泉白石,步步春风翠竹,境界从容探。行到断崖下,古茶荫清潭。

此珍茶,峰岭长,石缝嵌。壶天日月常驻,汤色丹霞含。笑品红袍老叶,紫盏文章如酒,十泡醉春酣。好个岩巅种,香发郁酡酽。

注:《词谱》列八体,双调,平韵,九十五字。正体下片四五两句四七句读,此词用六五句读,为常见句读法,异于正体,可视为变体。此种句读法苏轼、辛弃疾、张孝祥等《水调歌头》均用之。

水调歌头·西山潮音阁

山海自神秀,禅月久苍凉。西山助我游览,闲步踏秋霜。东眺蛇蟠洞岛,近赏丹峰红叶,湫水更难忘。登上潮音阁,啸傲水云乡。

叹暮岁,常畅想,寄沧桑。静幽小径,苔蕨樟柏发清香。今日松风迎客,搅起胸中诗意,极目乱礁洋。感觉超然爽,心涌千崖浪。

注:《词谱》列八体,双调,平韵,九十五字。用苏轼正体调式。潮音阁:故乡西山之巅新筑三层歇山式杰阁,山城海国风光一览无余。唐宋时,三门湾海水可涨到西山脚下,故西山建潮音阁,有怀古之意。禅月:指故乡海游古镇之石城山禅月峰,东晋时敦煌高僧昙猷大师曾卓锡此地,古代文献有记载。乱礁洋:即三门湾猫头洋。南宋文天祥《乱礁洋》诗吟三门湾景色:"海山仙子国,邂逅寄孤蓬。万象画图里,千崖玉界中。……"自此,三门湾亦称为"海山仙子国"。

暗香·香雪海观梅

吴江行旅。一路风韵爽,邓尉湖渚。山骨云根,浮玉瑶台集飞羽。素萼寒光淡荡,且如此、汉宫仙侣。水墨染、疏影暗香,挥翰冷云贮。

情抒。踏歌处。正琼色点冰,繁枝无数。篱边寄语。花蕊参差凝清趣。香雪仙姿姬步,端的是、绛华心愫。霁信到、春似锦,落英飘舞。

注:《词谱》列入二体,双调,仄韵,九十七字。此调始自姜夔自度曲,以姜词为正体。吴文英、陈平多依姜词。此词用姜夔正体调式。

浣溪沙·太湖荆溪图卷（题画）

万顷碧波山溪清，白龙潜水入湖滨，青山有意忽晴阴。
更喜舟客能识我，相逢相语劳相寻，心如白云缘溪吟。

注：《词谱》列五体，双调，四十二字。前段三句三平韵，后段三句二平韵。

浣溪沙·回环韵烹云煮茶

藤花飞英春院庭，瓶贮湫水碧潭晴。楹傍午梦远岑青。
紫灶竹烟茶香清，烹泉瀹韵诗意新。轻云煮露透芳馨。

注：回环韵"浣溪沙"前后段各三句三平韵，是一种变体。前后段每句可倒读回环成阕："庭院春英飞花藤，晴潭碧水湫贮瓶。青岑远梦午傍楹。清香茶烟竹灶紫，新意诗韵瀹泉烹。馨芳透露煮云轻。"亦可全词回文为原题意境："馨芳透露煮云轻，新意诗韵瀹泉烹。清香茶烟竹灶紫，青岑远梦午傍楹，晴潭碧水湫贮瓶。庭院春英飞花藤。"还可隔句正读或倒读，形成多首原韵《浣溪沙》。此种词对于训练词律和音韵有很大作用。亦有文字游戏成分，就文字游戏而言，也需要具有一定文字和音韵功底。

朝中措·坐饮平山堂怀古

平山堂外正晴空，虹桥启游踪。欲访欧阳故地，明月清风。
文章已古，醉翁远去，只听疏钟。闲坐当年阑干，品茶遥想坡公。

注：《词谱》列四体，双调，平韵，四十六字。用正体调式。

鹧鸪天·景舟师海上制壶

一九八三年春,景舟师陪师母海上求医,寄寓淮海中学植物房,年近古稀,每日清晨步行去医院探视。先生在心境沉郁愁虑之中,在极其简陋条件之下,想到建盏"鹧鸪斑",想到宋词"鹧鸪天",想到古茶"金缕鹧鸪斑"。鹧鸪声声,百无聊中抟泥作壶,情感与意境,文化与壶艺相融,成为经典之作而雄视古今,名曰"鹧鸪提梁",忆吟之,调寄"鹧鸪天"。

海上早春不胜寒。求医寄寓乡梦残。鬓霜度雨心泪落,日晓清凄步蹒跚。

愁难消,砂堪抟。雪泥鸿痕荆溪山。寄情壶艺沉吟处,借得金缕鹧鸪斑。

注:《词谱》列一体,双调,平韵,五十五字。又名"千叶莲""半死桐""于中好""思佳客""看瑞香""剪朝霞""醉梅花""锦鹧鸪""鹧鸪引""骊歌一曲""思越人""思远人"。用正体调式,上片三、四句,下片换头三言两句作对偶句法。

鹧鸪天·墨梅图

一叶扁舟访梅溪。吟香雪海正相宜。无言每觉素馨好,有感常生墨趣奇。

看逸韵,月明时。横斜倩影寄疏枝。不妨旧事从头记,除却春风枉费诗。

鹧鸪天·白露秋凉坐茶寄调(两阕)

丁酉秋,移居故乡橘树园旧地至今一年。岁月如流水,少小离乡,岁近耄耋归隐，布衣一介，淡泊而无为。戊戌白露，秋风乍起，秋夜静坐鲍尊轩中煮水烹茶独饮，壶里乾坤，盏中天地，品苦涩茶味，悟人生沉浮。连歌两阕，因记。

其 一

家住南山又高秋。晴峰湫水雨脚收。天涯海角浑如画，犹记当年岁月稠。

龙母峡，缘梦游。心源造化亦风流。从来濡墨为诗意，焦拙华滋笔力遒。

其 二

山海朝云百丈湫。扬帆艺海心何求？华章吞吐台荡气，墨迹苍茫作神游。

人老迈，天道酬。寄情石铫乾坤浮。暮年白发归隐处，勤煮香茶乐悠悠。

注：鲍尊轩：用紫砂鲍尊壶名作斋名曰鲍尊轩，吾七十六岁后归乡隐居处之书房兼画室。鲍为匏瓜，即葫芦蒲瓜，田园平常物种，寄情淡泊之意。龙母峡：故乡胜地有龙母山湫水瀑布峡谷，龙母山相传为湫水山龙王、台州府城城隍、三国东吴郡守屈坦之母仙解神居处。吞吐：吐纳，吞进去吐出来。台荡：天台山雁荡山山风海气，故乡气脉。石铫：粗砂煮水器，此处泛指紫砂茶器。乾坤：砂壶虽小自有乾坤，均在一叶沉浮之间，所谓"一花一世界，一叶一如来"。

虞美人·香茗清供（回文）

萤飞密荫松针长，夏凉随风凉。染绿庭院生叶稠，郁郁幽篁竹影灯阑阑。

情悲忆望长别离，寂静作游仙。山泉烹铫石色紫，砂壶清茗品香寻蕙兰。

注：《词谱》列七体，双调，平韵，五十六字，又名"玉壶冰"，此词用变体调式。此词回文，依七言倒吟，得诗一韵："兰蕙寻香品茗清，壶砂紫色石铫烹。泉山仙游作静寂，离别长望忆悲情。阑阑灯影竹篁幽，郁郁稠叶生院庭。绿染凉风随凉夏，长针松荫密飞萤。"

虞美人·重阳（回文）

红帘映日重阳九。冉冉丛桂牖。绿芜庭院菘带菰。对影浓香淡菊黄茅庐。

珑玲翠竹林景秀。籔籔枫丹透。露珠凉送风窗梧。细雨笼纱碧梦倚楼孤。

注：《词谱》列七体，双调，平韵互叶，五十六字。此词用正格，前后段各四句，二仄韵二平韵。可回文，倒读可句读成平变体《虞美人》："孤楼倚梦碧纱笼。雨细梧窗风。送凉珠露透丹枫。籔籔秀景林竹翠玲珑。庐茅黄菊淡香浓。影对菰带菘。院庭芜绿牖桂丛。冉冉九阳重日映帘红。"回文体是词学中独特文体，能锤炼文字功力，也能启迪妙思。

鹊桥仙·天目山消夏

清溪避暑，竹轩避雨，去岁今年宿旅。听泉卧榻借凉风，端的是、香茶沏煮。

晴云如絮，山湫如注，巨树高林记取。莲花倒挂耸奇峰，又添了、诗情闲绪。

注：《词谱》列七体，双调，仄韵，五十六字至五十八字。又名

"鹊桥仙令""忆人人""金风玉露相逢曲""广寒秋"。此词用欧阳修正体调式。

南歌子·香梦

千里家山远，海潮月笼沙。数声鹧鸪叹年华。又是暮年白发，在天涯。

春露湿嫩叶，清风散晚霞。云溪堤畔荠菜花。梦里袅袅炊烟，香万家。

注：《词谱》列单调两体（分别为二十三字、二十六字），列双调五体（五十二字至五十四字不等），平韵。又名"南柯子"，此词用五十二字双调正体调式。

满庭芳·布衣壶宗

乙未十月，为当代紫砂艺术大师顾景舟师百岁诞辰。先生与我忘年相交，亦师亦友十八年。特撰《老宅论壶琐记》和《鹧鸪声声》两篇散文作纪念，入编《百年景舟文集》。《鹧鸪声声》文中，援引黄庭坚《满庭芳》咏建茶词，佐证古代茶名。步黄庭坚词韵，寄调填词，献给景舟师百岁诞辰，缅怀先生布衣壶宗传奇人生。

一代宗师，方圆规矩，艺德名动壶坛。荆溪抟土，蜀麓揽长烟。夙慧陶瓷论道，桃李茂、化育无边。形神气，乾坤在握，情寄鹧鸪斑。

缘随砂器厚，紫泥新品，直追前贤。撷大彬神韵，大亨真传。万卷诗书养志，生意味、发乎心源。归淡泊，素心素面，相对荆南山。

注:《词谱》列平韵、仄韵七体,双调。"满庭芳"又名"锁阳台""潇湘夜雨"。用九十五字平韵正体。抟:抟捏,专指抟泥制紫砂壶。乾坤:天地阴阳。手中砂壶,自有乾坤。情寄鹧鸪斑:先生一生布衣,年近古稀之时,陪同师母沪上治病,寄寓淮海中学,借古茶名"金缕鹧鸪斑"制"鹧鸪提梁壶"纪念其命途坎坷。缘随:先生生命大限之时,留下绝笔"紫砂缘"三字作为其人生终结,但艺术生命不朽,令人尊敬。

满庭芳·品安溪铁观音

丙申大暑,连续高温,酷热蒸人。静坐借山书屋,品铁观音消夏,静寂心凉,寄调得韵。

南国乌龙,人间妙品,闻道弘历赐名。安溪壅雨,瀹叶得清凝。千手观音点化,茶韵足、嚼月含英。花香味,乾坤清气,观自在怡情。

心从茶味爽,阳春白雪,舒展芳琼。卷蜻头虬螺,小铫堪烹。日月精华养育,秋露白、桂馥兰馨。开般若,禅心茶意,寸涛海潮声。

注:《词谱》列平韵、仄韵七体,双调。用九十五字平韵正体。借山书屋:住云岭山庄三年有余,是时画室名"借山书屋"。弘历:清帝乾隆,传说"铁观音"是他所赐茶名。蜻头虬螺:蜻头即蜻蜓头,言乌龙茶铁观音卷曲制成圆头虬尾珠粒形状。秋露白:白露茶芽壮硕、茶叶肥厚,香味质佳,名秋露白。般若:佛家语,即"智慧""慧""明"等意。寸涛海潮声:郑板桥题壶诗有句"两三寸水起波涛",品铁观音时,从煮铫到沏茶,寸水之间,可感悟南海普陀洛迦山海潮声。

满庭芳·神游山海画廊

月窟穿岩,屏峦险路,昂首登上奇峰。橘林橙树,霁色弄新红。浪激千崖玉界,绿客聚、东海枭雄。蛇蟠岛,石窗洞景,锤凿夺天功。

繁荣。渔船驶,虾塘养殖,蛏蟹年丰。退潮蛎滩阔,礁屿浮空。山海画廊神秀,湫水峡、涧底游龙。闲观处,石城飞瀑,映日垂长虹。

注:《词谱》列入平韵、仄韵七体,双调。此词用周邦彦九十五字平韵调式。

满庭芳·清溪源雅集图

逸聚龙池,传觞溪岸,旋汲旋煮山泉。品谈烹茗,看嘉树茶烟。晓霭初收日暖,灵芽嫩、可酌清源。轻涛起,竹炉瓦缶,碾破鹧鸪斑。

涓涓。活火煎。怡然会意,水墨飞翻。且借春风醉,寄语云笺。涤尽烦尘俗气,饮甘露、爽悦心田。畅怀处,一壶惬意,堪作小神仙。

注:《词谱》列入平韵、仄韵七体。双调。此词用周邦彦九十五字平韵调式。

满庭芳·坐饮丹邱山仙子红茶

丹麓烹云,露台饮月,借山归隐情重。书屋茶香,欢聚旧相逢。几时春风度雨,注清泉,湫水流东。随缘处,泉声漱玉,诗意付空蒙。

暮年欣品尝，甘醇韵味，芽细玲珑。欣然是，壶中仙子雅风。此意共谁堪说，丹邱意，都在杯中。画翁喜，闲时细把，青盏斟霞红。

注：《词谱》列平韵、仄韵七体，双调。用九十五字平韵晏几道变体，后段四、五两句用三六句式，与正体异。仙子红茶：故乡有"海山仙子国"美誉，因而名仙子茶，产湫水山，原制成绿毫，现焙制有红茶品种，汤色如琥珀红霞透明红亮。

满庭芳·岁月风华寄情丹青贺辞

中国美术学院一九六〇级孙惠铃、刘壮玖俩师妹，金秋十月，借海上青浦曲水园办"铃声久远——花鸟画联展"。岁月风华，古稀耄耋，工笔写意，丹青寄情，六十年弹指一挥间，感慨中作词祝贺。

心梦笔痕，春申展绘，古园曲水清幽。寄情丹青，佳色四时留。艺苑铃声久远，依然趣味相投。图中彩，花神鸟态，惊艳一天秋。

观游。画廊中，牡丹紫藤，竹石风流。借疏枝，骚雅诗境香稠。越地东关隐隐，西湖旧事悠悠。尽占了，春华秋月，满庭芳意酬。

注：《词谱》列平韵、仄韵七体，双调。用黄公度九十三字平韵变体调式。

临江仙·天目青顶

涵碧清溪山带雨，垂虹绿树前川。松风活火煮山泉。铫翻鱼眼细，汤沸水云宽。

竹影炉烟香气袅，幽居消夏闲轩。延凉避暑好茶煎。茗沏青顶叶，壶注夙慧源。

注：《词谱》列入十一体，双调，平韵，五十四字至六十字不等。用贺铸六十字变体调式。天目青顶：天目山绿茶，唐代即是名茶。

临江仙·泰山朝晖图（题画）

岱岳朝霞云如海，日曜灿然汝昭。擎天拔地起娇俏。晴峰积翠，玉皇峰顶高。

紫气东来泰山雄，龙泉泻雨听涛。心骛八极自然翱。神石敢当，相似玉琼瑶。

注：《词谱》列入十一体，双调，平韵，用欧阳修五十八字变体调式。

一剪梅·画里乾坤（题画）

海国仙乡草木薰。忆之情深，梦之情深。苍茫浑厚气氤氲。虚亦空蒙，实亦空蒙。

拙笔挥毫写山魂。积了墨痕，破了墨痕。林泉高致画乾坤。焦也烟云，湿也烟云。

注：《词谱》列入七体，双调，平韵，六十字。又名"玉簟秋""腊梅香"。此词用张炎叠韵调式。

卷 二

瑞鹤仙·珠游溪观鹭畅想

艳阳稻香吐。爽霭迥然流，荻花飘絮。回望溪南浦。闪银翎白羽，衔鱼霜鹭。寻觅凝伫。啄虾蚌、飞舞浅渚。待来年，苏醒春山，远去翱翔天宇。

思绪。听潮江岸，观瀑亭台，湫水如注。想啜清露。相思罢，汲泉煮。忆童年旧事，渔樵牧子，直把诗怀记取。对凉风、海气萦回，默然无语。

注：《词谱》列入十六体，双调，仄韵，九十字至一百二字不等，又名"一捻红"。此词用一百二字刘一止调式。珠游溪：故乡山溪，源自天台山东麓，东流入三门湾蛇蟠洋。

瑞鹤仙·家山海国神秀图卷（题画）

海堤环蛎港。过石岛岩礁，艳阳晴爽。晨岚峰峡苍。经潮风汐霭，渔舟细浪。真情相望。且到了、家园寻访。还记得、诗语飞扬，揽胜海山豪放。

堪赏。听泉湫水，坐对青山，石城叠嶂。挥毫意畅。思量罢，总难忘。凭春风多事，流波送到，也把涛声吟唱。忆梅溪、凤鸣丹邱，周天荡漾。

注：《词谱》列入十六体，双调，仄韵。用刘一止调式。

洞仙歌·长夏宿农家

山家小院，有竹风回旋。密叶凉荫吹香散。坐露台、绿雨微洒幽篁，壶铫煮，闲榻烹茶烟乱。

寄情挥秃笔，拙率苍茫，写就莲峰耸天半。欲展尽诗情，浓墨枯焦，云水湿、远岑近涧。旅舍净、清溪度酷暑，黑夜见流萤，仰眺星汉。

注：《词谱》列入四十体，双调，仄韵，八十三字，以苏轼词为正体。变体字数和句式差异较大，令词八十三字至九十三字三十五体。慢词一百一十八字至一百二十六字五体。此词用葛郯八十三字变体令词调式。

洞仙歌·揽胜海山茶意图（题画）

朝霞无限，染海山神秀。相聚溪头弄泉手。向清潭白石、汲露烹茶，临流坐，峡树晴岚依旧。

家园萦梦里，烟霭缥缈，笑醒诗情到云岫。叠嶂卷飞湫、松风竹韵，堪足惜、紫瓯砂缶。且去处、千崖玉界中，细雨绽新芽、绿毫香透。

注：《词谱》中，《洞仙歌》列入四十体，双调，仄韵。此词用葛郯八十三字令词调式。

洞仙歌·山里人家

山风竹海，雨歇晴阳露。绿水长天畅怀抒。几时林籁起、山里人家，炊烟袅，柴灶蒸烹芋薯。

乡间芳草路，寻觅溪头，荠菜花开簇前浦。茗叶煮寒泉、爽饮野茶，清旗展、韵香如故。会意处、岩潭注甘霖，汲取记从来，碧波新贮。

注：《词谱》中，《洞仙歌》列入四十体，双调，仄韵。此词用葛郯八十三字令词调式。

洞仙歌·听泉斋饮武夷岩茶大红袍

飞泉深壑，共千岩竞秀。流水声传书斋牖。有桐琴音色、天籁无弦，凭谁听，清韵悠悠依旧。

松涛涌动处，袅袅春烟，煮茗烹云墨香透。正空谷泉响、吹醒诗心，岑岚远、萧然来后。听泉斋爽品大红袍，雅意想当时、味甘醇厚。

注：《词谱》中，《洞仙歌》列入四十体，双调，仄韵。此词用葛郯八十三字令词调式，唯下片第六句句读不用三五句式，用八字一句不分读，为填词句读常用方式。

天香·梦里家山画中秋

湫烟留痕，海礁涌浪，丹峰黄叶飘聚。橘绿橙黄，远天连岭，带来海山风露。潮涨潮落，舞银羽、荻溪栖鹭。梦里家山，造化心源，艳阳霁雨。

意境画中看取。亦长留、暮年心绪。岁月蹉跎过去，恰似流水。情生水墨七彩，且调出金色染霜树。剪采秋光，殷勤寄与。

注：《词谱》列入八体，双调，九十六字，仄韵。此词用景覃九十六字调式。

念奴娇·师来夜谈

辛卯夏避暑天目村，中国美术学院耄耋老教授郑朝师倏然夜来客舍，叙谈论艺纳凉。

农家夏隐，有凉荫送爽，一壶幽绿。须信平生书画缘，却向人间游历。水流花涧，林籁浮雅屋。忽闻呼我，夜深何处来客。

惊喜师生邂逅，露台竹椅，有茶香郁馥。闲听岩泉栏外落，味如甘霖可掬。艺海纵横，忆吟旧赋，当年宿浮玉。归去来兮，依然巨树青竹。

注：《词谱》列十二体，双调，仄韵，一百字。以苏轼词为正体，变体如"大江东去"词，又名"大江东去""酹江月""赤壁词""壶中天""寿南枝""杏花天""百字令"等。此首词用苏轼正体调式。

壶中天·家山海国图（题画）

江湖万里，忆当年旧事，天南海北。须信夕阳无限好，遥想神州游历。大漠孤烟，长河落日，祁连冰雪白。黄山峰顶，卧云何处词客。

常叹岁月蹉跎，书屋借山隐，留图寄迹。归饮丹邱秋更爽，惟有醇香意逸。潮退潮涨，云逐山海，渔岛集舟楫。乾坤清气，龙湫泉雨喷激。

注：《词谱》列十二体，双调，仄韵，一百字，此词用张子野调式。"壶中天"为"念奴娇"别名，又名"大江东去""酹江月""赤壁词""寿南枝""杏花天""百字令"等。

百字令·富阳严陵矶

富春江畔,见钓矶,当忆严光行独。风雨皆从人世感,露湿鹳山修竹。浩渺江波,小棹碧水,隐然在滩渎。橹声悠远,岸边依旧小筑。

游历桐庐富阳,清雅何地,郁家老瓦屋。寂寂新筠飞紫燕,穿过堂前归宿。钓月登云,流光带彩,帆驶前汀绿。随风荡漾,白云还卧深谷。

注:《词谱》列十二体,双调,仄韵,一百字,此词用张子野、张炎调式。"百字令"为"念奴娇"别名,又名"大江东去""酹江月""赤壁词""寿南枝""杏花天""壶中天"等。此调与前调"念奴娇"前、后段二、三句句式有别。严陵矶:严光字子陵,东汉刘秀同窗,隐居富春山水间,富阳鹳山南麓江岸有其垂钓石矶。崖壁有苏东坡"钓月登云"摩崖刻石。郁家老瓦屋:即郁达夫故居,为滨江公园一景。

百字令·香山早茶

吾友邵兄全建赠"香山早"明前新茶,并云:吾乡丹邱有葛玄炼丹植茶遗址,种茶历史亦可追溯至远古。香山早茶,珠溪香山所产,宋时已入茶市。余遍搜古今茶书茶文,没有"香山早茶"记载。独坐鲍尊轩中试饮,此茶虽不见经传,但清醇幽淡,细品慢酌中透出早春山野茗韵茶香,真爽心乐事也。寄调《百字令》,填词吟记。

春风又到鲍尊轩,且看绿云新蕊。芽长清明添嫩翠,亦是舒心天气。雀舌旗枪,鹍鸣幽曲,正可将春寄。此时此景,谁将香茗先赐。

偶品细叶早茶,水灵仙气,铫里泉声沸。爽爽醇香多野趣,凭我此时品试。雅风清赏，珠溪心韵，更恋乡情意。鲍瓜青盏，澄怀观道三味。

注："百字令"见前词注，此调用明代词人王遐昌调式，并步其韵。词调与前首有异，为变体。绿云：茶之雅称。雀舌旗枪：一芽一叶之茶。鲍尊轩：吾七十七岁喜寿之年，始用壶名作斋名，曰"鲍尊轩"。鲍即鲍瓜，葫芦、蒲瓜也，寄意淡泊无为隐逸生涯。"鲍瓜青盏"结句两句：佛家言"须弥山可纳芥子之中"，壶家言"壶小乾坤大"，茶人言"茶亦道"，可以澄怀观道也。

南浦·严陵矶

闲步探鹳山，画图中，富春缥缈淡雾。新绿涨前阁，繁枝外、吹走渔帆飞渡。矶头忽见，碑书严光垂钓处。倏然心静，听浩淼，流波，微涛如诉。

追思贤者襟怀，可钓月登云，隐耕南浦。眼前水云宽，沙洲近，付与晴岚霁雨。浓荫摇曳，人文遗迹鹳山浒。子陵胜景，老钓矶依旧，江烟天宇。

注：《词谱》列五体，双调，仄韵，一百五字，以程垓词为正体。此词用史达祖词式。鹳山：富阳胜景。严光：字子陵，曾与刘秀同游学，秀登基，封其高官，不仕，归隐钓耕于富春江。钓月登云：苏东坡题摩崖石刻"登云钓月"，位于严陵矶上之崖壁。

鱼游春水·富春江

江楼春风里，矶石前头流水逝。浓荫密叶，晴日送暖风细。岸埠遍生绿苔痕，垂柳杨枝拂云际。无限江烟，一派春意。

几曲江岸水际。又见碧波游锦鲤。我侬渐入佳景，晨岚初霁。小棹吹帆微澜远,望断富春几回醉。子陵旧迹,钓耕旧地。

注:《词谱》列二体,双调。明洪武、嘉靖朝刻本《草堂诗余》均刊此调。疏注:宋政和中,士人得佳词,作者无考。宋徽宗见而喜之,命大晟府依词谱曲,用词中句"鱼游春水"御定调名。

瑞龙吟·山家叙茶

浙西路,藻溪叠翠苍崖,古藤高树。密林百啭鸟声,暮年隐在,清溪深处。

消酷暑,夏居山野人家,绿篁窗户。露台凉椅砂壶,糯香正好,借茶寄语。

应是山灵留客,泉边风起,炊烟袅舞。欣喜师友相逢,一见如故。江南塞北,行踪多苦旅。妙论心源自造化,纵横艺海,高峰须攀取。襟怀磊落,求新思绪。挥毫留墨痕,诗意里,满卷江湖烟雨。山云飘去,山湫飞注。

注:《词谱》列入四体,双拽头三叠词,仄韵,一百三十三字。用朱彝尊《词综》所辑张耒词式,《词谱》未列此体。糯香:糯米香普洱茶。

踏歌·听泉斋饮茶

雨歇。揽云亭、煮露泉烟活。烹砂铫、隐约涛翻彻。又新毫碧绿添清澈。

但说。聚良朋、雅会咏歌阕。一年价、把盏对相啜。便山遥水远分吴越。

茶香郁馥借梦蝶。重相见、且把乡情撷。爽心品春茗,乐事看湫洌。总难忘、清明时节。

注：《词谱》列二体，为双拽头三叠词，仄韵，八十三字。正格第三片起二句作三三句，此词添一字作七字句，是为添字变体，用词集《梅苑》无名氏变体调式。

鞓红·品明前绿毫寄调

山湫喷泻，泉珠飞溅。怎奈那、珍毫初绽。翠芽别样，韵泛盅碗。沸水沏、嫩华浮展。

汤气缭绕，新茶波面。绿叶竖、香飘竹院。一壶堪酌，家山虽远。且莫使、春风信断。

注：《词谱》列入一体，双调，仄韵，六十字。鞓红：牡丹名，用作词牌名。陆游《桃源忆故人》词有"一朵鞓红凝露"。泉珠飞溅：天目山清溪源农家山庄寄宿处，窗外露台竹林蓊蓊郁郁，露台东角有一道岩泉飞泻，泉水成珠帘，泉声如琴声，故可听泉品茶，读书作画，清雅静幽，怡然自乐。

芭蕉雨·天目山夜读《庄子》

雨过凉生竹叶。山斋消尽酷暑无热。榻椅最是爽滑。还有石泉可煮，茶盅意惬。

老夫何处梦蝶。山海任飞越。却又是庄子逍遥说。乘风万里诗心，直上九天境界，寄情夜月。

注：《词谱》列入一体，双调，仄韵，六十五字。此词唯上片第二句三五句式不分读为八字一句。下片第四句三三句式不分读为六字一句。此法为填词常用句读之法。

玲珑玉·三年夏宿清溪源

黄梅刚过，宿农家、竹韵潇潇。明窗画桌，山籁远近如涛。此处凉风习习，直教晴荫爽，茶饮一瓢。今朝。幽篁中、环境寂寥。

料想今年酷夏，定炎阳如火，先隐寒皋。绿天正好，更能消、气躁心焦。休问南瓜香薯，还有那、石笋野果，蕨菜嫩蒿。且沉醉，蟠龙桥、花雨滔滔。

注：《词谱》列入一体，双调，平韵，九十八字。绿天：指芭蕉叶荫。典出怀素，其植芭蕉数百于佛庵四周，号曰"绿天庵"，用蕉叶书写练字，成"怀素书蕉"典故。

冉冉云·凌霄花开

雨霁山家又晴晚。看凌霄、嫣红初绽。柔蔓引、朵朵彤霞无限。只像是、丹青舒卷。

带露飞仙瑞日展。似腾龙、朱凝翠点。珊瑚红、且把诗情缱绻。花娇艳东风染。

注：《词谱》列入二体，双调，仄韵，五十九字。又名"弄花雨"。

碧牡丹·芭蕉凉荫

凤尾冲天倚。碧叶展，凉风吹。避隐农家，送爽舒神畅意。喜入眉头，见亭亭旗翠。爽爽荫，使心醉。

怀素纸。常想书蕉趣。清溪夏凉天地。酷暑骄阳，绿扇翻动风致。静坐丛边，得沁心长携。几多诗，几多意。

注:《词谱》列二体,双调,仄韵,七十四字。用程垓七十五字变体调式。

剑器近·山乡雨霁

竹林雨。怎借得、东风吹住。凌霄几朵艳处。且看取。憩农户。已静听、莺声燕语。岩泉催动思绪。可烹煮。

高树。叶荫遮日午。砂壶一把,玉盏净,品茗摩茶缶。抒情清赋寄溪波,想华发老夫,襟怀淡泊如许。往事无数。艺海耕耘,浪迹申江歇浦。挥毫添彩千峰曙。

注:《词谱》列入一体,双调,仄韵,九十六字。乃宋人截取唐曲一段,自成新腔。依据宋人唯一词作依韵填之,记吟天目山宿农家清溪源度夏。

卷 三

越溪春·湫水绿毫

湫水蕊华翠毫挺，香绿越溪春。偏僻海隅葛仙地，绽珍芽、山茗清新。凤嘴尖细，沉浮飘袅，堪惠东邻。

烹云煮露潭津。飞觞聚嘉宾。清明谷雨暖气吹动，绿毫香淡芳晨。君已早煎砂铫水，茶韵绝风尘。

注：《词谱》列一体，双调，平韵，七十五字。葛仙地：即丹邱山，葛玄植茶炼丹处。

疏影·浮玉山居逢师

闲居浮玉。有清溪雅舍，老伴同宿。客里相逢，耄耋恩师，赏心同看修竹。暮年白发青春远，却记得、南山书屋。叹年华、夕照晚晴，化作茶香清馥。

犹忆当年往事，困苦三年饿，面色黄绿。志在凌云，忘了寒重，昼夜用功苦读。师教不倦襟怀阔，送来了、春阳如沐。至古稀、聚首山乡，淡泊健康相嘱。

注：《词谱》列入"疏影"五体，又名"绿意"，双调，仄韵，一百十字。用正体调式。耄耋恩师：中国美术学院史论家郑朝教授，我的文学老师和班主任，时年八十五岁高龄，连续四年长夏与我相聚天目村度夏，谈诗论画，师生缘深也。南山书屋：杭州南山路浙江美院校舍。

绿意·海湾渔村图意（题画）

远礁迤逦。有千崖玉界，春雨初霁。海国仙乡，曙色朝阳，云霞露出天际。山风海气流波阔，岛屿翠、渔村船桅。泊港湾、咫尺天涯，山海画廊雄丽。

常写故乡胜景，那是接地气，神往心醉。笔笔舒怀，点点浓情，情与墨痕相递。还看湫水飞烟起，却又似、涧龙游戏。任凭这、拙率苍茫，已有海山新意。

注：《词谱》列入"疏影"五体，又名"绿意"，双调，仄韵，一百十字。用正体调式。

后记：空中楼阁式的艺术创作不可取，创作需要生活底气。外师造化，中得心源，亦可谓之接地气。

家山好·海国幽梦

海山仙国梦清妍。茆轩静，泻岩泉。湫溪野壑春毫绿，起岚烟。籁声幽，松涛翻。

水远天长家山好，海上作游仙。渔帆耸立，银鸥白羽舞翩翩。盘旋翠岛湾。

注：《词谱》列一体，双调，平韵，五十七字。《家山好》乃刘述词，因词中有"家山好"句，故作词牌名，《词谱》误为无名氏。海国幽梦：辛卯夏，宿天目山清溪源农家度夏，每日作画，梦回家山海国，乡愁乡梦萦怀，填以新韵寄情，题于山水长卷之尾。

暮云碧·故乡海山吟

水天无际,涛头潮平,银鸥散雪。迤逦岛影,港湾晴色。沧溟远霭,梅雨乍收,透出穿岩如月。篷外礁屿硬似铁。玉界千崖浪激,红头网船排闼。相聚赴洋山,帆樯云集。何日借风发?

情切。神驰海山仙国,鱼塘虾蟹鲜蛏活。云霞一抹,泥马快捷,闯海英雄豪杰。洞天蛇岛堪说。鬼斧神工岩窟。石宕开阔,眺望翠峰湫岭叠。

注:《词谱》列一体,双调,仄韵,一百十九字。又名"吊严陵"。穿岩:穿岩洞,三门湾畔东南六洞之一。泥马:闯海人海涂上代步滑板,前有把手,一腿跪板,一脚踏泥借力滑行。蛇岛:三门湾蛇蟠岛,有采石石宕千洞奇观。

露华·海山朝晖图(题画)

红霞旭日。揽万壑千山,绘出春色。潮汐海风,重把千崖轻拂。几时烟雨琴江,忘却帝王悲寂。龙涧水,珍毫野茶,亦付神逸。

诗情意匠标格。濡墨写心源,添点帆舶。还展紫痕朝霭,妙在策划。嫩绿渐染湫泉,簌簌翠云飞出。山海境、悠然心中记得。

注:《词谱》列二体,有双调、仄韵、九十二字调式,双调、平韵、九十四字调式,均系王沂孙词。此词用仄韵调式。

露华·造化心源山海境

心源隽永。得造化相酬,感受心境。笔墨润枯,重写溪山揽胜。畅怀挥就烟岚,却在水天峰岭。风光秀,仙乡海阔,远近帆影。

一生沧海曾经。晚岁白头翁,濡墨烟凝。带着笔痕浓淡,恣肆纵横。湫水泻破层云,潇洒瀑泉飘滢。苍率间、怡然画成逸境。

注:《词谱》列二体:双调仄韵,九十二字调式;双调平韵,九十四字调式。此词用仄韵调式。

露华·读《艺海诗风——国立艺专诗选》

历史图卷。见满腔豪情,岁月遥远。楼阁听天,雷婆头峰霸悍。我辈誓不随波[1],指墨禅心神翰。湖上梦,巴山话雨[2],热血祭奠[3]。

磐溪青木勤勉[4]。更待化鲲鹏[5],驰骋行健。元气淋漓神聚[6],传统绵延。兴奋飞泻流泉[7],风雨笔端相传[8]。霞凝紫[9]、郑翁倾心辑纂[10]。

注:《词谱》列二体,有双调、仄韵、九十二字调式,双调、平韵、九十四字调式。此词用仄韵调式。隐括诗集成之。[1]出自吴茀之再赠包笠山诗:"誓不随波我辈情。"[2]出自吴茀之送谢海燕南归诗:"雨话巴山愿已酬。"[3]国立艺专以艾青(蒋海澄)为代表的现代诗派用新诗为中国革命呐喊,为理想而献身。[4]抗日战争期间国立艺专内迁云贵川,在铜梁县青木关校区度过几年后,再迁入重庆磐溪办学。[5]出自吴茀之赠包笠山诗:"扶摇更比鲲鹏化。"[6]出自潘天寿绝句十五:"元气淋漓淡有神。"[7]出自潘天寿题画山水诗:"兴奋飞雨泻流

泉。"⑧出自吴茀之赠包笠山诗:"笔端风雨骋纵横"。⑨出自潘天寿题画山水诗:"晚霞凝兮天紫。"⑩郑朝老师古稀之后,收集整理国立艺专1928—1949年之间劫后残存的传统与现代诗歌,精选二百余首而成《艺海诗风——国立艺专诗选》。郑朝,中国美术学院教授、史论家,中国美术家协会会员,林风眠研究会秘书长。我在国美求学时班主任,教授中国语言文学。

拾翠羽·夏饮冻顶乌龙翠玉茶

夏入山林,消暑总随凉宿。听鸣蝉,隐藏乔木。凌霄色艳,百合芬馥。山雨霁、岩径嫩泉映绿。

坐竹烹云,相望茶烟飘倏。正当时,飞觞翠玉。青旗舒展,砂壶香郁。堪畅叙,槛外老泉簌簌。

注:《词谱》列一体,双调,平韵,六十八字。冻顶乌龙:台湾南投翠玉茶最富韵味,听泉斋主人相赠一罐,携至天目山慢品。嫩泉:雨泉为嫩,天水甘霖降,生地表山泉,故曰嫩。老泉:岩骨沁泉为老,岩中水和地下水,不知年月,故曰老。

清风满桂楼·山海图意(题画)

晨风吹拂,透出朝阳,彤云一抹初煦。礁屿浪中立,常激起、波涛冲天如雨。丹霄动岚色,港湾里、沙鸥飞舞。连朝望、静霭流烟,染成霞缕。

晴光照天宇。海气山风,帆樯会聚前浦。回看岛埠边,渔笛响、红头网船驾驭。诗情慢自许。墨焦润、心源撷取。乘长风,惟借丹青付与。

注:《词谱》列一体,双调,仄韵,一百一字。

暗香疏影·坐竹读书看茶

翠荫露歇。密叶凉气爽,山风吹拂。避暑清溪,长夏骄阳生炎热。独拽幽篁竹影,静寂心、诗情真切。六涧泉、清澈堪汲,可贮梦中月。

长忆文坛逸事,读中郎妙记、天目七绝。步上龙桥,觅个清凉,亭下雨华飞屑。烹云初试青顶叶,品茶韵、临风时节。煮石铫、新茗添香,放眼晚晴天阔。

注:《词谱》列一体,双调,仄韵,一百五字。吴文英自度曲,以"暗香"上片与"疏影"下片合而为一成新腔。中郎:袁宏道字中郎,明万历进士,文学家,有《袁中郎集》。天目七绝:袁中郎游记《天目》二则,其一写斯山飞泉、奇石、庵宇、雷声、云海、巨树、茶笋七绝奇观。青顶叶:天目青顶茶,唐代名茶。

暗香疏影·听泉斋清饮

涛头绿浦。海岸潮退了,苍岩溪渚。白鹭翱翔,飞舞天风沐清露。谷雨书斋瀹茗,只寄情、茶烟飘去。便欲闻、香气怡人,心醉到何处。

前事空回旧迹,再将涧水汲,须信茶趣。越棹吴波,归计家山,煮月烹云甘澍。高山湫水遥岑远,问谁共、壶天思绪。有余馨、散谈襟怀,几许梦中乡路。

注:《词谱》列一体,双调,仄韵,一百五字。吴文英自度曲。煮月烹云:隐括清雍正年间崇安县令、茶仙陆廷灿诗句:"轻涛松下烹溪月,含露梅边煮岭云。"澍:雨水,甘澍即甘霖。

暗香疏影·海湾胜景图卷（题画）

竹风吹拂。送早凉爽悦，神思飞发。数缕云霞，飘到山乡又吹没。独望横空广宇，远梦幽、泉飞珠雪。涧韵清、石上溪声，流水向东越。

常想故乡前事，渔船泊岛屿，海鲜常吃。欲把湫山，图入烟岚，诗意画中堪说。老夫新写心源境，墨焦拙、苍茫奇崛。笔力沉、点线浓淡，绘就海山开阔。

注：《词谱》列一体，双调，仄韵，一百五字。吴文英自度曲。

一枝春·山海不了情

海气山风，正吹醒、梦里思乡潮雨。帆樯无数。唤起诗情画绪。琴江乍暖，送来了、春风轻抚。灵感现、山海神秀，万道朝晖同聚。

礁屿港湾深处。霞自染，绣出彤云如缕。湫泉泻泄，峰壑绿林珠露。悠悠舢舨，慢摇到涛头荻浦。还有这、闯海英雄，笑歌欢语。

注：《词谱》列二体，双调，仄韵，九十四字。用正体调式。

一枝春·茶吟家山（乙酉新春用前韵）

晓雾初收，壑云涌、依旧朝霞天宇。泥壶铫盏，唤起煮茶情绪。春风吹拂，袅香气、茗炉烟舞。应煮到、波细涛翻，尽是龙腾凤鬻。

留恋听泉深处。看云飞远黛,长随潲雨。书窗日暖,试写韵文新赋。诗情画意,已欣然、玉溪梅侣。还可借、丹邱绿毫,笑声醉语。

注:《词谱》列二体,双调,九十四字,仄韵。缺《词律》所列周密词一体,周词句法句读、平仄,异于《词谱》中二体,应属又一变体。此调依《词律》所列周密词调。

梅子黄时雨·吾师诗谭

浮玉山乡,有师生夜语,评点诗赋。旧忆都成歌,晚晴记取。漫道少年堪回首,柳浪闻莺西湖雨。情畅处。绿风竹叶,凉爽如许。

诗句。襟怀喧吐。说纵横艺海,心画收贮。信那庄周蝶,翩然归绪。教我潘公诗书画,门墙桃李斜阳暮。沉吟处。溪籁树涛蛙鼓。

注:《词谱》列一体,双调,仄韵,九十四字。

后记:壬辰长夏,和耄耋恩师郑朝教授三聚天目村度夏,或在暮色中散步,或在竹林岩泉前品茶,谈诗论画,海阔天空。吾赠师《谦斋诗词集》,师惊讶,问我师从哪位诗家入得诗门?我相告私淑北大王力教授学格律,师古人师造化,岁月蹉跎,风雨人生,寄情寄缘而已。师叹曰:风雨磨砺也,大凡诗家,有苦难者必多诗,杜少陵、陆放翁是也。师赠我七律一首,厚爱有加,吾愧莫能当。当年潘天寿院长提倡中国画教学诗书画印全面修养,吾虽勉力而为之,实太难也。

附:郑朝诗《天目山晤以谦读其诗画有感》:"八十老儒七十生,艺窗旧梦浮玉前。品赏丹青三五卷,吟哦韵句两百篇。苍健郁勃亦超逸,隽语真情悟机禅。教我潘公诗书画,门墙几人可比肩。"

清夜游·海葵袭来风雨大作

今宵昨夜,又数番、狂风暴雨。倾盆泼高树。竹林绿叶飘,迎风飞舞。银河天水,泻湫山、泉流如注。浮云似海莲峰,涧声飞来雨霁处。

年暮。尚须慢说,往事已难追,凭尔看取。人在江湖,谁能避风雨?艰难几度从头,直教人、泪襟相诉。有清苦、风雨平生,烟云吞吐。

注:《词律拾遗》卷四列一体,双调,仄韵,九十七字。《词谱》未录。

后记:壬辰年立秋日后半夜凌晨三时二十分,海葵强台风登陆故乡三门湾南田鹤浦镇,连日连夜狂风暴雨袭来,骤生感叹,风雨人生,浪迹吴头楚尾,暮年寄调而吟。

夏云峰·双清池

涧水腾。蟠龙雨、华亭凉气相迎。杉荫绿泉池翠,日沐双清。暑天风爽,常静坐,冷凳茶瓶。看皱石,疏烟密树,浮玉泠泠。

昭明太子集英。辑文选,心血枯目双盲。天池洗明双瞽,传说神灵。仙乡深处,台榭秀、隐映雕楹。池倒影、辉煌殿宇,恰似丹青。

注:《词谱》列五体,双调,平韵,九十一字。用柳永正体调式。

后记:西天目山昭明峰下,有太子庵,相传为梁昭明太子萧统在天目山读书之处。太子集文学作品,编选为二十卷《昭明文选》,是我国现存最早的诗文总集。并在此分《金刚经》为三十二章。太子劳累过度，双目失明，得僧人帮助，用东西天目山天池之水洗其眼，双目复明。太子庵故址内，有太子井、洗眼池、分经楼，楼名"文选"，池名"灵沼"。禅源寺（古双清庄原址）侧山潭故名双清池。

夏云峰·游千丈岩得韵

狮子岩。石雄踞、禅关狮口蒲龛。飞阁当年旧迹，洗钵香潭。传高峰偈，得自在、意入遥岚。黛岭远、悬崖隔壑，石佛庄严。

目眺竹树伽蓝。翠屏峰、彩叶添我观瞻。千丈壁深莫测，泻雨珠帘。山云飘处，多佳景、满眼含烟。瑞气聚、临渊浮玉，揽胜云昙。

注：《词谱》列五体，双调，平韵，九十一字。又名"露华浓"。用正体调式。千丈岩：西天目山狮子岩下千丈悬崖。禅关狮口：狮子岩口处张开成天然石室，即元代高僧高峰禅师坐禅处，亦称狮子口，高峰称为"死关"，以示其寝息诸幻、坐断万缘之决心。飞阁：狮子岩古代建有飞云阁，已圮，旧址难寻。洗钵香潭：指高峰禅师洗钵池。池在一巨树根旁。高峰圆寂偈云："来不入死关，去不出死关。铁蛇钻入海，撞倒须弥山。"坐化于狮子口石室。石佛：指隔涧翠屏峰悬崖石壁对面佛，乃天然石佛像。伽蓝：指天目山（浮玉山）佛寺古迹众多，规模以禅源寺为最。

卷 四

早梅香·邓尉香雪海探梅

远浦清游,又探得早梅,绽放消息。骨朵琼苞,点了胭脂,渲染颜色。铁杆疏枝,傲雪霰,可堪自得。客旅逢,欣然会意,赋诗韵逸。

独立凌寒姿,正悠然残梦送出。老树新蕾,春色渐浓,湖滨杏花殊别。醉赏烟霞,坐闲雅,一番晴日。莫道寻常,江南胜地,山云香雪。

注:《词谱》列一体,双调,仄韵,九十六字。步韵无名氏词。

黄莺儿·太湖梅园

湖山撷秀宜先暖。两两三三,轻点苔痕,绿蕊疏花,红淡相间。方趁湿雾寒风,见嫩苞初绽。且看枝上参差,走近梅园,春意初现。

堪羡。隐映虬枝头,早沐阳暾浅。梦中馨动,淡荡风来,细薰情绪香遍。晓发数枝花,漫向今宵展。此际独揽春光,莫笑群芳晚。

注:《词谱》列三体,双调,仄韵,九十六字。此词用词集《梅苑》无名氏九十五字变体调式。

风入松·凤凰品湘酒

凤凰秋信悄然生。老屋雕楹。画楼已旧黄翁健,武陵叟、笔墨神凝。金桂飘香银桂白，龙船楚调歌兴。

土苗城寨坐桥亭。静听波声。盈盈沱水飞觞急，陶瓶里、酒鬼醇馨。乐赏边城楼阁，古街苗饰风情。

注：《词谱》列四体，双调，平韵，七十四字。又名"风入松慢""远山横"。此首隐括拙诗，用正体调式。黄翁：黄永玉先生，已届九旬之寿星老画家、老作家、老顽童。酒鬼酒包装设计为黄永玉先生杰作。

步月·步出东风航天城畅怀（平韵）

古塞居延，汉代胡杨，傲然阳关界西。北疆荒漠，沙走袭人衣。大戈壁、祁连雪岭，浩瀚浪、陇上云低。尘扬处、风霜酷热，驼队影逶迤。

涟漪。沙海阔，盘雕且走马，洲箭将飞。九天圆梦，英杰攀登跻。国人志、鲲鹏展翅，长征号、迎接朝晖。冲霄焰、神州揽月擎红旗。

注：《词谱》中列平韵九十六字、仄韵九十四字各一体，双调。此首用史达祖平韵调式。

步月·月夜车行大戈壁（仄韵）

雪岭祁连，大漠明月。远看万壑如列。泻银戈壁，似玉琼铺设。不毛地、瀚海驼舟，铜铃静、绒毛冰结。居延海、西汉屯关，戍边豪杰。

胡杨身似铁。寻历史千秋，汉简篇笈。羌笛调古，早吹成歌阕。夜风啸、皓月沙丘，照荒堞、石滩残阙。堪长吟、亘古史诗激越。

注：《词谱》列平韵九十六字、仄韵九十四字各一体，双调。用施岳九十四字仄韵调式。胡杨：溺水河故道成片汉代枯死胡杨巨树千年不倒、倒地千年不朽、黑而无皮、蔚为奇观。曾出土著名居延汉简，表明此地乃汉朝军屯之地。月夜自拍摄点回东风城车行大戈壁，月色千里、浩瀚无边，襟怀开阔，隐括吾之旧诗成韵。

塞垣春·正屿涛头海天阔（题画）

海阔天垂野。绿岛岸，渔帆挂。细烟过了，柳絮飘忽，风景堪画。这乡情已系人心呀。用笔墨、听挥洒。展长卷、龙华阁，碧波礁屿都写。

怀旧几多深，真图得、山海风雅。岁月足相思，漫歌赋长夜。白头翁、袖里东海，沉吟处、寂寥青灯下。啜墨不寻常，共将湫水泻。

注：《词谱》列四体，双调，仄韵，九十六字。此词用正体。正屿涛头：正屿山，故乡三门湾内小岛，有涛头渔村。龙华阁：吾在沪上画室于龙华寺西，斋名"听枫阁"。湫水：故乡天台山东脉湫水山之瀑泉，此山因湫多而得名。隐括自吟拙诗而成韵，题于《海山揽胜图》山水长卷。

梦芙蓉·宋赋合卷记吟

岳阳楼妙咏。记三湘雅迹，巴陵殊胜。一湖天阔，看远山衔景。巫峡烟雨迎。长江吞入洞庭。夕照朝晖，沐潇湘浩淼，诗情总还相竞。

笔墨钩沉化境。情迴江南，德泽贫贤秉。钱公华赋，颂义田彪炳。世缘壶茗永。越莼吴藕清净。写卷临池，叹仁怀节义、忧乐典论堪敬。

题解：壬辰冬应范仲淹裔孙、制壶家丰泽阁主人嘱，吾与书家吴维军同书《〈岳阳楼记〉〈义田记〉书法合卷》惠赠。

注：《词谱》列入一体，双调，仄韵，九十七字。为吴文英自度曲。迥：远意。华赋：指范仲淹、钱公辅二记。忧乐典论：指范公千古名句"先天下之忧而忧，后天下之乐而乐"。

万年欢·过梅溪

十里梅溪，记去年足迹，梓里风景。犹仰晋朝，逸隐章安旧令。道德光昭尽显，凤凰鸣、丹邱殊胜。长者居、老屋峰峦，四时桃李湫岭。

回眸处，山岙静。把千秋故事，堪当宝镜。教那闲情，欣作农家茶甑。笑沐中天丽日，正春阳、畅怀诗兴。田园别有醉乡心，绿毫甘澍清茗。

注：《词谱》列平韵四体、仄韵六体、平韵仄叶一体（赵孟頫词）。双调，九十八字至一百二字不等。用程大昌一百字仄韵变体调式。章安：魏晋古郡，辖地为今浙台州、温州、丽水、宁波、绍兴和福建闽北地区。东晋章安令梅盛辞官后卜隐吾乡宁和里，于丹邱寺读书诵经时，凤鸣丹邱灵凤山，南朝陈文帝敬敕其为长者。隐居处之溪亦名梅溪。长者：梅长者。茶甑：故乡山家或路廊、凉亭，昔时用大陶甑泡凉茶作饮料，客来自舀一瓢解渴。甘澍：借指湫水山泉，甘澍即甘霖。

万年欢·玉溪湫水

岁岁梅花，记当年游迹，依旧风光。恰似今朝，溪头淡淡琼芳。醉叹群山挹翠，喜相逢、素蕊凝香。梅溪畔、疏影横枝，赏心乐事故乡。

春风沐雨泉峡，又暮年图绘，山海初阳。喜听龙吟湫水，诗赋华章。更有良辰美景，待人问、何处传觞？轻烟动、壶盏波涛，茶味新尝。

注：《词谱》列平韵、仄韵十一体，九十八字至一百二字不等。用九十八字平韵正体。

水龙吟·壬辰大寒雪里红梅初开

天教铁杆盘岩曲，看有神仙标格。早梅初绽，溪头春信，吴魂越魄。疏影横斜，雪天孤艳，可堪怜惜。向枝头独放，东风第一。艳阳意，期他日。

闻道玉溪已识。问山梅、知春消息。严寒唤起，众花将醒，馨香千百。最是关情处，梅花俏、蕊薰清溢。汉宫春苒苒，天香留取，新妆朱额。

注：《词谱》列二十五体，双调，仄韵，一百二字。用晁端礼一百二字变体调式。"水龙吟"又名"丰年瑞""鼓笛慢""龙吟曲""小楼连苑""庄椿岁"五体。吴魂越魄：吴越两地均有赏梅胜地共名"香雪海"，一在邓尉，一在超山，故得此句。汉宫春：咏梅之经典词牌。

东风第一枝·雪梅

寒雪初凝，湫泉飞霰。溪梅骨朵初绽。虬枝花现芳菲，怎地玉芽香软。疏枝慢赞。涧畔有、琼英片片。迥不与、桃李争妍，自许斗寒无怨。

飘雪姿，银羽烂漫。飘雪态、素馨娇面。簇雪枝展妖娆，腊尽应知春晚。暗香悠远。最好是、寄情毫管。借水墨晴阳临风，看取清气图卷。

注：《词谱》列四体，双调，仄韵，一百字。用吴文英变体调式。

凤箫吟·喜作金笺山水小品

九州同。荧屏歌舞，江南海北春风。神游霄汉间，金花火树，璀璨闪霓虹。年年如意夜，更欢欣、国运昌隆。度吉旦龙华，古寺祈福祥钟。

和融。东来紫气盛，峰无语、且沐嫣红。梦痕应在，海角天涯，几番奇境相逢。造化成妙诀，心源得、笔墨兼容。再细写金笺，与君雅赏岩松。

题解：2013年元旦，应"金玉满堂：2013上海金笺小品迎春展"之邀作《海山朝晖图》和《紫气东来》两帧小品，佳节之时，吟此记事。

注：《词谱》列五体，双调，平韵，一百字。又名"芳草"。用王之道变体调式。

凤箫吟·冬阳茶梦

日当轩。东风微拂，申江雾霭云烟。依然茶气袅，润鼎稠香，和茗流芳妍。连环紫玉铭，糯毫香、陋室壶天。雅人羡如仙，听砂铫煮山泉。

前川。流漱声洗雪，郁潺潺、漱玉溪源。瓦炉松火，煎涛回澜，水熟茶沏香漫。恍然尘世外，幽兰放、雨过花繁。闲心坐晴阳,暖窗梦到家山。

注:《词谱》列五体,双调,平韵,一百字。又名"芳草"。用王之道变体调式。

后记:壬辰冬制"玉连环"铭刻于曼生扁壶上:"稠香和茗流芳润鼎。"无论起句顺倒吟读,可得四言两句壶铭十六则,切壶切茶,殊有古趣。

映山红慢·雪霁围炉

瑞雪龙蛇,漫道是、新春霰雨。咏赋度年华,七秩晋二,申江陋寓。诗回海国琴江浒。梦飞湫岭苍峰曙。堪得茗香聚,围炉煮水盈缶。

翁自寿、当酒陈茶,人自在、禅心甘露。身自健、襟怀淡泊,览读沧浪溪浦。人生易老天难老,越山吴水山魂舞。墨痕留住。共紫盏、酽馨萃取。

注:《词谱》列一体,双调,仄韵,一百一字。用元载调式。瑞雪龙蛇:交岁龙蛇,飞雪中送壬辰旧岁迎癸巳新春。海国琴江:故乡三门湾健跳港,因宋高宗赵构逃难投琴于此而得名。湫岭:故乡最高山脉湫水山山隍岭,天台山东脉,多湫泉而得名。陈茶:陈年普洱茶,陈香韵味殊胜。

蓦山溪·湘楚凤凰行

潇湘荆楚。记得桃源赋。嫩绿弄晴晖,远峰青、落英无数。当年岁月,最忆宿沱江、院庭处。凤凰路。教我忘归去。

苗家老屋,游历畅心绪。吊脚木楼中,尽追寻、银冠锦舞。

朝云暮霭，袅袅起船歌，歌似诉。觥醉举。相问春知否？

注：《词谱》列十三体，双调，仄韵，八十二字。又名"上阳春"。用晁端礼变体调式。沱江：凤凰古城沱江镇，土家族、苗族混居地。院庭：古城内土家族、苗族民宿吊脚楼客栈，为明清古建庭院。银冠锦舞：苗族银饰和土家织锦、摆手舞。船歌：土家族民歌《龙船调》。觥醉举：苗族、土家族喜用土酒待客，客如饮，则三大碗，令人大醉。亦可推辞滴酒不沾，可免灌醉。

探芳信·辰山国际兰展

辰山好。乐赏兰园春，荟萃芳草。正艳阳倩影，幽馨展姣娆。蜂蝶虎鹤锦兜美，玉女金童俏。艳瓢唇、姹紫嫣红，镇园珍宝。

雅事游人笑。百媚袅姿，清气缭绕。喜沐薰风，最堪嗅、香祖到。五洲四海奇葩秀，越蕙吴兰妙。满庭芳、世界名兰多少。

注：《词谱》列四体，双调，仄韵，九十字。用史达祖正体。蜂蝶虎鹤：指蜂兰、蝴蝶兰、虎尾兰和鹤望兰。锦兜：指五彩兜兰，其花朵唇瓣形如履，亦名"拖鞋兰"。玉女金童：玉女为硬叶兜兰雅称。金童为兜兰家族代表，中文学名杏黄兜兰。艳瓢唇：指兰展镇馆之宝瓢唇兰，雌雄异株，热带兰之极品，雄兰五彩斑斓黑瓣黄唇似人形，雌兰厚唇粉翠素绿。越蕙吴兰：泛指中国兰，号称"香祖"。

高山流水·听古琴曲《西泠话雨》

《西泠话雨》为浙派古琴大家徐元白先生晚年杰作，辑入《浙派古琴遗韵》。其弱冠时，拜杭州云居山照胆台方丈释大休上人为师，得浙派古琴真髓。先生一生传奇，青年时曾追随孙中山先生，参加北伐，后复挂冠求去，泊回原处，知白守黑，倾心古琴，操缦不辍，卓成大家，为浙派琴宗。癸巳初夏，游徐氏故地吾乡台州海门老街，归沪听此琴曲，填词纪念。

素桐微妙起圆通。揉丝弦、裊向苍穹。潇洒送清波，山光水色空蒙。沉吟处、叶绿花红。西泠桥，亭上飘来细雨，滴翠莲蓬。坐风荷曲院，碧水动凉风。

琴中。家乡有西子，徽不绝、羽觞清宫。操一曲瑶琴，畅忆照胆疏钟。望云居、南北高峰。抚流水、常想大休艺德，鹤唳孤松。恁禅音化雨，弦上意相融。

注：《词谱》列一体，双调，平韵，一百十字。吴文英自度曲。下片结二句作四六句，现依《全宋词》作五五句填之，呼应上片结二句五五句式。徽：琴面镶嵌十三个圆点，称十三徽，是琴弦泛音位置，多用螺钿或玉石平面装饰。亦有盲人用琴，琴徽高出平面，曰盲徽。羽觞清宫：中国音乐以"宫商角徵羽"五音记调，此借指古琴曲。瑶琴：古琴亦瑶琴、玉琴、七弦琴。照胆、云居：大休上人驻锡之地，借指师生琴缘。

后记：徐元白（1893—1957），浙江台州海门人。早年与其弟徐文镜同拜在浙派古琴大家释大休上人门下。兄弟二人亦为书画篆刻家、古文字学家，善斫制古琴。古琴琴艺形成七十二抚、按、操、揉、滚、拂指法，微妙圆通，古朴典雅，流畅奔放，雄健含蓄，抑扬顿挫而成浙派风格。其与子孙居杭州南山路勾山里，一门三代古琴家。徐文镜，号镜斋，元白胞弟，于五十年代初，在香港购得一席之地，建"海表琴台"，并置亲自斫制古琴十二张，撰十二琴铭，镌刻于琴腹。《镜斋十二琴铭》广泛传播于海内外，扬华夏徽音。其中"大休""元白"二琴，以乃师乃兄之名名琴，亦有二琴以"海门潮""忆西湖"名之，师生情、兄弟情、故乡情，皆寄于琴铭之中，文采灿然。徐文镜著有《古籀汇编》十四卷。

一萼红·凌霄

鸟啁啾。见农家院落，华萼静悠悠。缠绕枝藤，老杆嫩叶，绿意红态忘忧。翠叶展、龙腾虬舞，青阳照、惊醒早花羞。江南盛夏，老夫欣赏，凌霄如榴。

花冠韵致盈盈，簇芳华朵朵，绽放朱稠。霞凝天工，丹青妙手，烂漫恁尔狂游。想凌云、高天万里，看花放、诗兴到心头。堪叹山花迤逦，装点村楼。

注：《词谱》列四体，双调，平韵，一百八字。用姜夔正体词调。

西江月·阳羡山中饮茶

点点玉泉湫水，分明香雨飞溅。瓦垆松火细心煎。搅入梅花琼片。

人到茶坞坐绿，阳羡晴日烟峦。远峰黛影荆南山。爽饮山家竹院。

注：《词谱》列五体，双调，五十字。前后段各四句两平韵一叶韵。用柳永正体调式。阳羡：江苏宜兴古称阳羡，山区多竹林茶园，产紫笋茶和阳羡红茶。

卷 五

凤栖梧·茶吟诗意长卷（题画）

甲午岁朝，偶读宋人卢氏登山临水之作《凤栖梧》。宋词中，罕见女性旅途羁思之词。感慨伊词意境隽永、翰墨骚雅、音韵清新，欣赏有加。正月写成《茶吟诗意书画长卷》后，调寄卢氏词式，记吟新春绘事。

轻棹悠悠波浪细。海国家山，绿水连天际。寻梦丹邱湫峡里。石岛渔村曾游地。

点墨烹茶长相忆。玉界千崖，多少诗情醉。待我挥毫添远意。图中常染遥岑翠。

注：《凤栖梧》唐代教坊曲，用作词调，本名"鹊踏枝"，宋晏殊词改名"蝶恋花"，双调，仄韵，六十字。《全宋词》《宋词大辞典》列入柳永、周密、杜安世、卢氏等《凤栖梧》多首。卢氏词有序，"登山临水，不费于讴吟。易羽移商，聊舒于羁思，因成《凤栖梧》曲子一阕，聊书于壁"云云。"凤栖梧"又名"鱼水同欢""明月生南浦""黄金缕""卷珠帘""细雨鸣池沼""一箩金""桃源行""望长安""桐花凤""江如练""西笑吟""蝶恋花""转调蝶恋花"等。

凤栖梧·溪山雅集图卷（题画）

舢板悠悠平涛浅。晨霭轻岚，海气连天远。添得清晖霞片片。紫铫炉烟香茶碗。

晴壑湫泉清照眼。雅集诗情，剪取峰峦卷。壶里乾坤禅意伴。一斟又见阳光灿。

注：《全宋词》列入多首，同前调，仍用卢氏词式。

凤栖梧·游潘家小镇

甲午深秋，游故乡湫水山东麓大岚山溪峡深处潘家小镇。湫水山山隍岭，是五十八年前我年方十五，冒雨徒步翻山越岭旧地。小镇实为小山村岩下潘，近年规划美丽乡村，山村田宅森林溪谷，家家新筑别墅，峰壑间建玻璃栈道，为农村旅游、农家民宿休闲之地。

翠叶樟荫连别墅。曲水桥廊，碇埠闲沙渚。忽忆少时曾到处。岭水湫烟趁风舞。

探涧溪萝龙态树。涧底流泉，缱绻诗情绪。一腔乡愁知几许。潘家小镇乡音叙。

注：《全宋词》列入多首，同前调，仍用卢氏词式。桥廊：村头双龙溪上筑有木结构风雨桥，为游客休闲纳凉之处。碇埠：溪上筑有过溪石三十多墩，乡语称碇埠。上游形成人工湖，泊数十艘彩色游船，供漂流用。碇石间有三十余道泄水孔，形成瀑布。溪萝：溪萝树，俗名，不知学名，村头有古溪萝树，虬姿巨干，枝繁叶茂，树荫婆娑。截一寸溪萝嫩枝，脱出皮可作哨，童时曾吹玩。

蝶恋花·现代重彩《梦蝶》（题画）

癸巳秋，余姗姗从我研习现代重彩，甲午新春发来《梦蝶》一图，装饰技法多样探索，俨然已入现代重彩门径，喜而填词。

漫步画坛今继古。芳信随心，直上云霞舞。丹凤彩蝶凌霄羽。素衣淡绡青春女。

满眼春阳梨花雨。谁把清新，散入诗情诸。梦里庄周化蝶处。说侬斑斓胭脂语。

注：《词谱》列三体，双调，仄韵，六十字。石孝友变体，上片叶两平韵、两仄韵，系"平仄通叶体"，即古韵之所谓"三声叶"者。又名"凤栖梧""鱼水同欢""明月生南浦""黄金缕""卷珠帘""细雨鸣池沼""一箩金""桃源行""望长安""桐花凤""江如练""西笑吟""蝶恋花""转调蝶恋花"等。此词用《白香词谱》苏轼正体调式。今继古：重彩画，汉唐有之，色彩璀璨。宋代始，中国画崇尚水墨，重彩画式微。二十世纪八十年代初，云南画派继古开新，注现代理念而成中国现代重彩画。梦里庄周化蝶：典出《庄子·齐物论》："昔者庄周梦为胡蝶……不知周之梦为胡蝶与，胡蝶之梦为周与，周与胡蝶，则必有分矣。此之谓物化。"

玉连环·岁朝坐雪

甲午正月初十，大雪漫天飞舞，侄孙浩翔携史婷至陋室。他俩与我同为国美校友，坐雪品茶，论艺看画，祖孙之间，其乐融融。初度七十三岁感赋。

雪花飘洒，携壶相对，萦梦玉溪芝兰。汲云烹露，茗香发清泉。炉铫滚、活火煎。蟹眼沸、波涛声翻。搅动胸中雅意，煮水暖寒轩。

香酽。自沏茶筵。与俦侣乐赏，壶里神仙。且看殷勤挥笔，舒畅峰峦。诗情寄图画，写湫山。极目处、看海湾。正归帆直抵白云乡。

注：《玉连环》为双调，平韵，九十四字。《词谱》和《词律》不载。《松隐乐府》录曹勋自度曲一首。此诗依曹勋调式。萦梦玉溪：玉溪，即故乡亭旁溪支流湫水溪，因三国东吴郡守屈坦号玉溪，在此隐居而得名。蟹眼：煮水初沸时泛小水泡，谓之蟹眼；再沸泛中泡，谓之鱼眼；三沸之时波涛汹涌，汤熟。

白雪·新春烹茶乡梦长

瑶台冻玉,风骤起、飞琼又遍长空。小铫焰低,书斋还暖,围炉便御寒重。茗香浓。舞银羽、素皑相逢。动心处、透窗灯景,沪夜闪霓虹。

长爱越水泛舟,吴淞行脚,鼓船篷。忆写故园山海,依旧别梦中。轻絮落、千崖玉界,瑞雪报年丰。霁雪初阳,家山一抹霞红。

注:《词谱》列一体,双调,平韵,九十五字。杨无咎自度曲,依其调其韵填之。

八声甘州·新春抒怀

小窗晴日暖,忆家园、东流水云溪。揽奇崖峡树,春兰秋菊,密叶繁枝。倏忽蹉跎岁月,叹物换星移。爽朗春风至,百事咸宜。

常想造化心源,做五湖倦客,万里游归。赖烟云吞吐,拙笔点清晖。远峰青、空蒙写就,尽我情、海国寄相思。烹湫涧、可堪浅酌,茶韵神飞。

注:《词谱》列七体,双调,平韵,九十七字。变体有九十五字至九十八字多种词调。又名"潇潇雨""宴瑶池"。《甘州》原为唐大曲,有引、慢、近、令诸式,盖度曲之常态,今已不见,唯存此调。因上下片共八韵,故名"八声甘州"。此词用《全宋词》叶梦得九十七字调式。

国香·春节写山海茶吟（题画）

海国初阳，照渔村船埠，锦绣仙乡。凝望晨霞微染，风棹轻扬。且带晴波浩淼，便随着、流到琴江。相看两不厌，梦里丹邱，画里帆樯。

汲湫泉煮水，扇炉烟活火，雅集飞觞。可烹溪月，几度茶话添长。重写朝晖无限，最难忘、橘绿橙黄。东风吹拂下，笔意浓焦，墨意苍茫。

注：《词谱》列二体，双调，平韵，九十九字。又名"国香慢"。用张炎正体调式。

国香·啜墨看茶随韵

丁酉夏秋，移家故地橘树园中，乃老妻随缘而租，遂家焉。六十年前，吾家住在此园北侧。六十年过去，竟随缘归隐故地，唏嘘不已。新居可眺石城山、章家山、湫水山。套房宽敞，画室兼书房，斋名用"橘树园"，依然故园情结。茶室用砂壶之名，号"鲍尊轩"，感叹人生浪迹，散淡无为。茶轩添置明式老柏木茶桌椅一套，旧友新朋，时来烹云饮露，品茶论画，天南海北，畅怀神聊，怡然自乐。

墨润龙湫。写涧泉曲曲，蓊水清流。心中烟霭重见，云态悠悠。海气山风吹到，悄然是、春雨如油。相逢石城下，抱朴守真，暮岁归游。

橘园烹溪月，挟碧峰翠色，绿满田畴。海天平远，应记渔棹飞舟。渺渺声波细泻，越盏饮、茶看丹邱。壶香款款醉，梦入珠溪，雅集台州。

注：《词谱》列二体，双调，平韵，九十九字。

八节长欢·观瀑亭听泉

春满人间。北山漫步,爽朗悠闲。松间滴泉雨,岚气绕林峦。亭台观瀑喜登临,到晚晴、独赏溪山。且把家园记写,留与人看。

潺湲曲水回澜。风吹拂、苍岩几度春还。诗意寄相思,石城下、常闻滴沥吟寒。泉籁静,堪细听、坐对心宽。回眸处、飞珠漱玉,潇潇落下云端。

注:《词谱》列二体,双调,九十八字。用正体毛滂调式。北山:故乡北山景区,有石城山、精秘庵、岩洞、禅月山、石城飞瀑、观瀑亭诸景,观瀑亭在瀑布水口悬崖下,可听泉。

促拍满路花·古梅

沪上海湾梅园,有百树古梅,老干盘曲如虬龙,疏枝含苞初放,都市梅园,赏梅佳地,游人歌行如醉。

梅园春斓漫,旅友携相看。虬态三百岁、照华冠。奇葩异卉,铁骨红婵娟。宋萼唐梅古,共历枯荣,曲湖倒映仙鬟。

赏疏枝、骨朵僬然。春暖到滩原。花痕现玉态、似星繁。绽珠展萼,款款步云寰。放眼钱江浦,绿粉朱颜。处处老树龙蟠。

注:《词谱》列十一体,平韵六体,仄韵五体,双调,平韵、仄韵正体均为八十三字。此词用赵师侠八十六字平韵变体调式。又名"满路花""满园花""归去难""一枝花""喝马一枝花"。促拍:又名簇拍,指曲调节奏急促。王国维云:"促拍,疑大曲中之催拍也。"含苞初放:园艺师云,三分开放七分含苞为最佳赏梅时节。铁骨红:为百

岁珍贵红梅名品。宋萼唐梅：唐朱砂梅封"梅王"、宋梅绿萼称"梅后"，自皖南山区移来，枯木盛花如丹霞白云。唐梅厅和宋梅轩四周有百株百岁古梅环绕，梅园奇观也。滩原：杭州湾畔围垦海滩而成五四农场平原。钱江浦：指上海奉贤杭州湾畔五四农场，梅园建于国家森林公园之中，种植近百个梅树品种，共三万五千余株，为江南最大梅园和赏梅佳地，已举办多届上海海湾梅花节。

促拍满路花·海湾梅花节

绿萼宋时蕺，唐蕊对江津。不与群芳斗、最销魂。恁薰花气，香雪已嗅闻。簇簇蓓蕾嫩，朵朵彤云，琼珠绽放三分。

探梅园、谁寄芳尘。催动满枝春。仙姿袅娜处、玉成痕。罗浮梦醒，朱白映春申。倩影疏枝外，散飘清芬。汉宫春色精神。

注：同前调，仍用赵师侠八十六字平韵变体调式。绿萼：宋梅，树龄三百岁。唐蕊：唐梅，四百岁树龄，为朱砂梅极品。绽放三分：三分开花七分含苞为赏梅最佳时期。朱白：指花色，唐梅名品朱砂梅和宋梅绿萼白梅，交相辉映。汉宫春：借指红梅名品朱砂梅和铁骨红。吾师海粟翁《艳斗汉宫春》长题诗款云"一支画笔舞东风，点染梅花彻底红。更有新得纪今日，神州都在彩霞中。……万花散向雪中出，一枝独先天下春。"海粟老人曾作《艳斗汉宫春》红梅多幅，自罗两峰出，古艳而极有生命力。"汉宫春"，宋词词牌名，多赋梅。

汉宫春·海湾梅园

红粉初醒。便见春信息，一抹丹青。奇葩又趁乍暖，馥郁含馨。唐梅正待，弄醉颜、斗艳争胜。宋蕊白、重瓣绽开，香雪似海风清。

何来绰约相临。见冰清玉洁，共此晶莹。峰回路转，为谁更现芳凝。滩园异卉，铁骨红、虬干龙腾。君不见、年年越溪野岸，亦语琼英。

注：《词谱》列十体，平韵八式、仄韵二式，双调九十六字。变体有九十四字至九十七字不等。用沈会宗九十六字平韵变体调式。唐梅、宋蕊：四百年唐朱砂梅封"梅王"、三百岁宋梅绿萼称"梅后"，自皖南山区移来。铁骨红：百岁古树珍品红梅。滩园：上海奉贤五四农场海滩国家森林公园之梅园。

汉宫春·绿萼红梅（甲午腊尽乙未正新岁交三阳开泰）

粉蕊微香。见数枝淡影，几朵初芳。新春开了绿萼，点缀山乡。烟迷远水，且送来、脉脉春光。慢道是、溪头岸边，惊破碎玉琼章。

东风剪取红妆。喜花姿绰约，浮动沧江。良辰美景，岁华交泰三阳。林泉雅致，任我看、蕾绽霓裳。凭点染、胭脂汉宫斗艳，醉韵飞觞。

注：同前调，仍用沈会宗九十六字平韵变体调式。汉宫斗艳：详见前注"汉宫春"，海粟翁有红梅杰作多幅，题长诗于《艳斗汉宫春》图中。

阳春·听泉斋茶香醉人

蕙风轻，悠然到，回暖瑞云春日。禅静坐良辰，书窗外、愿把花蕊送清逸。紫壶流溢。曾卧处、浦南溪北。还是品茗看茶、听泉斋、会心相识。

摘青翠新芽、寒云凝，无极水、烹煎待客。明前珍毫雀舌，绿玲珑、赏对仙叶。山湫峡雨漱石。且带了、兰馨娇色。乐斟酌、点试龙泉盏，香飘翰墨。

注：《词谱》列二体，双调，仄韵，一百四字。亦名"阳春曲"。用史达祖一百四字变体调式。

扬州慢·游瘦西湖

辛卯春，与友宗士德、于逢海三家人同游扬州，寄调填词纪念。

露稀风轻，桃花初绽，悠然漫步晴荫。有春风十里，正吹度长林。老友聚、平山堂外，金焦浅黛，楹赋情深。瘦湖杨柳色，抒畅诗意胸襟。

虹桥望远，大明寺、白塔禅音。到皓月中天，五亭桥下，月影浮沉。二十四桥还在，游览罢、归饮甘霖。运河凭阑赏，烟花三月清吟。

注：《词谱》列三体，双调，平韵，九十八字。用郑觉斋调式。金焦浅黛：长江对岸镇江市金山焦山淡如水墨。楹赋情深：平山堂有集苏轼《放鹤亭记》、欧阳修《醉翁亭记》、范仲淹《岳阳楼记》、王禹偁《黄冈竹楼记》赋语，制成堂前楹联一副，集联文思奇妙，浑然一体，壮美雄丽，极富诗情。

扬州慢·扬州纪游

柳叶青青，琼花初谢，新晴染绿浓荫。正东风送暖，微雨满香林。记游迹、大明寺古，金山石奇，盆景艺精。眺瓜州、登览山堂，万户江城。

烟花三月，瘦西湖、画棹舒心。为谁弄新词，即兴歌吟，依韵情生。二十四桥明月，洞箫远，白塔钟声。恁临风夜立，凭阑神爽波清。

注：《词谱》列三体，双调。用姜夔九十八字正体。金山石奇：瘦西湖有"小金山"园林，园中置巨型奇石盆景名曰"小金山"，为一盆景建一园，海内鲜见。山堂：平山堂，大明寺西侧园中古建筑，欧阳修闲饮雅集之处。

十月桃·武陵仙源（题画）

金鞭岩下，索溪桃树峪，已是仙关。迷雾奇峰，登天门青岩山。张家界里待客，问乡俗、织锦霞丹。桑田紫陌，鸡犬相闻，花雨春原。

步武陵溪上悠闲。兰棹入、宝丰湖碧田园。寄语春风淡抹，煮水茶轩。东君自是春主，借蕊意、展萼山前。从今点染，一番花信，彩墨斑斓。

注：《词谱》列三体，双调，平韵，九十九字。又名"十月梅"，用《乐府雅词》无名氏九十九字变体调式。

霓裳中序第一·茶意诗情

茶轩意雅悦。缶铫砂壶已净抹。春茗堪烹妙物。啜新叶爽心，茶香时节。竹炉水沸。火煮山涛泛如雪。诗情在，一瓯碧绿，雅饮品甘洌。

幽绝。香毫一撮。逸趣畅吟连句接。随宜诗韵采撷。海国仙山，水云清澈。漫游龙涧歇。且喜寒潭甜洌洌。常亲近，泻 湫飞雨，静意听泉泄。

注：《词谱》列三体，双调，仄韵（用入声韵），一百一字。用姜 夔正体调式，入声韵（《词谱》所列三体词韵，均用入声韵）。

行香子慢·泉溪烹茶图卷（题画）

霁雨春融。见峰云墼烟，岚气葱葱。家园无限好，溪涧晴 空。茆斋外、砂铫声沸，烹露汤涌淙淙。煎绿叶、几簇新毫， 乾坤揽壶中。

欣逢。泉泻湫龙。寻丹邱古寺，再觅旧踪。山潭汲水，举 杯任从容。芳馨动、霞觞醉客，瓦炉飘馥香浓。吟咏茶情，声 声韵韵，和雅清风。

注：《词谱》列一体，双调，平韵，九十六字。依《高丽史乐志》 无名氏词原韵填之。

秋夜月·品茶赏月诗萦怀（甲午中秋）

中秋佳节。碧晴空，烹桂露，婵娟朗彻。砂铫和烟炉扇， 水沸汤热。微薰散，馨香袅，凉风爽悦。茗醉、三盏酽醇馥郁。

中天皓洁。共清宁，同静笃，蟾华莹眸。月照杯中波面， 玉晖似雪。叹年暮，古稀也，诗情勃发。随韵、吟颂广寒宫阙。

注：《词谱》列二体，双调，仄韵，八十四字。用尹鹗正体。

凤凰台上忆吹箫·金笺写海山仙子国图卷（题画）

　　天霞金色，远岛潮平，海山仙国朝阳。正应是、挥毫濡墨，感悟灵光。玉界千崖记写，湫水峡、泉石苍茫。心抒畅，得意乡情，秋桂飘香。

　　芬芳。微风和霭，追旧地，渔家集聚帆樯。便飞去、烟云渺渺，橘绿橙黄。行尽蓬莱罕见，千洞岛、因洞生凉。回眸处、画凭造化添长。

　　注：《词谱》列六体，双调，平韵，九十七字。又名"忆吹箫"，用曹勋变体，唯换头句藏短韵，与晁补之正体略异。灵光：灵感之闪光。千洞岛：即三门湾蛇蟠岛，古人采石留下石宕千洞，蔚为奇观。

卷 六

龙山会·登龙山亭怀古

恍惚乡愁远。渐次登高，曲曲云溪看。凭栏心缱绻。山海阔、天水苍茫深浅。何事望丹邱，便遥想、仙翁茗盏。最畅神、湫泉滴沥，松涛渡涧。

风送银桂飘香，岭下潮音，岭上文昌院。家家溪海畔。旧境杳、感叹烟消云散。濡墨写遥岑，沉吟处、相宜抒展。见龙山、群峰抱秀，九秋斓漫。

注：《词谱》列二体，双调，仄韵，一百三字。用赵以夫正体。丹邱：故乡亭旁丹邱寺，东汉末三国时葛玄炼丹处，也是晋章安令梅盛长者辞官隐居读经处。古建筑已毁多年，今复建，初具规模。龙山亦有葛玄遗迹，山中有葛仙翁丹井遗存。文昌院：龙山之首俗称龙头岭，文昌阁龙山书院古建筑设于岭头，为古代家乡学子读书之所。下有渔埠码头，潮涨潮落，上有龙山书院，天风海涛。可惜山移阁毁，旧景消失，不存半点痕迹。

望云间·古今上海滩

百里吴淞，都市沪滨，曾经旧邑渔滩。聚摩天高楼，千国轮船。飞渡江桥巨架，霓虹不夜宸寰。有崧泽文化，古瓦干阑，烟井苍然。

风来震泽，雨霁松江，构筑繁华城颜。七彩摩登城景，钟响海关。长忆千秋岁月，南翔鹤舞人间。黄君子歇，功垂青史，五泖三山。

注：《词谱》列一体，双调，九十六字。旧邑渔滩：上海在宋代开埠成为华亭县和松江府（松江又称云间）东部滨海之地市镇，原系小渔村，俗称沪渎，故简称"沪"。崧泽文化：五千年前文化遗迹，在青浦区。黄君子歇：即楚国春申君黄歇，春秋战国四大公子之一，封地楚国吴淞间。黄歇疏通了太湖流域吴淞江，开凿黄歇浦即黄浦江导太湖水入海，水利于民，人民纪念春申君，黄浦江称为春申江，上海亦简称为申。五泖三山：历代文人泛称太湖东部近海地貌为五泖三山。五泖，形容太湖河网地域河道港汊纵横，三山，指西郊佘山、天马山和小昆山等小山丘。

南乡子·岁月足瞻观（吟酬）

岁月足瞻观。苦累人生竟变迁。华白双鬓添喜乐，欣言。幸得丰盈意慰然。

且当训勉看。传递家风再灿烂。门第栋梁振家国，思源。期许儿孙锦绣天。

注：《词谱》列单调、双调各一体，宋以后多用双调。此词用五十六字双调，上下片各四平韵。此词调又名"蕉叶怨"。

后记：鄞东倪跃新先生书香门第出身，文心不改，新春吟诗一首，感慨和期许，心迹可鉴。今隐括其诗，调寄"南乡子"填词相赠。

八归仄韵·借山书屋

故乡云岭山庄，有"悠然见南山"之感，遂租而家焉。陈兄祥麟偕其兄来访，品茗闲聊，乘兴书就章草"我也借山"赠我，故用"借山书屋"名书斋，以别白石老人"借山吟馆"。亲朋好友品茶读诗论画之所，俨然似有"谈笑有鸿儒，往来无白丁"也。

云溪带雾，潮音萦水，乡土旧梦愁独。春烟散处催人坐，还听子规声碎，文章堪读。岁月相寻图画里，望远高楼林簇。更难忘，渔市樵歌，鱼蟹鲜味足。

须信江湖未老，而今烹茗，聊叙借山书屋。一湾山海，数重峰壑，总付丹邱添绿。喜畅怀爽饮，煮铫看茶赏心目。寸涛起，梅公故里，凤水龙湫，泉流如琴曲。

注：《词谱》列仄韵、平韵两体，双调。用姜夔自度仄韵一百一十五字调式。寸涛：郑板桥有题壶诗："嘴尖肚大耳偏高，才免饥寒便自豪。量小不堪容大物，两三寸水起波涛。"凤水龙湫：凤山之水龙湫之泉，三门县城所用自来水，以湫水山高山水库泉水为水源。

八归平韵·借山书屋再吟

春申细雨，吴淞烟淡，吹送万里清风。乡关渐近乡愁远，江湖倦客归来，却似秋鸿。岁月蹉跎催梦老，卧云处，舍得相从。望醉眼，幽竹青篁，好个画图中。

情融。清明新霁，艳阳三月，满眼初绿空蒙。老妻相伴，故园依旧，教人隐逸长从容。有烹泉雅趣，且斟素盏茗香浓。可堪也、借山书屋，啜墨看茶白发翁。

注：《词谱》列仄韵、平韵两体，双调。用高观国自度平韵一百一十三字调式。

青门饮·云岭山庄

云岭山庄，阳台遥望，春岚霭远，琴江潮去。照眼银花，逸香金蕊，还是薰风玉露。茗韵青门饮，借山居、龙山俦侣。濡墨烹茶，回望石城，人住佳处。

长记湫泉流渚。清听潺悠悠，籁声如雨。东越故乡，海山萦梦，付与梦归情绪。岁月蹉跎也，寄沧桑，丹邱钟鼓。玉树临风，梅溪看水，壶铭闲赋。

注：《词谱》列三体，双调。用秦观一百七字正体。壶铭闲赋：近年间撰得《谦斋十二玉连环壶铭》，其中"稠香韵茗流芳润鼎"和"清筠新露听涛烹渚"两铭，书刻曼生扁壶，为茶友所欣赏。

八音谐·寿拙荆七十岁华诞（乙未冬月）

芳草瑞华年，百岁七旬到，相携伴侣。写得兰亭序，墨香添艺圃。花静叶翠莺啼，又道是、谦谦君子处。琴曲起、正键飞徵羽，歌欢乐谱。

书屋借山对竹篁，斟越盏同饮，品茶谐趣。挥毫写翰章，把诗书留取。趁着妙墨银笺，更爽了、晚晴思绪。日永且凭阑，福寿至、长相濡。

注：《词谱》列一体，双调一百字，唯录曹勋词。步曹词原韵填之。徵羽：借指乐曲。我国古代音乐记谱用"宫商角徵羽"五音记谱。老妻喜弹古典钢琴曲，精通五线谱。银笺：银白色纸笺，此处泛指宣纸。妻喜书隶书，专攻曹全碑，兼及史晨、华山、张迁碑，汉隶书法飘逸、沉雄兼具。五十五岁始学丹青，专攻雄鹰、大鸡等。

选冠子·谷雨初晴

谷雨初晴，烹茶饮露，又是杜鹃啼候。青山隐隐，竹叶潇潇，窗下越瓯依旧。炉气袅袅萦心，远峡流云，海山神秀。被东风唤醒，沁心兰蕙，玉香初茂。

常想念，湫水丹泉，铫壶相煮，掬取绿凝春昼。清溪曲曲，雀舌片片，风雨几番知否？采摘珍毫，正宜瀹茗飞觞，醺香盈手。拽寸涛来去，悠然雅态，醉茶如酒。

注：《词谱》列十六体，一百九字至一百十四字不等，双调。又名"选官子""转调选冠子""惜余春慢""苏武慢""仄韵过秦楼"。用陈允平一百十三字调式。湫水丹泉：湫水山之水，丹邱之泉。寸涛：隐括郑板桥题壶诗有句"两三寸水起波涛"。

花发沁园春平韵·故里归翁

故里归翁，暮年华发，家居丹麓青林。诗书递乡，笔墨寄痕，茶铫味浸樟荫。借山书屋，恰对着、翠竹舒心。煮绿茗、沾得清醇，一壶涛泻潮音。

此际烹云饮露，把青盏随沏，波动遥岑。湫山峡水，嫩茶野叶，融和谈笑情深。晴朗天气，啜微香、薰满衣襟。更醉了，新品相斟，直抒山海茶吟。

注：《词谱》列仄韵、平韵各一体，双调。用王诜一百五字平韵调式。

花发沁园春仄韵·岁月蹉跎（丙申正月）

岁月蹉跎，暮年华发，一生绘事陶醉。挥毫濡墨，秃笔润焦，山海泻湫流泄。风云际会。长眺望、清朗天气。撮泡茗壶小乾坤，薰香微妙如蕙。

品酌仙芽浅翠。煮甘霖烟飘，嫩叶添味。借山书屋，画友畅怀，薄盏微波如醴。人生雅意。同相语、文心游艺。共夜话、逸趣欢声，直教书画共济。

注：《词谱》列仄韵、平韵各一体，双调。用刘圻父一百五字仄韵调式，并用黄升词音律相校。

五福降中天·自寿七十五岁（丙申春）

正新春佳节，喜气染尽江东。映日蔚彤云，岁朝霞红。随处祥光普照，福满人间意浓。画里乾坤，晨曦瑞气融。

嫣妍疏影，着数点梅花相逢。吹出馨香旖旎，漫向春风。云情水态，且寄迹梅溪梦中。海阔山高，多情应笑老茶翁。

注：《词谱》列江致和调一体，双调，八十四字。此词依江致和调式填词。与《词谱》列"齐天乐"别名之"五福降中天"一百二字调式无涉。央视丙申春晚向全球华人送出五福贺卡，感而用"五福降中天"填词自寿七十五岁初度。

迎新春·元宵

元夕看灯处，万里龙腾狮舞。丹彩流和煦。喜众乐、耀红炬。闹元宵、千灯万户。此夜放、春色祥辉微吐。百里乡俗古。迎岁节、传声渔鼓。

碧天云淡，皓月当午。光璀璨，和羹待客无数。霓虹美景连连看，白头翁、又动情愫。太平年、灯节欢欣精神爽，随心说茶赋。雅韵相见，对斟砂缶。

注：《词谱》列一体，双调，一百四字，仄韵。和羹待客：台州地域元宵夜古俗，家家煮荤素米羹供客人和邻家儿童讨食，谓之"吃糟羹"，相传始于戚家军保卫台州城，倭寇围城，断炊缺粮，正月十四

日，戚继光军队和全城百姓，集中粮米菜蔬煮成米羹，军民同食，万众一心，击败倭寇。自此，台州正月十四过元宵，比全国各地早一日，家家户户烹羹开门待客，成为元宵乡俗。婚喜人家煮甜羹谓之"新妇糟羹"。和羹之美，美在共享，美在包容。

渡江云·乡愁

家山云入海，随心眺望，应是早潮初。一犁桃花雨，满目森林，田畦绿春蔬。炊烟袅袅，夕阳下、峰浸溪湖。还记得、陌头杨柳，送几声鹧鸪。

愁余。蹉跎岁月，海气山风，更吹向何处？空惆怅、苍茫山水，笔墨相濡。殷勤艺海弄潮罢，堪可惜、难觅故庐。堪回望、借山小隐心舒。

注：《词谱》列三体，双调。用一百字正体。前段四平韵，后段叶一仄韵四平韵，为此词声律特点。宋词词律有平仄互叶，如"西江月"等词。

两同心·湫水野茗

乙未清明，吾友杨圣国弟回乡，言其茶友自沪驾车至云南普洱自制茶，斤茶成本逾万，为沪上茶人风尚标。近年吾甥吴维军与茶友，发现湫水山高海拔人迹罕至处，有野茶树群落，亦有若干类似野黄茶树，山高低温，仅雨前数天可采摘新芽焙制，斤茶成本两三千，堪称绝品。余与圣国一啜，叶绿汤清，茶香雅淡，寄调而抒意乡情。

越东山海，仿佛仙源。积翠处、潺潺流水，可堪忆、却是故园。湫泉泻、石濑如琴，绕竹回澜。

雨露醉了茶烟。煮铫香漫。且品饮、黄毫野茗，识滋味、最妙消闲。归来处、绿树红花，烟外晨岚。

注：《词谱》列平韵六体，双调。用晏几道六十八字变体调式。

鹤冲天·野茶泛绿韵

书轩晴暖，坐饮茶烟里。阳台绿荫浓，和风细。小铫煎云水，砂壶沏、春滋味。恰似高吟际。寄韵词章，觅得玉界诗意。

竹林滴翠，昨夜初雨洗。漫赏毫芽焙制。莫负东风愿，丹青许、漱如醴。琼盏飞觞醉。书屋借山，雅聚浅斟相递。

注：《词谱》列八十四、八十六、八十八字三体，用杜安世八十六字调式。

望海潮·壬辰除夕

龙蛇交岁，琼花玉树，春江璀璨新年。珠霰袭来，檐头聚冻，今冬又遇严寒。银洒锦中笺。七彩霓虹耀，灯火斑斓。白发画翁，围炉煮水起茶烟。

平生艺海勤研。有诗书作伴，撷秀江天。挥写退毫，心源造化，慢图瀛海丹山。渴笔点前川。陋斋烹白石，壶涛轻翻。满眼龙鳞搅雪，蝶梦舞翩翩。

注：《词谱》列三体，双调，平韵，一百七字。此词用柳永正体调式。退毫：锋颖退尽之笔，即秃笔，山水画家喜用之，追求生率荒拙、圆浑苍茫笔致。烹白石：清代砂壶名家邵二泉壶铭"煮白石，泛绿云，一瓢细酌邀桐君"，隐括用之。蝶梦：典用庄周梦蝶，意写雪态。

望海潮·春归

丹峰苍翠,云溪潇洒,岩洞泻瀑争流。仙山海国,清泉石濑,龙湫宿雨初收。天际泛渔舟。见岛礁渡口,正好归游。静阁潮音,岁月回首是乡愁。

悠悠。畅目凝眸。叹青春易去,老叟何求?梅水玉溪,宁和旧地,依然汉晋丹邱。吟啸凤山头。浪迹江湖客,归隐田畴。茶饮粗芽细叶,相与醉台州。

注:《词谱》列三体,双调。用邓千江一百七字变体调式。此调与正体同,仅换头处藏一短韵有异。汉晋丹邱:汉末三国时葛玄炼丹修道丹邱,晋长者梅盛诵经读书之于丹邱古寺。

望海潮·山海台州

神仙居处,天台霁雨,石梁岩瀑争流。括苍峰壑,灵江水籁,长潭宿雨初收。天际点银鸥。见海门潮涌,乾坤气浮。妙慧梵音,岁月回首是乡愁。

悠悠。极目凝眸。华顶十万丈,归云九秋。橘绿橙黄,龙湫凤水,依然汉晋丹邱。蛇蟠岛洞幽。拾得寒山意,诗梦曾留。茶饮粗芽细叶,相与醉台州。

注:隐括前词,保留前词几言章句,增写台州三门、天台、仙居、临海、黄岩、椒江海门胜景,葛玄、梅盛、郑虔丹邱旧地,寒山、拾得野逸诗心。为乡恋乡愁、茶墨人生寄情之词。

望海潮·母校华诞贺词

余离乡六十年,暮岁归隐。戊戌十月,欣逢母校三门中学建校八十华诞,调寄"望海潮"隐括填词一阕,并书八尺横屏一通于故园鲍尊轩恭贺。

瑞云积翠,飞鹤振翅,石城泉瀑争流。湫水烟壑,珠溪晓霭,岩洞宿雨初收。山海舞银鸥。看涛头潮涌,乾坤气浮。远送梵音,岁月回首是乡愁。

悠悠。爽朗凝眸。晋樟千百载,凌霄叶稠。涧绿花香,华林广润,依然亘古灵邱。拾得寒山意,诗梦相酬。教尔旷远襟怀,复旦我神州。

注:隐括:填词创作方法之一,即在自己或别家诗词原有作品基础上再创作新词。瑞云、飞鹤、石城:山名,学校所在地四围之山。晋樟:广润寺古樟树,一九五七年树旁出土东晋植樟石碑一通,经千百年风雨雷击,古树枯木逢春,今又枝繁叶茂。涧绿花香:典出北宋慈云法师讲经瑞云山普济院,百鸟衔花云集寺院东涧,时人因号东涧之水为花溪,绿水花香。北宋大中祥符间宋真宗赐额"广润禅寺"。华林广润:东晋兴宁年间,敦煌高僧昙猷法师海游而择瑞云山驻锡,成弘扬佛法之华林觉苑,后经历代兴建,成大型古刹丛林,为天台宗广润禅寺。民国二十八年,广润寺迁入私立上海侨光中学宁海分校,为三门中学建校之始。余在一九五七年读书于此校,今尚存大部分明清古建筑群如天王殿、大雄宝殿、千佛楼、众多僧房、两厢长廊及多座小天井院落。还遗存大型彩绘樟木圆雕十八罗汉像和千尊小型佛像木雕艺术品。山门外古松参天,夹道成荫,保留古寺总体格局,蔚为壮观。亘古灵邱:瑞云山依旧存在,这是亘古造化,开启心源之地,冀希后来者保护这绿水青山。复旦我神州:语出《尚书大传·卿云歌》"日月光华,旦复旦兮",同圆中国梦,复兴我中华。

南乡一剪梅·丹邱

情撷凤山头。自有湫泉爽濑流。又见家山晴雨处,云也悠悠。水也悠悠。

随意点高秋。且喜红枫映绿畴。更待仙茶清饮后,人在丹邱。心在丹邱。

注:《词谱》列平韵一体,双调,五十四字。每段上三句"南乡子",下两句"一剪梅"。前后两段三平韵一叠韵。仙茶:汉代葛玄曾在吾乡宁和里(今三门县亭旁镇)灵凤山麓丹邱植茶,故名之。

金菊对芙蓉·山居

野竹新篁,海山天际,早霞峰岭流辉。正春风吹起,寄宿林扉。凭阑远眺岑岚淡,望石城、烟霭飘来。野梅初放,且探绿水,万籁声微。

感觉造化心追。笔墨图画里,彩染晨晖。登山随游览,杏蕊芳菲。谁知浪迹江湖后,悄然间、借山觞飞。茶香茗盏,黄昏岁月,诗意回归。

注:《词律》列一体,双调,九十九字。仅录康与之一阕,无他作,依调填词。

卷 七

声声慢·冻顶乌龙兰花香

宜壶越盏，春风荡漾，借山书屋晴窗。积翠南山添色，吐纳清香。占了秀林吟句，似晶莹、露映天光。诗文属意，旧朋新友，细品芬芳。

兰香随茶生趣，铁观音、微馨寄味悠长。雅韵便留鲜叶，爽饮飞觞。家山胜游撷取，见山花映衬幽篁。天教颐养，海云溪，是故乡。

注：《词谱》列平韵八体、仄韵六体，双调。又名"胜胜慢""人在楼上"，正体九十九字。用贺铸九十七字平韵变体调式。冻顶乌龙：台湾省南投县名茶，有兰花香韵味。宜壶越盏：宜兴紫砂壶和越窑青瓷瓯盏。

声声慢·闲品丹邱绿毫

东风习习。苏醒朝花，萧然爽气清逸。朵朵溪梅，应是迎春经历。龙湫凤水雀舌，饮悠哉、清香茗汁。波底绿、有微馨一碗，品时相识。

咏叹丹邱仙域。诗词赋，文章直抒心笔。揽尽烟云，灵凤重峦峰脉。而今雅闲静寂，饮新茶、意趣自得。沏白盏，啜绿毫、香气透出。

注：《词谱》列平韵八体、仄韵六体，双调。用张耒九十七字仄韵变体调式。龙湫凤水雀舌：即龙潭湫泉、灵凤丹泉和雀舌之茶，丹邱绿毫形如雀舌。咏叹丹邱：自东晋孙绰之赋、唐朝郑虔贾岛之诗始，

代有文人才子，作诗著文颂丹邱，文采粲然，均是发自内心颂扬之辞，故下二句云"直抒心笔"。

声声慢·金秋茶墨吟

橙黄橘绿，惬意金风，秋高气爽心逸。险峡青云，骤见蛰龙飞出。清泉汩汩泻下，似银河、谁能相匹。山海境，正中秋季节，桂子香溢。

莫叹年华消失。离乡久、家山任凭游历。拙墨浓焦，常忆海山随笔。砂壶铫炉煮水，喜传觞，品茗静寂。观自在、禅意悟识。

注：《词谱》列平韵八体、仄韵六体，双调。用张耒九十七字仄韵变体调式。险峡：家乡湫水山多险峡龙潭湫瀑。桂子：即桂花，状如籽粒故名。拙墨浓焦：笔者在花甲与古稀之间，崇尚新安画派，追求"干裂秋风，润含春雨"焦渴老拙境界。观自在：佛家语，自觉认识人生价值和生命真谛。禅意悟识：佛家语，意为"顿悟"和"唯识"。六祖惠能创南宗顿悟理论，成为中国禅宗主旨。唐代玄奘创唯识宗，提出成佛境界和方法，即自我意识净化、本识体悟与转依，即汉传佛教唯识理论。

行香子·半枝莲向阳盛开

丙申春，沪上携来去岁太阳花枯叶细籽播入盆中，半月青苗满盆，一月见花。清晨，花蕾如荷箭，阳光照射中，白、黄、橙、粉红、大红、玫瑰红等七彩花朵竞相开放，复瓣花型如牡丹，煞是好看，至午后三时花萎结籽。半枝莲俗名太阳花，又名松叶牡丹、草本杜鹃、大花马齿苋，一年生草本植物，性凉，全草可入药。

清晓晨霞，赤日无遮。半枝莲、七彩繁花。朝阳开放，晴暑更佳。见粉白莲，大红日，黄雀华。

书屋借山，文章谁赊。有闲情、种植如家。几许心赏，殷红艳些。对千卷书，数支笔，一壶茶。

注：《词谱》列有六十六字正体，另有六十八字、六十四字、六十九字诸式异体。用张先正体调式。白莲、红日、黄雀：为半枝莲花色品种，多变异，以复瓣为佳。

行香子·年初一寿七十六岁（丁酉正月）

茶味方浓。暖意融融。正新春、铫煮吴淞。岁朝煎茗，壶赏德钟。饮心茶，茶亦醉，醉蒙胧。

坐品清醇，得悟云松。有无中、相与春风。灵犀一点，茶趣千重。黄金桂，铁观音，武夷红。

注：《词谱》列八体，双调，六十六字，仄韵。变体有六十四字、六十八字、六十九字，此词用赵长卿六十四字变体，前段后段结三句比正体少一字。德钟：清代邵大亨有德钟壶，顾师景舟再创作而成为经典造型。武夷红：即武夷山岩茶名品"大红袍"。

秋霁·秋夜啜野茶

山海苍茫，送倦鸟斜阳，天际霞色。叠翠横空，壑云飞涌，雨霁竹林清瑟。湫山采摘。绿毫仙茗丹邱出。水无极。谁是、梦归东越品茶客。

晴爽秋晚，桂树初香，细籁声微，吹皱岑脉。野茶烹，诗情几许，翻云煎雨炉烟白。壶里乾坤常自惜。粲然欢喜，龙湫石铫禅心，盏盈清韵，梅溪消息。

注：《词谱》列四体，双调。此调始自胡浩然词，以其二首一百五字词式为正体，吴文英、陈允平词有增减，曾纡词减字，是为变体。此词用正体调式。春晴之词又名"春霁"。野茶：茶人自制野生茶。湫山：三门湾畔湫水山，家乡之山，为天台山东脉，高山险峡，有野茶树群落，近年偶有茶客采摘焙制。大山西麓丹邱山，为台州茶叶发祥地。仙茗丹邱：丹邱山位于故乡亭旁古镇，汉末为葛玄炼丹植茶之地，丹邱山和丹邱仙茶因孙绰《天台山赋》而名扬天下。龙湫：湫水山多龙潭湫瀑，故乡三门平常饮用之自来水水源，亦为湫水山高山水库山泉水，堪称龙湫之水。梅溪消息：即丹邱茶事。近年有论述丹邱茶文化史实。后段二句结句词意："茶盏中盈盈地荡漾着清醇的茶汤香韵，那就是灵凤、丹邱、玉溪、梅溪自古至今的茶消息。"

清波引·听泉煮茶图卷（题画）

昨夜梦入湫山烹溪月煮岭云，闲逸之趣宛若游仙，因情生意，寄韵"清波引"。

山湫如注。昨夜梦、听泉听雨。翦云吟赋。溪梅绽前浦。浪迹江湖久，几许归乡情绪。正宜炉煎清芳，举杯盏、畅怀处。

晴云飘絮。自随了、甘霖晨露。梦情妙否。弄诗寄茶语。壶里乾坤小，却有龙腾凤翥。常将绿叶微涛，浅斟香贮。

注：《词谱》列二体，姜夔自度曲，以姜词八十四字为正体。张炎词少一字，前后段各增一韵，为变体。此词用姜白石正体调式。龙腾凤翥：翥，鸟向上飞状。撮泡茶煮水，初沸之时泛细泡如蟹眼，二沸之时泛中泡如鱼眼，三沸之时，声涛澎湃、翻波腾浪，如龙腾凤翥之态。

庆春泽·鸡年大吉（乙酉新春）

鸡鸣新春祥瑞。迎飒飒东风，海山旖旎。见璀璨江南，晴明天气。绽放红梅，鹊声长相喜。

霓虹闪烁如意。神州尽欢腾，霞光千里。看凤翥龙翔，华灯飞递。记忆乡关，莺歌烟花起。

注：《词谱》列三体，双调，六十六字，仄韵。用正体调式。

定风波·元宵客来煮茶

万盏花灯逢玉轮。且随春水润新春。啜饮砂壶会茶永。醉醒。依然斟盏寄芳醇。

想汲龙湫烹翠茗。香凝。湫山梅水玉溪津。欣有高人弘妙乘。殊胜。细毫野叶沁兰芬。

注：《词谱》列八体，双调，六十二字，平仄转韵互叶，前段五句三平韵两仄韵，后段六句两平韵四仄韵。用欧阳炯正体调式。醉醒：茶有提神功能，亦有醉茶。有联句云："茶亦醉人何必酒，书能香我不须花。"高人：指撰写《宝光禅茶》妙文之僧人雅士，元宵期间，欣赏多篇茶文。妙乘：佛家语，妙乘即三乘，"乘"即"法门""道"，泛指佛法，此处借指"茶禅一味"。

瑶台第一层·谷雨茶吟

绿水青山，湫瀑泻、凌云看沧浪。石城形胜，山乡风物，白鹭琴江。几多春色秀，谷雨天、芽绽毫芒。趁诗意、正早霞轻染，山海帆樯。

飞觞。玉溪深处,煮茶品醉送芬芳。瓦炉烧水,砂壶斟盏,活火添香。景中烟霭淡,听石泉、闲对书堂。意苍茫。想丹邱毫翠,仙茗源长。

注:《词谱》列三体,双调,九十七字,平韵,用正体词律。芽绽毫芒:绿毫茶一芽,芽带柔毫。碧螺春、黄山毛峰亦然。龙井茶一芽一叶,为旗枪。

青玉案·香茶寸涛声

凌波已过云溪路。若到此、闻香去。海气山风谁与度。墨焦挥毫,苍茫成趣。惟见春渐暮。

一杯淡淡怀今古。万事悠悠送寒暑。相问乡愁知几许。龙湫凤水,山泉堪煮。寸涛茶情绪。

注:《词谱》列十三体,双调六十七字,上下段各六句五仄韵,以贺铸、苏轼、毛滂词为正体。本词用贺铸正体调式。下段第三句头三字音律"平仄平"为定格。

青玉案·石城细泉

丁酉九月秋,余移居南山路橘树园。几日后,忽见好友听涛兄发来图讯:下午雨霁,忙里偷闲游石城山,至瀑布口下,只见石壁雨后余瀑细细如珠帘,曲曲流泻而下,惊叹是他到三门所见第一挂瀑布云云,其可惜未探岩洞圣僧活佛坐关禅修处。因填词纪吟余旧游情绪。

北山岩洞卵石道。带秋去、带秋到。记得路廊石凳小。乡愁如水,水流湫壑,窸雨泉声妙。

云溪似识忘年老。水态山容几多好。万里江山行遍了。情怀依旧,旧梦新茶,茶道亦禅道。

注:《词谱》列十三体,双调六十七字,上下段各六句四仄韵为变体。本词用吴文英变体调式。

青玉案·乾坤清气茶亦道

云溪入海江天渺。绿梦里、春华早。清气乾坤茶亦道。烹泉谷雨,听涛催晓。浓淡香醉倒。

空山薄霭炉烟袅。将愁去、煮嘉草。土盏建盅日斑曜。兰香初品,滇红新酌。石瓢斟玛瑙。

注:《词谱》列十三体,双调,仄韵。此词用史达祖六十六字变体调式。下段二句六字句,三三句式与前两词七字句式异。嘉草:茶为东南嘉草见《茶经》。日斑曜:建盏近期恢复宋代技艺,窑变釉斑现鹧鸪斑、油滴盏、日曜斑等。斟玛瑙:石瓢壶斟出滇红汤色红亮如玛瑙。

凤楼春·煮水听涛品丹邱山仙子红茶

近日品丹邱山仙子红茶,此茶是湫水绿毫红茶新品。此茶虽没有祁红、滇红、武夷大红袍、正山小种等影响深远,名不见经传,然而,亦属稀有之品,汤色和喉韵尚佳。寄调"凤楼春"记忆品饮情绪。

蓊水绿云丛。烟袅晴虹。蜜香通。梦回山海一茶翁。波微荡,石泉融。问尔听涛何处好,音韵与谁同?

小壶中。乾坤玲珑。铫炉烹露,爽然嘉茗,龙湫凤水春风。霞染海湾,水天无界见空蒙。丹邱仙叶,青盏汤红。

注：《词谱》列一体，双调，仄韵，唯有欧阳炯七十七字词一阕，用之。

醉春风·闻茶听香

海国天涯近。茶翁欣自问。江湖何处可归乡，隐。隐。隐。烹泉炉新，微涛壶小，信茶堪听。

夜静沉香熏。黄金芽叶闻。龙腾凤鬻乾坤里，润。润。润。语透灯窗，天南海北，笑谈无尽。

注：《词谱》列一体，双调，仄韵，六十四字，赵德仁调式。前后段各七句四仄韵两叠韵，为此调声韵特点。又名"怨东风"，有赵鼎词调，与此调仅几字平仄有异。

云仙引·送友赴川扶贫壮行

唯庸兄雅好文学艺术，书法有童子功，常与余天南海北促膝闲聊，乃忘年茶友。其十八岁从军入川，在大足机场服役，三十岁回台州工作，四十八岁再度入川，至广元苍溪扶贫三年，妻儿难舍，只为使命。填词为其壮行。戊辰春填词。

吾土丹邱，清酣品醉，浓浓几度茶香。黄金桂，绿云乡。砂壶嘴中泻出，翠叶声涛飞寸浪。含养雅心，月波浅盏，天露飞觞。

海山朱染朝阳。有君德、襟怀如浙江。川北苍溪，时时回望，椒水情长。随濡锋毫，一支在手，笔墨纵横慨而慷。万山千水，看峨眉月，广宇苍茫。

注：《词谱》列一体，双调，九十八字，平韵。大足：原为川东一

县，现为重庆市大足区。在"文革"之后、百废待兴之年，为摄制电影《大足石刻》，余五次入川，历时一年，撰写剧本并拍摄完成这部作品，把荒山野岭中遗落之摩崖石刻艺术珍品推向全世界，现其已入"世遗"目录，当地设有大足石刻研究院。改革开放后，建有机场，是朱德宇从军服役之地，也是冥冥中巧合。

雨霖铃·叙茶东方城

丁申腊月，宏伟招饮陈军、圣国和我同至东方城品茶，乡友四人齐聚城中大茶室，边啜茶边赏紫砂茶壶，相叙故乡山海和茶事，甚是畅怀。我家宏伟在商业经济大潮中，勇立潮头，成就卓著，为人极低调。善见圣国弟，人民公仆，文化涵养深厚，又是鉴赏壶艺高手。陈军博士，医德医道，堪称大医仁者。老朽一介布衣，深得他们抬爱。友情乡愁殊胜无比，飞觞间，情寄丹邱茶。

霓虹熠熠。春申相品，灵凤茶脉。龙湫飞泻飘泄，留恋山海，乡亲壶客。品茗还看汤色，竟是红琥珀。今一啜、千里乡愁，蓦然回首赋清逸。

丹邱自古茶高洁。盏中韵、爽吃毫香溢。今宵醉吟何处，东方城、寄怀舒适。雨露春秋，应是家山湫水泉碧。便纵有、千种风物，那堪乡情热。

注：《词谱》列三体，双调，仄韵，一百三字。此调用正体调式。丹邱：故乡丹邱，自三国葛玄炼丹植茶、长者梅盛诵经丹邱灵凤来仪，无论是在儒、佛、道三教，在台州地方文史，还是在中国茶文化史上，都是熠熠生辉千秋敬仰之地。

雨霖铃·沪上飞舫为友赴川壮行

江南樵客。为使命,扶贫川西北。东风万里无限,台州硬气,豪情千百。台荡襟怀,去就去,书剑堪惜。望括苍、烟断云山,送盏湫泉壮行色。

长车过、浙江仙域。到广元、扶贫苍溪驿。寄情妻儿挹露,炉火炽、铫煎香粒。釜中腾波,须记丹邱,仙子凤液。愿听了、寸水涛响,品醉伴潮汐。

注:《词谱》列三体,双调,仄韵,一百三字。用黄裳变体调式。又名"雨霖铃慢"。江南樵客:即忘年茶友"樵夫"唯庸,临海杜桥人。台州硬气:语借鲁迅先生《为了忘却的记念》。书剑:友有文人兼军人气质,故云。台荡:天台山雁荡山。括苍:括苍山。湫泉:故乡湫水山龙湫泉水。

浪淘沙慢·冬至节感怀

故乡冬至,只在记忆中。弱冠时离家求学至今近六十年,暮年归隐故园,首逢冬至节,感受祭冬盛况。惆怅岁月蹉跎,因吟。

仲冬晴,海山飘渺,雾隐霜叶。珠游溪流渲泄。襟怀爽畅且憩。正逢了东海涛声彻。看渔岛,帆樯待发。念荻浦潮音去何许,仿佛浪喷雪。

情切。依然水远天阔。向露冷风清故园走,淼淼溪水洌。叹万事难忘,游子离别。逐梦吴淞,凭记忆留取离乡细节。

暮岁乡愁重重叠。至短日、祭冬时节。全城堂红烛照如炽。逢佳庆、我借词风,得意韵,诗情脉脉留东越。

注：《词谱》列二体，三叠调，一百三十三字，仄韵限用入声韵。此调用正体调式。珠游溪：故乡之溪。吴淞：借指上海市。至短日：冬至节别称，是日日最短夜最长，此节后黄道阳气回升，天日转长，故又称为亚岁，自古有冬至大如年之说。

江城子·祭冬

丁酉冬至，"中国冬至文化研究中心"在故乡三门成立。三门民间祭冬礼仪，成为世界非物质文化遗产"二十四节气"典型之一。祭冬大典，祭天祭地祭祖宗，有八百多年历史，以亭旁古镇杨家祭冬最具规模，是民族文化遗存。余离乡五十八年，首逢冬节在祖祠感受祭冬盛况，寄调记吟。

全城堂上祭冬，众亲忙，敬仁慈。犹记祖宗，义救建州时。红烛照天乾坤朗，三牲供，唱颂词。

琅琊泽演民俗久，长悠远，寿年祺。冬至回阳至短，日晴晖。岁岁祭冬成非遗，流不断，祀相随。

注：《词谱》《词律》列多体。原为唐教坊曲，单调三十五字小令，平韵。宋代众多词家悉用双调，七十字，平韵。但各家句式平仄用韵又有变化，此词用秦观调式。又名"江神子""村意远"。《词律》另列有黄庭坚仄韵一词。全城堂：五代史迹，祖太夫人练氏以仁义救建州全城百姓，巾帼英雄也，至今，建瓯市中心广场竖立练夫人铜像，敬为建州全城之母。祭冬：冬至祭冬乃台州三门民间习俗，各姓宗祠都行祭冬大典，为我国"二十四节气"世遗典型之一。三牲供：三门及台州全域，三牲用猪头一只，全鸡一只，大鱼一条。除三牲外，供桌上聚八仙，茶酒菜肴、糕点瓜果、香烛鲜花等。寿年祺：余撰祖祠琅琊王殿楹联"水远天长万古川原连闽越，年祺人寿四时风物接琅琊"。回阳至短：冬至为太阳黄道最短日，第二日回阳，日见长，故冬至有至短日、亚岁之称。

江城子·祭冬再吟

全城堂上正祭冬。烛融融。敬祖宗。义薄云天,建州救民功。耕读传家家训好,瓜瓞绵,盛芃芃。

千年孺子留家风。寿相从。祝年丰。冬至岁时,阳回日曈曈。今岁祭冬成非遗,流传久,亲情共。

注:"江城子"见前注,用谢逸调式。建州救民:见前词《江城子》"全城堂"注释。家训家风:耕读传家章氏家训,中纪委推荐为全国十大家训之一,符合当代道德规范教育。瓜瓞绵:章家祖居福建浦城。北宋章玫公始迁海游古镇,至今八百多年衍三十多世,四万余族人,为邑中望族,代有才俊贤达,名留青史。冬至岁时:冬至亦称至短日,节后太阳黄道时日转长,阳气回升,故称亚岁,故有"冬至大如年"之说。

卷 八

双声子·皤滩古镇纪游

　　仙居皤滩，自古为商埠，始于唐宋，兴于元明清，为山货竹木茶果及官盐商品运输之地。古镇明清建筑，留有往昔踪迹，书院祠堂、钱庄客栈、酒肆青楼、船埠码头，比比皆是。卵石街道成九曲龙形之态仍在，然而，风流远去，繁华消尽，沧然成为冷落遗珍。丁酉深秋，与忘年之友听涛轩主在暮色中同游。

　　晚秋游历，皤滩古镇，永安九曲龙游。神仙风景，高迁旧屋，斜照暮霭初收。溪林茂密，柳堤长，滩水细流。繁华退，悄无息，那见商船悠悠？

　　想当年，水运货物忙，山珍茶竹桐油。灵江椒水，海门潮涌，乘风晓雾扁舟。叹前经后史，却漫道、昔日烟稠。沧桑暮色茫茫，只留万古乡愁。

　　注：《词谱》列一体，双调，一百四字，平韵。永安九曲：仙居永安溪源自括苍山。灵江椒水：永安溪与天台始丰溪汇合而成灵江，流经台州临海，从椒江出海门。昔日烟稠：自古皤滩千家炊烟，万盏灯火，岁月褪去繁华，而今归于苍凉，成怀旧游览之地。

双声子·武陵源（题画）

　　癸亥岁次春夏秋三季，为摄制创作《土家织锦》电影，遍历武陵山乡凤凰、永顺、花垣、龙山诸县土家村寨，宿里耶、苗市、洗车古村落。寻觅土锦西兰卡普传人和汉代遗风木织机，采访土家族织锦民风、民俗、民谣。电影作品完成后，译制成七国语版，发行放映于一百五十多个国家和地区，宣传中华民族文化。荣获西班牙第十三届隆达国际电影节大奖。三十五年过去，弹指一挥间。己亥夏我亦近耄耋之年，岁月留痕，调寄"双声子"填词一阕，并题于新作山水画长卷《武陵源》。

湘西揽胜，金鞭溪上，山水图卷神游。仙源奇境，三千峰壑，云涌晓霭初收。眺望仙台下，天柱耸，岩水细流。张家界，索溪峪，天子山绿清幽。

土家居，武陵源里景，潇湘云水悠悠。溪山如画，石峰烟峡，宝丰湖上客舟。猛洞河远去，芙蓉镇，岁月沉浮。龙山里耶苍茫，更添吊脚楼头。

注：《词谱》列一体，双调，一百四字，平韵。三千峰壑：武陵山脉以直立奇峰三千柱著名于世，犹以张家界、天子山、索溪峪千百峰柱耸立蔚为奇观。望仙台：台在张家界黄石寨峰顶，登望仙台可俯瞰台下千百峰柱耸立于云烟飘渺间，宛若仙境。宝丰湖：张家界景区湖景。猛洞河：湘西酉水河支流，峡山如虎，峡水如龙，可行舟远至洞庭湖。芙蓉镇：永顺县王村，因谢晋电影而改名为芙蓉镇。里耶：龙山道上洗车河边古村，近期考古，出土大量秦朝时期竹简而闻名宇内，简称为"里耶秦简"。吊脚楼：湘西土家族木构建筑民居，底楼多用木柱支撑，向斜坡溪岸借地而建，故名吊脚楼。

翦牡丹·琴茶秋意图（题画）

戊辰初阳煮茶，退毫濡墨，作《琴茶秋意图卷》，并填词题于卷中作跋。此卷山水用焦墨粗笔，草草写成，逆锋涩笔枯拙并用，意重书写，得焦润苍茫效果，醉心茶墨中，别有韵味。

碧野连天，层霄凝水，波绿飘渺无际。目眺遥岑，写浓墨心醉。清溪石瘦翁归，飞鸿声近，蹉跎晚隐故里。海国湫山，忒多登临意。

幽馨银桂堪佩。写秋风、润焦留迹。丹邱品茶时，仙子丹茗微香谁寄。玉溪回首情如许。还是添火，翻鬻元龙气。秋霁。借古琴一曲，壶觞相递。

注：《词谱》列二体，双调，平韵，一百一字。用正体调式。遥岑、浓墨：远山用浓墨画成，陆俨少先生常用之法，所谓远山如黛也。清溪石瘦：形容岁月流逝，溪石都因冲刷变瘦。清溪，故乡山溪，源自天台山东麓，流经旗门港入三门湾蛇蟠洋。海国湫山：三门湾号称"海山仙子国"（文天祥诗句），山高多湫水泉瀑。润焦：焦墨画以"干裂秋风，润含春雨"为高境界，新安画派垢道人程邃开启后来者。仙子丹茗：丹邱山仙子红茶。翻鬻：翻腾向上，形容煮水三沸时状态。

杏花天·退笔漫写溪山雅集（题画）

湫水石濑，苍峡峰壑，梅萼含苞时节。清露滋墨润，巧借景、裁剪海天开阔。荒茫拙率。作点染、溪村香雪。看暖日、催动朝云，爽送棹归东越。

山头曾见奇岩，远岑有仙茶，雨前春色。感觉成造化，且任他、粗细毫芽鲜极。煎雨煮月。待畅饮，闲酌无歇。更爱那、龙水丹泉，小壶堪说。

注：《词谱》列一体，双调，仄韵，一百三字。此调与五十四字"杏花天"词律不同，是为慢词。退笔：秃笔，颖锋已经退秃。荒茫拙率：李修易《小蓬莱阁画鉴》云："评文而至荒率生拙，其文不足观矣，惟作画则不然，正求其荒率生拙四字，恐不易得。"煎雨煮月：烹茶煮水也。龙水丹泉：故乡湫水山多湫水，有龙湫之水丹邱之泉。

醉蓬莱·苍峰湫壑雅集图（题画）

记海山霞色，石岛仙乡，龙腾岑脉。闲把诗情，吟橘园清逸。湫水云深，雨晴风细，寻早年经历。峡谷丹山，云溪荻港，岛湾舟泊。

正值初阳，运焦用润，退笔纵横，钩峰皴石。银发年华，墨老烟云积。此际茶禅，飞觞何处，叠水湫泉挹。小铫波翻，听涛把盏，赏心汉铎。

注：《词谱》列二体，双调，仄韵，九十七字。用正体调式。橘园：即橘树园故地，余弱冠前居住旧地。墨老：墨有老嫩，我喜浓焦苍茫，人老墨老。挹：舀取。汉铎：砂壶名，紫砂自明代李茂林、清代陈曼生、梅调鼎到近现代顾景舟，均有"汉铎壶"杰作创制，呈现至美变化，名家高手相递四百多年。

醉蓬莱·一夜丹邱梦

一夜丹邱梦，羁宿吴淞，隐归何处？华发萧萧，想海山雅聚。记忆中人，推杯换盏，小壶寸涛注。翠羽仙芽，绿云晓露，石城霁雨。

依旧家山，粲然秋色，皓月中天，烹云吟趣。细把心茶，送九秋凝贮。此际游天，千崖玉界，度岁月如许。湫水珍毫，闻香品醉，相思愁绪。

注：《词谱》列二体，双调，仄韵。九十七字正体调式。吴淞：上海。吾寄寓海上近六十年，故云羁宿吴淞。翠羽仙芽：丹邱山绿毫茶。丹邱山为汉末三国时葛玄炼丹植茶之地，自古丹邱茶就被称为仙茗。石城：故园石城山，有雨瀑珠泉。千崖玉界：宋文天祥颂三门湾诗意。

合欢带·合欢壶泡茶吟韵

春阳之月惊蛰晨,春雷隐隐作响,春雨润物无声,三日阴雨,沪上玉兰绽放,阳气充盈。晨起,七十八岁茶翁取用景舟合欢壶泡茶,豪然之气爽极,抒畅老夫心怀,寄调双关,诗梦湫水丹峰,因吟。

烹云湫雨长虹。春惊蛰、绿玲珑。两片泥盘牵系后,接镶出、太极乾宫。兰馨微散,流长细泄,陋室抱冲。一瓢斟、合欢壶里,清露淡淡香浓。

品闲吟翠自千重。茶亦道、道法皆空。小铫茶烟心赏处,瀹新毫、浅盏芳融。甘霖活火,龙腾凤鬻,三沸灵通。梦家山、碧波溪月,露含梅玉琴江东。

注:《词谱》列二体,双调,仄韵,一百四字,用杜安世变体调式。下片第二句词律应为"仄平平、仄仄平平",此词用意为主,词律成"平仄仄、仄仄平平",即"茶亦道、道法皆空"。合欢壶:合欢壶为紫砂名壶。自"曼生合欢"始,代有杰作,争奇斗艳,成为经典造型之一,历代壶家多有研究借鉴。两片泥盘:合欢壶全手工工艺,先做成两片圆弧盘,再镶接而成壶身,如乾坤相合,故名合欢。太极乾宫:合欢之壶蕴含太极、阴阳、中庸、和合之意。壶中天地,掌上乾坤。陋室抱冲:虽居陋室,心存抱冲守虚之志,淡泊谦和之德。甘霖活火:好水还须活火烹。三沸水熟,可以泡茶。梅玉琴江:梅溪、玉溪、琴江,泛指故乡山溪。

如鱼水·三门湾

天水浮峦,湫泉倒泻,潋滟百里海湾。翠叶芦滩。红头渔棹边看。波涛澜。樯桅耸,篷篙网帆。雨乍歇、洞岛人家,空蒙绰约是仙乡。

风淡淡，水宽宽。摇动一片烟岚。海鸥翩然。轻漾舟近蛇蟠。早霞丹。粲然笑、仓满鱼鲜。满山岛、浪激奇礁喷雪，海上是家山。

注：《词谱》列一体，双调，九十四字，平韵。用《词林正韵》第七部韵。三门湾：三门岛位于三门湾口，三山耸立，形成三道航门，船舶出入之路，三门湾取名于此。洞岛、蛇蟠：三门湾蛇蟠岛，石宕千窟，又名千洞岛。海上：海湾之上。

黄鹤引·匏尊轩烹丹邱茶

茶烟轻荡。味记丹邱不相忘。匏尊轩里煎泉，长斟评赏。心随茗爽。凤翥龙腾翻浪。粲然回望。看山海、水天潮涨。

砂铫微香飘，浮叶清波漾。小壶三寸涛声，梅溪春盎。诗闲墨苍。飞鹤石城漱长。寄情心畅。品几盏、彤霞珍藏。

注：《词谱》《词律》均列一体，双调，八十三字仄韵。方资词有序，言其读阮田曹所制"黄鹤引"，爱其词调清高而填一阕。阮田曹，不知其人，原韵无考。用方资调式。飞鹤石城：故乡北山有飞鹤山石城山。石城瀑布，雨瀑如泻银河，晴瀑似飞珠雨。

黄鹤引·澄怀观道壶中乾坤

相逢晚近。耄耋何处可归隐？匏尊轩里煎茶，绿云清纯。煮泉香喷。凤水龙漱翻滚。怡然心润。石瓢小，乾坤含蕴。

焦墨随缘浓，拙笔流心韵。畅神千壑云烟，海山雄浑。声波相闻。沉浮艺坛寄运。旧地客、乡愁谁问。

注：绿云：邵二泉制石瓢提梁壶铭："煮白石，泛绿云，一瓢细酌邀桐君。"绿云为茶之雅称之一。凤水龙湫：丹邱灵凤山和湫水山玉溪水。石瓢：紫砂壶造型之一，历代名家石瓢壶变化无穷，经典迭出。寄运：吾一生坎坷，沉浮岁月，命运也。旧地客：离乡六十年，家在上海，故可称旧地之客。

秋水·听茶

听茶是一种境界。煮水有三沸之声，细声微起，继而水声嗡然。再后涛声大作，腾波鼓浪，水熟矣，此为茶事可听之境。干茶入壶，水铫高冲低注。斟茶于盏，砂壶寸涛，亦是可听之境。闻香听茶，乃诗意之境。诗有听月、听梅、听香、听雪，茶亦如是。香可听，茶亦可听，乃心听也，于无声处听之。

漫道煮茶宜铫缶。电火动，壶相守。但凭蟹眼细，惊魂舞魄，且那是、海浪潮音重奏。野茗绿叶香微透。寸水波涛，悟到了，禅心依旧。

故里石城飞瀑，绿天甘霖，丹邱神秀。相品香山早，几多情绪，还待得、凤翥龙腾声骤。听水听香茶为寿。一叶沉浮，端的是，苦乐人生时候。

注：《词谱》《词律》未列。《纳兰词》辑一首，拟为纳兰性德自度曲，双调，一百一字，仄韵。此词用纳兰性德调式。香山早：故乡著名明前绿茶，宋朝时即为珍品。

瑞云浓慢·瑞云山广润书院

二〇一九年元旦，读阳羡万树所著《词律》卷十七，见"瑞云浓慢"一词调式，《词谱》不录，万树注曰与七十五字"瑞云浓"各异，亦见多种版本录入。因词牌而遥想故乡瑞云山。东晋兴宁年间，敦煌高僧昙猷，乘枫槎海游而入三门湾，见一小山如弥陀跌坐状，山顶飘五彩瑞云，以"瑞云"名山，筑茆蓬建普济院。宋真宗赐额"广润禅寺"。民国年间借古寺兴办三门中学（雅称广润书院），至今八十年。六十二年前，吾在此校读书时，仍是千年古寺总体格局。现仅存千佛楼古建筑，楼内供奉千尊木雕佛像。

将军峰下，花溪春肥，堪叹云今月古。晋寺杳渺，千佛一楼，还是禅月山前净土。樟荫虬影，共仰昙猷海游建树。启佛宗、正风云济会，开拓梵宇。

瑞云浓，清气吐。度人育人菩提佛祖。根植山海，启智慧心，借得涛头帆鼓。龙门鱼跃，教华林、文星相聚。向来天道酬勤，登高寄语。

注：《词谱》不录，《词律》录，双调，仄韵，一百一字，为别调。将军峰：故乡高山，在瑞云山东。花溪春肥：瑞云山东涧，春时山花掩映，故曰花溪春肥。禅月山：在瑞云山广润寺西，为高僧坐禅之所。涛头：海岛渔村，为三门唯一的少数民族畲族村落。华林：即梵刹宝地。文星：文曲星。

望梅·梦饮九重天

戊戌冬，喜寿岁暮，年近耄耋，有恙。医院手术住高楼第九层，比早年供职上海东方电视台南京东路七重天还高两层，故戏称九重天。术后八日夜，高烧反复，神魂颠倒，干渴难耐。无茶可饮，无奈。唯梦中饮，萦梦丹邱仙子茶香，可谓梦饮心茶也，诚如"望梅止渴"。

望梅香雪。寄清霄幻梦，心骛八极。有蕊萼、残梦罗浮，似虬影横斜，染红匀白。溪梦香来，骨朵儿、含露轻碧。宿高楼治恙，迷梦霓虹，何来幽石？

梅溪鹤梦无迹。想煎泉潋水，斟茗陋室。翛然间、煮月烹云，遥梦寄苍穹，丹邱魂魄。鲍尊壶中，夜梦醉、芬芳和墨。却无茶、借梦爽饮，为侬寻得。

注：《词谱》列三体，双调，仄韵，一百六字，又名"解连环"用周邦彦调式。此词用"幻梦""残梦""溪梦""迷梦""鹤梦""遥梦""夜梦""借梦"等，为了表现梦饮意境。香雪：香雪海，赏梅佳地，一在苏州光福邓尉香雪海，一在杭州余杭超山十里香雪海。罗浮：粤北赣南梅岭罗浮山，自古以"罗浮"代指梅林。煮月烹云：典用清代陆廷灿诗意"轻涛松下烹溪月，含露梅边煮岭云"。

采莲令·大冲村观赏五百亩荷塘

在建设美丽乡村行动中，六敖镇大冲村利用猫头山西麓河道水田，植有莲藕五百亩，微风中绿叶红荷摇曳生姿，翠盖绿荫，水面放养麻鸭，水下养鳖，鸭和鳖吃食莲藕天敌福寿螺，排泄物肥田，形成生态循环养殖。

夏风吹，云淡蓝天远。归乡客，爽心观看。娉娉新莲送清香，朵朵芙蓉倩。似潇湘、盈盈袅娜，青房并蒂，醉红胭腮璀璨。

美丽乡村，十里红酣锦绣现。绽芳蕊，染荷箭。藕丝华梦，便记下、款款霓裳炫。且寻得、嫣红映日，翠蓬凝露，隐隐虹桥钓岸。

注：《词谱》列体，双调，仄韵，九十一字。青房并蒂：并蒂莲，荷塘偶见之变异莲花。芙蓉：荷花别称。炫：本义为炫耀。现代语意为很"酷"、很漂亮、很有色彩感。嫣红映日：隐括"映日荷花别样红"。虹桥钓岸：大冲村新建石拱桥和沿河垂钓区埠岸。

贺新凉·匏尊轩仲夏夜

长夏千山静。坐阳台，悠然蛩唱，樟林叶影。归隐故园消闲处，明月中天如镜。渐凉爽、初回秋境。袖里乾坤玉竹扇，送风罢、留待清露凝。看广宇，七星横。

家山乡梦丹泉井。匏尊轩、茶墨生活，听香心净。无限江湖沧浪远，自有壶盏茶饼。飞觞处、龙湫流永。万里云帆天水阔，绘石城、走笔山隍岭。养气息，煮砂鼎。

注：《词谱》列多体，双调，仄韵，一百十六字。又名"贺新郎""乳燕飞""风敲竹""金缕词""金缕曲""金缕衣""唱金缕"。此词用正体调式。蛩唱：蛩，蟋蟀古称，蛐蛐儿声。丹泉井：故乡丹峰山中有葛洪炼丹古井遗址。听香：茶香墨香，用心可听。砂鼎：煮水器砂铫。

琼台·夜煮越溪春

沧海横流，卷银涛万顷，耀眼冰轮。星河淡，弥天净洁无尘。琼楼玉宇，照乾坤水月精神。龙湫凤水，濑流处处泉声。

匏尊轩有嘉宾。紫壶茶香袅，和气氤氲。秋山黛霭远，夜煮越溪春。澄怀观道，斟一盏、春茗沁心。酌一盏、丹邱仙子，波面映月追云。

注：《琼台》，词牌名，《词谱》和《词律》不录。德清徐本立著《词律拾遗·卷三》从清道光间陶梁《陶氏词综补遗》辑入，原题云：元夕和太守韵，为唱和之作，然而他人之作湮没，仅传此词。双调，仄韵，九十二字。用李光调式。越溪春：故乡越东春茶。丹邱仙子：故乡丹邱山仙子红茶。

瑶华·石城春色

晴泉珠雨,山霭飘来,细染绿凝结。千岩竞秀,谁道是、唤醒梅云梨雪。天送春信,看那树、寒芳高洁。怎几番、花萼初催,恰占虬枝英发。

画随造化心源,便爽借春光,香度东越。暮年归客,山道上、心赏疏枝玉质。倚亭步石,曾见了、花姿堪说。忆少年、梦醉云溪,又逐萍桥明月。

注:《词谱》列二体,双调,仄韵,一百二字。用张雨调式。依规范用入声韵。云溪:故乡珠游溪。萍桥:青萍桥,明清石拱桥。"虹桥映月"为故乡古镇八景之一。

瑶华·柳浪闻莺馆同学会

己亥秋,欣逢母校中国美院九十华诞,一九六〇级同学会,在杭州校友高而颐、俞雄伟、王钟鸣、杨锡康、池长尧、艾文忠诸教授学兄共同精心筹备下,三十多位各地同学云集柳浪闻莺馆,相聚畅怀。六十年过去,弹指一挥间。当时风华少年,已成古稀耄耋之人,却难忘那时的清纯、勤奋和苦涩。而颐学兄说,自今而后,人老年暮,再难有如此规模同学会了,真让人唏嘘不已。庚子新春抗疫,宅家无聊,调寄"瑶华",聊博学兄学姐一粲耳。

西泠霁雨,密树高杨,柳荫游人织。莺啼曲袅,眺远景、湖上扁舟如叶。凉风夹道,闻莺馆、衷情诉说。想当年、英俊风华,正是读书时节。

共经艺海沉浮,敢逆水行舟,奋力扬楫。暮年白发,记得那、历尽蹉跎岁月。坦然回首,舍得处、人生超越。诉不尽、同学情谊，多少晚晴生活。

注：《词谱》列二体，双调，仄韵，一百二字。用张雨调式。依规范用入声韵。

江南好·看山归来写图（题画）

看山归来，卧云眠石，晓岚千壑朝宗。灵峰合掌，灵岩染绿风。拔地奇峰险石，泉润心、水碧山雄。铁城嶂、嶂峦峻极，壁立苍穹。

山海多意韵，钩云皴石，古道亭松。观音洞随缘，香绕疏钟。烟雨雁荡如画，壮怀处、幽谷晴虹。诗情在、龙湫飞泻，山涌瑞云重。

注：《词谱》《词律》不录。《词律拾遗·卷三》补调录之，双调，平韵，九十四字。此"江南好"非三十七字小令"忆江南"别名之"江南好"。看山归来：恩师周沧米教授有"看山归来"题其画集。

寿山曲·寿拙荆七十五岁初度

己亥腊月初二，老妻七十五岁华诞，吾亦近耄耋，觅得"寿山曲"词牌，依调填词，寄情吟韵，权当祝寿之歌，是为序。

春申歇浦冬日，灯夜云淡碧空。岁值古稀晋五，汉碑周鼎文重。云霄霓虹摇绿，日月朝华晚红。居寓六楼暖阁，修身百丈春风。老夫拙荆眉寿，东海南山永同。

注：《词谱》列一体，单调，六十字，六言十句不分段。春申歇浦：上海黄浦江，又名春申江、申江、歇浦、黄歇浦等。以春申君黄歇之名命之。是地为楚公子春申君黄歇封地，他治理吴淞江水利，开

掘河道引太湖水入海，为上海开城之祖，故称沪地为申，纪念其功绩。汉碑周鼎：妻擅汉隶书法，吾写两周金文。重，形容词，平声，很多之意，如重重、山重水复。六楼暖阁：陋室寓于六楼，冬日唯三平米阳台为读书写字作画喝茶之所，修身养心，怡然自乐。

采桑子慢·家山茶韵图卷（题画）

庚子岁朝，渐至耄耋之年，作长卷山水自寿七十九岁。退笔老拙，得荒茫生拙之意。焦渴枯涩，有干裂秋风之态。色墨融和，有润含春雨之韵。挥毫写成，想到方正学先生论诗绝句，亦可论画。其诗云："万古乾坤此道存，前无端绪后无垠。手操北斗调元气，散作桑麻雨露恩。"一卷白纸，本无山水，全在调动元气，心随笔运，干湿焦润，笔笔相生也。寄调抒怀，题于卷上。

闲云野鹤，紫壶铁铫青瓯。听茶处、鲍尊轩外，月桂香稠。珠水长流。万重烟雨隐龙湫。煮泉野岸，吟诗赏茗，寄韵丹邱。

常啜家山珍品，煎得甘露悠悠。把青盏、茶色霞起，眷恋无由。丹液相酬。眼前斟酌慰乡愁。寂寥思绪，葛翁栽种，泽披千秋。

注：《词谱》列五体，双调，平韵，九十字。用正体调式。丹邱：丹邱茶，故乡丹邱山仙子茶。青瓯：青盏，龙泉青瓷茶盏，瓯即盏。珠水：即故乡珠游溪水，源于天台山东麓。葛翁：葛玄，汉末道学家、医药家、炼丹家。曾在三门湾畔丹邱山炼丹植茶，故称葛玄为丹邱子。后去天台山华顶修炼植茶。陆羽《茶经》有丹邱子和大叶仙茗春说。

菖蒲绿·饮和清吟

庚子元宵，于沪上陋室煮水烹茶，听涛闻香，品饮丹邱仙子茶。

故里旧梦，梦魂牵绕，湫水香茗，斗笠青盏爽斟饮和，心醉于斯。

　　云籁无声飘过岭。珠水湫泉流碎影。家山相望映彤霞，丛篁梅萼成新景。淡淡烟露冷。海山玉界春痕凝。独清吟，萦怀旧地，啜墨微香永。

　　东越仙芽韵馨迥。长忆故园炊砂鼎。石城泉雨绿菖蒲，匏尊轩里幽香竞。岁华朝露净。天涯词客悠然境。炉铫沸，腾波鼓浪，青盏丹邱茗。

　　注：《词谱》列二体，词牌"归朝欢"，稼轩词有"菖蒲自照清溪绿"句，又名"菖蒲绿"。双调，仄韵，一百四字。用正体调式。珠水湫泉：故乡珠游溪之水，湫水山之泉。海山玉界：隐括文天祥诗吟三门湾"海山仙子国，邂逅寄孤蓬。万象画图里，千崖玉界中。……"仙芽：丹邱山仙子茶。石城泉雨：故乡石城山泉瀑如匹练珠雨，水口多生石菖蒲。炉铫：煮水器具，当代流行电陶炉加不锈钢或玻璃水铫。

卷 九

瑶台第一层·灵凤茶醉九霞红

八十茶翁寓居海上陋室,坐阳台饮丹邱山仙子红茶,汤呈琥珀色,红亮净明,如东天霞彩,浮想联翩。饮品之时,竟然生出词意,寄调而吟。

海国丹邱,人道是、龙湫凤水长。石城形胜,甘泉轻泄,普照晴光。凤山毫茗绿,雀舌嫩、早沐春阳。旧居地、正暮年归隐,和墨飘香。

情扬。家山回望,笔抒诗意白云乡。墨痕心迹,寄情词调,欣写华章。沪江居陋室,晚晴日、茶醉仙浆。九霞觞。紫壶乾坤大,浅盏流芳。

注:《词谱》列三体,双调,九十七字平韵。用正体调式。凤山毫茗:指灵凤丹邱山毫茶。仙浆:仙茗之浆,专指丹邱仙子。九霞觞:茶汤净纯透亮如红霞之色。九霞觞,一指饮器,称"九霞卮",借指茶器。二常借指天上仙茶美酒玉液琼浆,有九天云霞之色。如"丹邱一杯水,胜似九霞觞"。宋代白玉蟾诗"紫壶如朱槿,……满泛九霞觞"。王冕梅诗有"春风一醉九霞觞"。三指越调有曲名《九霞觞》。

满庭芳·枧头古村

吾十五岁时,冒雨肩挑行李,徒步翻越湫水山山隍岭,在枧头村小憩,见层层梯田秧苗碧绿,田岸泻出田水成银瀑,十分壮观!六十三年后,故地重游,从东麓潘家小镇沿盘山公路乘车,从险峰林峡中盘旋而上,到枧头古村,阳光下,山乡梯田蜿蜒起伏如画,令我心动。寄调满庭芳吟韵。

湫水山村，梯田如画，故乡春色重重。岭头唤起，漫忆旧相逢。千道银泉梦雨，直教那、流水西东。别来久，乡愁如许，晚岁系归鸿。

暮年耄耋叟，登高揽胜，寥落空蒙。待记得，眼前淡霭山风。海国仙乡谷雨，染不尽、绿满图中。归时见，杜鹃绽放，花蕊粉间红。

注：《词谱》列七体，双调，九十五字，平韵。用正体调式，依《词林正韵》第一部东冬平韵。

满庭芳·红叶霜浓

红叶霜浓，天高云渺，吾乡故地丹峰。飞鸥声远，玉界海山中。茶味爽、炉烟淡淡，香漫漫、汤色橙红。丹邱地，湫山峡水，石谷掇红枫。

襟怀追浩瀚，晓风吹醒，绀碧葱茏。墨韵挥洒，海气山风。归隐处、云溪故地，情未了、依旧愁浓。蹉跎了，朝潮夕汐，情醉老茶翁。

注：《词谱》列平韵、仄韵七体，双调。正体九十五字，此词用赵长卿九十六字平韵变体调式。

满庭芳·巴渝往事

近读荷兰汉学家高罗佩吟赠徐文镜先生律诗，感而引括其诗成词。

川蜀渝州，巴山秋色，羁游云漫此乡，天风琴社，邂逅诗传觞。何处鼓琴弄瑟，君应记、往事苍茫。分别后、奈何情绪，深情我未忘。

敢念思何许，朝天门上，茗绿茶黄。慢聊那、游踪长似玄奘。翰墨与琴共说，丝弦意、雅韵宫商。魂归兮，平湖高峡，沧浪万里长。

注：《词谱》列七体，双调，仄韵，九十五字。此词用正体。平湖高峡：三峡已是高峡平湖，没有险滩。

后记：吾乡临海书画篆刻古文字学家、浙派古琴大家徐文镜先生客渝州数年，与古琴家、诗人、书画家相友善。和于佑任、冯玉祥等名流组织的"天风琴社"中，有唯一的外国琴友——荷兰驻渝外交官、汉学家高罗佩先生。高罗佩离渝时，吟诗一首赠徐文镜，诗云："漫逐浮云到此乡，故人邂逅得传觞。巴渝旧事君应忆，潭水深情我未忘。宦绩敢云希陆贾，游踪聊喜继玄奘。匆匆聚首匆匆别，更泛沧浪万里长。"高罗佩，荷兰外交家，字笑忘，号芝台，斋名"吟月庵"，娶名媛水世芳为妻，相伴一生，水氏乃荷兰驻渝领馆秘书、清名臣张之洞外孙女。高氏一生痴迷于中国文化，汉学成就极高。他的《琴道》是西方首次论述中国古琴文化的专著。他翻译了众多中国古文献、辞赋、唐诗和唐宋传奇，如嵇康《琴赋》、米芾《砚史》等，是《大唐狄公案》系列侦探小说原作者，能用汉字写作文言文、诗词歌赋和白话文小说，古汉语、汉语言文学和古诗词有很高造诣。可惜未到花甲驾鹤西游，魂断荷兰。其妻说：他是中国人。

满庭芳·听雨

春雨横翠，溪烟浩渺，且还是，云满前峰。黛岑山岭，绿染密林中。依旧江南好景，几树杏花淡粉红。潇潇雨，漫天湿地，尽在玉溪东。

羁游曾记忆，漱泉晓籁，流水淙淙。问故园何日，君再相逢。更有杜鹃朵朵，花正艳、好伴青松。乡愁近，三更听雨，声滴碧梧桐。

注：《词谱》列七体，详见前词注释。此词用程垓九十六字变体调式。

天香·大冲荷韵、并蒂莲

大冲村荷塘花韵醉人，喜见双头莲花，变异所生，花中珍品。

白藕连丝，红荷并蒂，江村水暖香早。锦瑟莲华，双苞芳瑞，喜引赏花人到。潇湘雅色，翠盖绿、彤霞弄巧。青叶朱华映照，芙蓉美态妖娆。

双妃试装俏俏。看新晴、水芸芝草。静客借风荡影，鸳鸯同笑。清艳仙姝丽好。两彩袂、云裳舞缥缈。依旧荷塘，闲情未了。

注：《词谱》列八体，双调，九十六字，仄韵。用吴文英调式。水芸、静客：荷花别称。荷分为藕莲、子莲、花莲三大品系，据出土古莲子和古籍记载，我国有五千年栽培历史。自古以来荷花别名众多："未发为菡萏，已发为芙蓉"，有芙蕖、水芝、泽芝、水芸、溪客、静客、水旦、君子花、水宫仙子、六月花神（农历六月廿四日为荷花生）、金芙蓉、水芙蓉等。花瓣称宫粉、红衣，花蕊称玉环、佛座须，洋洋大观。

东风第一枝·二〇二一年元旦故乡雪霁茶吟

听茶是一种境界。茶，可听之处多矣，泉流如琴曲。煮水橐妙音，三沸之声或细微或奔涛。洗茶泡盏、斟茶品啜之声虽微妙可入耳，故词中有"绿雪馨香堪听"之句。古人有听雪、听月、听竹、听竹云云，乃诗意之听也。元旦煮茗，乡茶寻梦，昨夜湫峰回龙庵飞雪成玉界，因吟。

寻梦家山，萦回湫水，梅溪新蕊初醒。迎来香气芳华，疏影嫩蕾枝挺。春风吹拂，喜煮云、紫壶砂鼎。似记得、凤水龙湫，独啜丹邱仙茗。

雪漫漫、粉意琼姿，想故里、玉界妙境。一杯青叶乡茶，绿雪馨香堪听。故园旧地，自隐我、书斋宁静。最忆那、山月梅花，总有冷香相竞。

注：《词谱》列四体，双调，一百字，仄韵。此词用梅苑无名氏"腊雪初凝"调式。煮云：煮茶，茶诗有"烹溪月，煮岭云"。紫壶砂鼎：紫砂壶铫。凤水龙湫：故乡灵凤山之水，湫水山龙湫之泉。仙茗：丹邱仙子茶。玉界：洁白如琼玉的世界。文天祥咏三门湾诗云："万象画图里，千崖玉界中"。元旦一场大雪，白雪皑皑，故乡山海都在玉界中。绿雪：绿毫茶有新芽白毫，可谓绿雪。

瑶台第一层·海国仙乡（题画）

辛丑正月，写长卷山水《海山仙子国图卷》，焦墨苍润兼用，揽胜故乡山海作神游，抒发心中乡情。八十初度，耄耋之年，雪泥鸿爪，岁月留痕，并寄调填词，书于卷尾作短跋。

海山层岚，天水阔、千崖玉界中。古今风物，岚山峡水，涧满流东。石泉初秀雨，散珠泻、瑞气交融。玉溪畔、正山花竞放，新蕊临风。

晴空。远岑如黛，看家山焕映晓霞红。几时回望，峡云烟雨，村野渔翁。艳阳照梓里，树叶茂、郁郁葱葱。绿蓬蓬、海国仙乡景，积翠千重。

注：《词谱》列三体，双调，九十七字，平韵。此词用张元干九十八字变体调式。依《词林正韵》第一部东、冬平韵。海国仙乡：用文天祥咏三门湾诗句"海山仙子国""万象画图里，千崖玉界中"诗意隐括而成。岚山峡水：湫水山大岚山峡谷涧泉，注白溪东流琴江入海。

定风波慢·八十初度吟

辛丑正月，八十年华，蜗居海上小斋，远望家山海国。回眸此生，西湖艺苑学画，勤勉探索，虽诗画之作不登大雅，然用心追求诗情画意和乡野拙朴气息，亦不负年华。寄调慢词，记吟艺海游踪，岁月留痕。

暮岁翁、晓霭重重，几枝早香初绽。旭日东升，霞光一抹，照到梅边暖。玉溪头，香犹浅。湫水潇潇绕清涧。悠远。直把家山望，乡愁常叹。

梦痕恁渲染。想当年、苦读西湖苑。且寻觅，艺术殿堂问道，圆我丹青愿。爱诗书，操翰管。天道酬勤足瞻观。抒展。不负年华，烟云澜漫。

注：《词谱》列四体，双调，一百字，仄韵。用正体调式。西湖苑：浙江美术学院前身西湖艺术院，始建于杭州孤山罗苑。

双声子·画境梦回三门湾（题画）

梦回山海，网船停泊，渔帆风棹向东。三门湾畔，群峰积翠，湫水喷泻潭中。绘家山海国，云袅袅、晴壑长风。苍茫境，墨焦润，重寻诗意融融。望乡关，处处风物美，神游水阔天空。平涛如镜，扁舟如叶，潮催百里归篷。饮龙湫雀舌，但细品，仙子芽红。香浮浅盏幽幽，早茶醉了词翁。

注：《词谱》列一体，双调，平韵，一百四字。网船：海捕拖网对船。旧时木帆对船，白眼黑珠红头绿眉毛，浙东沿海常见。仙子芽红：丹邱山仙子红茶，茶芽焙制。

东风第一枝·听涛轩主人之天台飞觞寄意

二○二一年一月廿二日，忘年友听涛兄相告赴天台新工作。八十翁于海上用乡茶一盏并寄调"东风第一枝"寄情。

华顶天台，石桥萦梦，青云十里平步。往年长赋海山，抗洪大溪寄语。初心不改，为使命、肝胆相许。激起了一腔豪情，几度毅然思绪。

闻鸡舞、五德常叙。惟实干职、争先建树。龙湫几曲声波，放怀神游天姥。佛宗道源，正奇绝、寒山诗雨。恁尔叹、诗路词章，直咏吾乡吾土。

注：《词谱》列四体，双调，仄韵，一百字。此词用史达祖正体调式。唯"佛宗道源"之"源"字破格。长赋海山：听涛轩策划写作长赋，言说古今三门湾，意义深远。大溪：温岭属镇。五德：鸡有五德，曰文、武、勇、仁、信。友属鸡，谦谦君子，合作《大吉五德图》，友情相酬。寒山：唐代诗僧，居天台寒岩，一生诗歌不计其数，往往随兴而吟，吟而书于山石竹木落叶之上，洒落在天台山野间，故称"诗雨"。好事者随其行踪搜集抄录有三百多首，辑成《寒山诗》传世。诗路：唐诗之路。大唐众多诗人自会稽至台州诗行羁旅留下许多诗歌杰作，这条古驿道，即是浙东唐诗之路。

东风第一枝·湫水山居图（题画）

辛丑岁朝，寓居沪上，时年八十初度。回首湖上学画，海上寻梦六十余年，浪迹五湖四海，犹钟情于台荡烟雨，两浙山水。暮年归隐家山。春节写故乡山水，寄调填词。

湫水神游，山居幽寂，瀑泉飞泻珠雨。遥天回忆家山，苍拙漫图旧旅。牛年新岁，正濡笔、东风相与。得意处、一掬相思，带出峰溪渚。

思乡梦、前事记取。溪濑动、涧声意绪。寄情湫水山家，拽来水云如缕。倏然望远，春来也、花香鸟语。晚晴日、任凭抒怀，石城淡烟渔浦。

注：《词谱》列四体，双调，仄韵，一百字。此词用史达祖正体调式。湫水山居：故乡山脉多湫泉，故名湫水山。民居沿溪而筑，可入画。旧旅：旧时走过的路。吾十五岁肩挑行李，冒雨徒步，自桥头村翻越湫水山山隍岭，已过去六十五年了，此生难忘。倏然：自由自在、无拘无束、超脱之态。石城：石城山，故乡北山。

偷声木兰花·观梅忆孤山超山

艾文忠学兄发来摄影作品一组，朱梅、粉梅朵朵初绽，艳妍无比，透露出沪上寒梅始开消息。观其梅图，记忆杭州超山香雪、西子冬夏四时，寄调而吟。

寒梅透了春消息。绿蕊红冠犹堪惜。西子平湖。月印三潭入画图。

疏影横斜孤山浦。香雪海中花如雨。花港观鱼。只盼夏风荷盖舒。

注：《词谱》列一体，五十字，双调，前后段各四句，两仄韵两平韵，宋元各词家用韵奇特多变，此词用《词林正韵》三个部韵。调式本于五十五字"木兰花令"前段第三句减二字、后段第三句减三字，上下段三、四句偷平声，故名偷声。而"减字木兰花"前后段起句又从此调减去三字，全词仅四十四字，故名减字。

减字木兰花·夜饮丹邱茶

相逢夜语，送把秋凉酬与汝。爽我心舒，活火烹泉紫砂壶。

诗朋相见，浅盏浮香斟一半。韵味阑珊，品饮丹邱可延年。

注：《词谱》列一体，双调，四十四字八句，四七句式，每句押韵。用韵规范为：上段两句仄韵，两句平韵，下段两句仄韵，两句平韵，全词八句全叶韵。用韵奇特多变，此词用《词林正韵》两个韵部。详见《偷声木兰花》注。

临江仙·茶凝九霞红

白露家园秋庭静，乡情唤起薰风。石城泉雨自重重。烹云寻梦，何处醉空蒙。

茶烟冷泉甘冽冽，水煎瓦铫汤浓。斟瓢香茗饮和中。丹邱仙子，盏凝九霞红。

注：《词谱》列十一体，双调，平韵，正体五十四字，变体五十八字至六十二字不等。又名"谢新恩""雁后归""画屏春""庭院深深"等。此词用张泌五十八字调式，此格律宋词家多用填之。烹云寻梦：煮茶寻梦。茶仙陆廷灿有武夷茶诗云："轻涛松下烹溪月，含露梅边煮岭云。"丹邱仙子：丹邱山仙子红茶。

临江仙·凝望乡关

饮罢香茶意爽,人生浪迹飘蓬。乡关凝望自重重。潮涨芦絮白,日照海天红。

轻棹渔帆泊处,涛头烟霭鸿蒙。隐居人老寄情浓。丹邱仙子茗,湫水玉溪风。

注:《词谱》列十一体。正体五十四字,双调,仄韵,然而唐宋元词家无照正体填词。此词依徐昌图五十八字变体调式填之。宋晏几道、陆游、史达祖、高观国、赵长卿及元代詹正等词家俱依此调。涛头:三门湾正屿山涛头畲族渔村。丹邱:丹邱山,汉末三国时葛玄炼丹植茶处,有丹邱仙子茶。湫水玉溪:故乡山溪,亭旁溪支流。

鹧鸪天·山海居

家在湫山海隅间。天高水阔是乡关。春添绿雨壶添梦,秋醉丹峰霜染山。

湫水泄,玉溪喧。几时挥写水云天。元知造化心源意,积翠晴岚起壑烟。

注:《词谱》列一体,双调,平韵,五十五字。又名"千叶莲""剪朝霞""醉梅花""骊歌一叠"等。

鹧鸪天·望海楼峰

远眺残阳望海楼。山云晚霭静幽幽。霁天碧落虹穿雨,晴壑霜枫叶染秋。

随岁月,叹沉浮。乡愁如梦水长流。人生苦短堪惆怅,情寄南峰忆旧游。

注：望海楼峰：故乡南山主峰。年少时曾砍樵攀登此峰。

鹧鸪天·山雨

树卷狂澜墨龙飞。山南山北雨云追。风将泉瀑随流洒，水挟涛二人涌浪归。

湫脉脉，风吹吹。排山雨幕倒澜时。凭将顷泼西风雨，洗净秋园自敲诗。

注：涛头：三门湾小岛涛头畲族渔村。

鹧鸪天·岁月静好

手握秋风夜渐凉。常年隐在白云乡。随缘坐听山涛静，倚梦羁游岁月长。

吟俚语，思华章。茶翁词客写沧桑。分明思绪归寥寂，一盏香茶九霞觞。

鹧鸪天·乡土诗瓢

绿满家山壑雨飘。乡愁脉脉路迢迢。故园酣梦谁相问，晚岁生涯自寂寥。

濡退笔，写波涛。朝潮夕汐度中宵。湫山湫水常渲染，乡土乡情诗一瓢。

鹧鸪天·玉溪梅

坐在溪头看石城。听潮涌动激潮声。芳华玉蕊幽香送，凤水清波疏影横。

揪水色，玉溪声。龙潭泉洌水清清。溪梅亦喜素心客，香雪溪风醉我情。

注：玉溪：故乡揪水山小溪。凤水：灵凤山溪泉。

鹧鸪天·梨花雨

一夜东风梨花惊。风吹香雨过家门。诗吟且待诗魂到，词韵还凭词意真。

情缱绻，境氤氲。诗人词客自同尘。漫将一砚梨花雨，泼湿揪山几段云。

注：自同尘：《道德经》有"和光同尘"，以自我修养做到和沐阳光、自同尘土为标格，则心中自有乾坤清。

鹧鸪天·匏尊轩

隐逸海山书画堂。门前碧水五云乡。珠溪海月茆轩爽，瓦鼎匏瓜瑶草香。

秋漠漠，月当窗。丹邱仙茗可飞觞。家乡揪水诗情重，笔底烟云画卷长。

注：瓦鼎匏瓜：茶铫匏壶。匏瓜即葫芦，借葫芦形可制作砂壶。历代壶家创造各种形态匏壶，以匏尊壶为经典，寒斋以"匏尊轩"名之，意在田园淡泊无为生涯。瑶草：瑶台仙草，借指丹邱仙子茶。

鹧鸪天·清宵听茶

独坐清消夜自烹。丹邱凤水汲茶甑。山风晚霭轻涛泛，白石清泉细籁鸣。

烟淡淡，水泠泠。茶声缭绕似潮生。凭阑爽听飞觞曲，凤骞龙腾三沸声。

注：丹邱凤水：丹邱灵凤山之水。骞：向上飞舞之态，凤骞龙腾乃形容煮水三沸之态，腾波鼓浪，涛声大作。

鹧鸪天·中秋夜吟

玉露金风月正圆。匏壶青盏碧云天。画斋茶会神聊爽，绿水金炉泛茗烟。

欢笑语，乐忘年。欣谈艺道妙声添。人生得意心中画，山海峰峦独占先。

注：金炉：金属电茶炉。

鹧鸪天·红枫古道

南黄古道赏丹枫。通幽曲径掇橙红。盐茶竹木行商路，老树参天诗意中。

枫璨璨，叶彤彤。心游羁旅乐无穷。登高远眺人皆醉，绝胜风光冠越东。

后记：读吉平词友《如梦令·歌南黄古道》，遂心游焉。台州遗存南黄古道，宋代山民开辟时，夹道遍植枫树，深秋霜染红枫景色蔚为壮观，与北京香山红叶等地，共同构成我国八大赏枫胜地。此高山古道自天台南屏至临海黄坦，乃浙东商贸通道，清乾隆间尤其兴盛，红枫古道与商贸文化、儒释道文化交集。经千年风霜，枫叶古道璀璨依然。

鹧鸪天·摘柿子

秋时见画家梅军葛岙山里摘柿图片,同窗结伴游走农村摘柿子,各显神通,如老顽童,甚有童年山野之趣。故乡多野生果树,年少时最有兴趣的野外活动是摘山果:毛楂(野山楂)、毛甕(山樱子)、覆盆子、毛桃、野杨梅等。借调寄趣。

又见山村朱柿红。枝头丹果艳秋容。霜枫凝露青天碧,老树橙坨野意浓。

欣采摘,喜相逢。同窗游走老顽童。两三篮子圆圆果,甜柿彤彤瑞气融。

注:橙坨:橙红色生柿子,故乡海游古镇方言称"生柿坨",催熟方可食用称"柿坨"。

鹧鸪天·我隐故园

我隐故园匏尊庐。笔歌墨舞艺风殊。衰年问学探通变,情寄家山赋画图。

知日月,道桑榆。乡音依旧布衣儒。良宵茶韵一瓢饮,诗意生涯万卷书。

注:一瓢饮:"弱水三千,只饮一瓢。""一"入声代平声。

鹧鸪天·茶禅一味

岚峡漱山积翠林。丹邱仙茗越溪春。茶禅一味澄心悟,雀幽香活火烹。

甘露碧，佛泉清。匏瓜青盏味氤氲。漫写苍茫景，山海千崖玉界明。

鹧鸪天·浪迹天涯

浪迹天涯造化功。天都云海一望空。雪晴长白清宵月，雨霁姑苏夜半钟。

昆仑北，五湖东。游踪羁旅岭千重。泛舟艺海怀抱朴，探古融今境界中。

鹧鸪天·墨魂

太极阴阳墨痕中。天台雁荡起鸿蒙。家园旧地归乡隐，诗画新图积翠峰。

山海阔，晓霞红。堪宜挥笔拙焦浓。潇潇壑雨湫泉泻，浑厚华滋造化功。

鹧鸪天·海上煮茶

海上晴阳思寂寥。丹邱茶梦路迢迢。书斋时听煎泉沸，铁铫腾波泛细涛。

烟袅袅，水翛翛。紫壶泥盏小瓜匏。词翁吟得鹧鸪调，独寄乡情饮一瓢。

鹧鸪天·国清隋梅

古刹隋梅拂晓风。黄墙疏影佛楼东。虬枝盘干龙腾态，香雪幽芳梵唱中。

迎晨鼓，听暮钟。乾坤万古夏于冬。梅花薰得众生乐，礼敬如来福德弘。

鹧鸪天·养和

弱冠离家别溪萝。词翁归隐养颐和。方言土语乡音调，天道酬勤作短歌。

流觞美，韵味多。看茶啜墨煮清波。茶斟越盏新诗就，带露天香奈我何。

注：溪萝：溪萝树，学名枫杨树。天台话、三门话和永嘉话称之为溪萝树。

鹧鸪天·折枝牡丹

春神有序到酴醾。疏篱鸟伴国花姿。倾城倾国谁能料，淡抹浓妆总两宜。

探花信，天香随。姚黄魏紫画折枝。几番风雨几番醉，寄意东君春酣时。

鹧鸪天·橘树故园

橘树故园绿苔墙。瓦房老巷照斜阳。童年记忆清思在，山海溪声晓露凉。

愁淡淡，意茫茫。家园依旧水云乡。悠然几度思乡梦，化作诗吟到草堂。

卷 十

鹧鸪天·寿词

今逢海上名医世会姻兄九十大寿，慧君姐八十华诞，十分感恩你们伉俪对我们大家关心、关爱和帮助。寄调"鹧鸪天"吟词一阕致贺，祝寿山福海，健康快乐。

寿诞欣逢九霞堂。仁心医德颂妙长。悬壶济世心地好，久事杏林自生香。

会意处，慧风朗。高松秀竹纳千祥。相随福寿因缘聚，东海南山又艳阳。

小重山·南龛禅茶图（题画）

辛丑寒露秋凉，信笔漫写《南龛禅茶》山水小手卷，意蕴禅茶一味。巴蜀溪壑树石摩崖间，佛龛与禅茶相映照，殊有清寂之趣也哉，寄调一阕题于卷上。

岩畔风随清气迫。巴中南龛静、茗香飞。梵心寂寂佛崖归。禅意爽、泉雨沾芳霏。

何处饮和之？丹邱茶信到、尽来时。烹云煮露已相随。茶韵足、送盏九霞卮。

注：《词谱》列四体，双调，平韵，五十八字。有五十八字叶入声韵变体，即《乐府指迷》所谓平声字可入声替也。减字五十七字、添字六十字平韵调式均为变体。又"名小冲山""小重山令""群玉轩""璧月堂"等，此调用正体调式。韵依词韵第三部。南龛：南龛摩崖石刻，为巴中四大家佛龛之最。烹云煮露：煮茶。九霞卮：亦称九

霞觞。此处借指丹邱红茶。

渔家傲·乡情茶韵

步晏殊词律声韵，戏作而成，别开生面。

画轩窗灯无昏晓。笔歌墨舞晚晴好。天若有情天亦老。天亦老。词翁一曲渔家傲。

绿水青山云袅袅。人生喜寿长年少。仙茗醉心斟盏笑。斟盏笑。乡愁情绪茶中了。

注：《词谱》列四体。双调，仄韵，六十二字，前后段各五句，四仄韵一叠韵。此词用正体调式。

渔家傲·蛇蟠岛

洞岛蛇蟠水连天。朝云乘浪九霞妍。汽笛一声风棹远。风棹远。千崖玉界渔火见。

凿石雕窗匠意坚。宕姿洞貌思渺然。绿林豪客星雨散。星雨散。游人吃遍海鲜宴。

注：《词谱》列四体，双调，六十二字。用杜安世变体调式，前后段各两平韵、两仄韵一叠韵。宕姿洞貌：蛇蟠岛经千年凿岩采石形成一千多个石宕洞窟、奇姿百态千洞岛奇观：洞连洞、洞套洞、旱洞连水洞、洞中飞泉、洞内暗河。洞窟群或置于山巅，或淹没水下，组成如大型海盗文化史展览洞窟群、石窗艺术馆洞窟群、黄泥洞洞窟群等众多海岛石宕洞窟奇观。

应天长·溪上雅韵图（题画）

壬寅岁朝，阳光添暖，濡笔慢写山水小手卷《溪上雅韵图》。拙率荒芜间寄情写意，笔趣墨痕中呈现诗境，可作溪山卧游焉。寄调填词作跋可也。

峰岚鏖雨，山海乍晴，东风绿了春色。正是玉泉飞下，轻舟水天接。江湖几多倦客。啸傲罢、苍茫清寂。苦吟叟，萧索诗心，归隐栖息。

茶意在家山，寄韵丹邱，湫水翠崖壁。更有葛翁旧植，灵芽与嘉叶。壶煎九霞香集。听汤滚、铫炉烟白。品清雅，仙子红茶，曾似相识。

注：《词谱》列十二体，有令词、有慢词。令词三体，双调，仄韵，正体五十字，变体四十九字。慢词九体，正体九十四字，变体九十四字、九十八字。此词用陈允平九十八字调式。葛翁旧植：仙翁葛玄炼丹植茶于丹邱山遗址。

于飞乐·八十一岁初度

淡淡暮烟。此生居住吴淞。八十一岁茶翁。望天高，灯彩璨，满眼霓虹。梦中乡土，回首处、故地新容。

雪域清寒，长白林樾，天涯海角风雄。揽湖山，寻险壑，万里萍踪。衰年图画、变苍拙，云水空蒙。

注：《词谱》列三体，双调，仄韵，七十二字。又名"鸳鸯怨曲"。此词用正体调式。林樾：森林之间。萍踪：因影视职业，数十年在五湖四海漂泊不定的踪迹。

后记：壬寅岁朝，八十一岁初度。回眸人生，年少离家，湖上学画，海上寻梦，艺海游踪，浪迹五湖四海。晚年归隐山海旧地，不忘初心，布衣老翁仍然吟诗作画，衰年会通适变，寄情于笔墨荒率古拙之中。

自度曲·跋《海山渔村图卷》（十句六韵四十八字）

云水长和，岛屿青岩碧空。家山海天越东。何处寻觅，岚壑烟峡，归帆渔工。

茂林积翠重重。岑脉郁郁葱葱。鸥舞帆樯，百里春风。

满庭芳·听雨偶吟

壬寅春月，上海疫情暴发，自开埠以来首次停摆，全市封城。经月沉寂，无交通、商业、医疗，市民生活失序。八十一岁翁幸得年轻邻友守望相助。封闭宅家，足不出户。夜雨如注，戏作遣怀，一扫焦虑情绪。

黄浦横翠，江烟浩渺，且还有、天马云峰。安闲春妮，心漫寂寥中。依旧江南好景，几树杏花淡淡红。良辰美，少年俊彦，踏歌蒲溪东。

年华红胜火，春申歇浦，潮汐吴淞。问霓虹何幸，璀璨相逢。更有玉兰朵朵，粉蕊重重。闭关夜，三更听雨，声滴碧梧桐。

注：《词谱》列七体，双调，平韵，正体九十五字。此词用程垓九十六字变体调式。天马：天马山，五泖三山之一，在申城西郊。蒲溪：蒲汇塘河，七宝桥联曰蒲溪，流经徐家汇入龙华港。春申歇浦：春申江又名黄歇浦，即黄浦江，为纪念春秋时楚公子春申君黄歇疏通

太湖水入海而名此河。

沙头雨·神游甲午岩

山海苍茫,奇岩直向天穹指。浮礁无数。渔岛风帆鼓。

岑脉卧龙,甲午云崖峙。蜃气聚。鳌峰戏水。浪激大陈渡。

注:《词谱》列三体,双调,仄韵,四十一字。又名"点绛唇""点樱桃""十八香""南浦月""寻瑶草"等。此调用正体调式。依词韵第三韵。甲午岩:在台州湾外大陈岛,海岛礁崖奇景。蜃气:蜃,大蛤蜊,传说蜃吐气成海上楼台,即海市蜃楼,借指海山奇观。鳌峰戏水:形容海面上石礁林立,如戏水之鳌鱼浮海。

寻瑶草·飞觞丹邱茶

旧地神游,丹邱茶味。山泉水。仙乡雨霁。且作飞觞醉。

凤水龙湫,春茗长相忆。新毫翠。玉蹊清丽。瓢欣宁和里。

注:词牌即"点绛唇",见前词《沙头雨》注释。用苏轼四十一字变体调式。丹邱茶:故乡亭旁(古名宁和里)丹邱山绿毫茶,葛玄炼丹植茶于丹邱山,故名仙茶。

南浦月·梦里山海

梦里相逢,看渔村帆影添新美。墨痕精粹。山海初阳际。

惆怅乡愁,心随景奇堪绘。游于艺。放怀情醉。舟泛空翠。

注:词牌即"点绛唇",见前词《沙头雨》注释。此词用韩琦四十三字变体调式,参校正体可见前后段第二句各增一字。

诉衷情令·清溪闲钓

海山仙国早霞红。归隐故园东。清溪山色逶迤,诗意寄情中。

云水静,闲散翁。乐无穷。临风坐石,千尺钓丝,一竿春风。

注:《词谱》列三体,双调,平韵,四十四字。此词用正体调式。又名"渔父家风""一丝风"。

诉衷情令·听枫

湫山湫水染晨霜。丹叶试轻妆。红枫爽爽随风听,怅望远山长。

看落叶,忆流觞。茗添香。今宵乡梦,隐逸家园,醉了秋阳。

一落索·茶醉乡情

茶香仙子丹邱味。铫炉煎茗沸。玉溪湫水碧云天,品一盏、三春水。

闭门心到深山里。散淡匏壶味。岚烟谷雨品幽馨,似梦入、乡情醉。

注:《词谱》列八体,双调,仄韵,四十四字。变体四十五字至五十字字数不等。此词用欧阳修五十字变体调式。又名"玉连环""洛阳春"。仙子丹邱:故乡丹邱山仙子红茶。铫炉:钢铫煮水炉。玉溪湫水:故乡山溪飞泉。匏壶味:匏即葫芦,匏瓜壶茶味。

雨中花令·意写家山

春雨霁、渔村礁岛，绿染农田。荠菜花开野岸，烟飞绝壁林间。玉溪泉碧，龙湫声籁，锦绣山川。

挥退笔、晓霞初染，苍岭峰巅。东越溪头海角，神游玉界千岩。寄情图画，老夫归隐，依旧家山。

注：《词谱》列十二体，双调，仄韵，正体五十一字，变体字数不等，又名"雨中花""送将归"。谱中所列周紫芝平韵调式为裁截"雨中花慢"而成，前后段第三句以下悉皆慢词中句读也。故《词律拾遗》卷二另列为补调。此词用周紫芝七十字平韵变体调式。

石湖仙·赋美鲈鱼鲜

淞江烟浦。有九峰三泖，通海佳处。鹤唳在云间，玄宰论，陆机文赋。神舒气爽，意境足，独步今古。情注。骚雅间、茶墨诗语。

鲈鱼极鲜味醉，肉粽香、塘鳢独美。十月蟹 肥。七宝九亭茶叙。水漾蒲溪，船娘摇橹。闻俚语、吴侬便是情愫。

注：《词谱》列姜夔自度曲寿石湖居士越调之词。双调，仄韵，八十九字。九峰三泖：沪西郊佘山等小丘和河网。云间：松江古称，有"鹤唳华亭"之典故。玄宰论：董其昌开启了中国山水画南北宗之论。陆机：西晋吴郡华亭小昆山人，文学家、书法家，《文赋》和《平复帖》是其传世杰作。鲈鱼：松江特产四鳃鲈鱼。塘鳢：塘鳢鱼，学名沙鳢。太湖流域野生鱼。浙东俗名叫土婆鱼、塔鯆鱼。苏沪有名菜"红烧塘鳢鱼"。

芰荷香·留得残荷听雨声

同窗好友孙心华兄多才多艺，无论油画、中国画，均艺术高妙。吾尤喜欢他在抽象、意象、具象中随心所欲，肌理变幻莫测，融合中西，作品富有诗意境界。近日闭关中，欣赏其水墨荷花视频，感而填词。

露妆浓。正波光潋滟，情寄莲红。忆中西子，藕花今又相逢。心华天赋，借肌理、长送薰风。骚雅翰墨冲融。芙蓉斗美，云水空蒙。

寻梦申城画坛上，有嫣然静客，早醉仙容。暮秋听雨，留得残叶枯蓬。晚晴思绪，问画意、境界无穷。直教远籁惊鸿。中西合璧，杰作盈丰。

注：《词谱》列二体，双调，平韵，九十八字。此词用正体调式。藕花、芙蓉、静客、芰荷：均为荷花别称。

宣清·海岛礁岩（题画）

玉界千崖，海国仙乡，碧波晨帆鼓鼓。彤霞淡、岑黛远峰，似龙腾、怪礁奇屿。渔笛传来，村前舣舟，长风寄语。且寻思，忆羁游，蛇蟠揽胜诗侣。

乡味萦梦里，好鲜鱼蟹，餐时多情绪。鸥舞水岸上，老屋村墅。壑云飘横潋雨。写得晴湾，这风最、常相蔺取。

注：《词律》列一体，《词谱》不录。双调，仄韵，九十二字。此调为柳永自度。舣舟：靠岸船舶。蛇蟠：蛇蟠岛，故乡三门湾中千洞石岛。

如鱼水·山海揽胜（题画）

轻籁流泉，翠峦峡谷，激滟百里湾东。远岛重重。红头渔棹临风。紫气融。春潮动、云意无穷。细浪静、奇峙浮礁，望中村屋早霞红。

烟淡淡，水蒙蒙。闲逸一个蓑翁。渔舟篙篷。青青山屿葱茏。翠屏峰。聊寄兴，石宕游踪。且抒我、隐隐乡情如梦，写景墨焦浓。

注：《词谱》列一体，双调，平韵，九十四字。石宕：蛇蟠岛石宕，千年采石留下洞窟千洞，成为千洞岛奇观。

望云间·山海朝阳（题画）

山海朝阳，天际远帆，丹霞前壑渔村。听龙湫细籁，泉泻层云。依旧奇峰险岭，高崖绿树氤氲。看乡关深处，遍野金禾，秋色缤纷。

诗情雅韵，极目抒怀，飞觞茗盏香醇。借得和风畅爽，苍石披皴。挥笔纵横潇洒，天然意趣修身。养心濡墨，便将心境，寄迹留痕。

注：《词谱》列一体，双调，平韵，九十六字。

西河·茶词三叠

春雨霁。龙湫汩汩流泄。彤云朵朵峡风吹，晨光绮丽。漫将仙子琼瑶浆，丹邱茶韵如醴。

玉溪边，叶嫩翠。掬露相送香味。仙家细茗九霞觞，一杯醇萃。夜阑煮水起清波，銚声如籁翻沸。

家山饮露故园地。乡情动、兰蕊芳卉。仙茗蓊霞相寄。得阳春逸趣，诗情画意。越盏砂壶茶香醉。

注：《词谱》列六体，三叠词，仄韵，一百五字。此词用《词律》中吴文英调式。

满庭芳·丹邱寺礼佛并谒梅长者陵

壬寅中秋，应丹邱讲寺住持慧师盛情邀请，前往南朝古寺礼佛，并谒梅长者陵。丹邱者，台州之雅称、乡愁之寄情也。丹邱山古迹历史悠久，声名远播，此地乃汉末葛玄炼丹植茶之处和南朝古寺之所。晋章安令梅盛辞官隐居丹邱寺，吟诵《妙法莲华经》引得凤凰来仪，南朝陈文帝下诏褒称"长者"。丹邱古寺经一千六百年历史兴废，六十年前已荡然无存。二〇一三年，释了文大和尚偕弟子慧华等法师，发宏愿原址重修，艰苦卓绝，历时八年，佛土庄严，规模宏大，功德无量。感慨而寄调吟韵。

灵凤横翠，溪烟浩渺，且还看、湫水云峰。中秋佳节，田漫稻花风。依旧梅家胜迹，地宁天和敬重重。梅长者，千秋教化，香在梅莲中。

丹邱启殊胜，南朝烟雨，泉濑疏钟。喜家乡幸有，佛刹仙踪。更品丹邱禅茗，汤正绿、琼味浓浓。茶炉沸，菩提一捂，凤鸣碧梧桐。

注：《词谱》列七体，双调，平韵，正体九十五字。此词用程垓九十六字变体调式。灵凤：丹邱山亦称灵凤山。梅家胜迹：专指梅长者陵。香在梅莲中：梅长者陵前石牌坊有"政声传宁海临海，教义涵梅花莲花"楹联刻石。佛刹仙踪：丹邱山有仙翁葛玄炼丹植茶、南朝古寺、长者诵经史实，故谓之。菩提：佛家语，意为觉悟、智慧。豁

然开朗，一悟而得。

双声子·病恙中看沧海桑田

　　我的工作单位上海东方电视台，原在上海南京东路著名的"七重天"第七层。1930年代，永安公司新建摩天大楼，将第七层注册为"七重天"，为十里洋场歌舞娱乐最奢华之所。新旧两楼七楼封闭式天桥相连，为上海著名的历史建筑物。壬寅回乡，霜降病恙，住院三门医院滨海新城十六楼病区，得叶军晖名医工作室团队精心治疗，十分赞赏他们的团队精神。十六楼病区比"七重天"高九层。佛教谓，天有三十三重，故可戏曰"十六重天"。此地原是滩涂，潮涨海阔蛇蟠洋，退潮滩远晏站涂。十多年前，填海造陆，建成滨海新城，高楼林立，绿树成荫，日渐繁荣。病恙中，每日高楼临窗，迎东海朝阳，送丹峰晚霞。山海一揽，沧海桑田，感慨而寄调，岁月留痕也。

　　湫山峰壑，云水礁岛，翠屏远眺神游。围塘造地，仙乡海国，新城宿雾初收。望正屿山下，宏图展，竞帆争流。三门湾，田畴绿，山风海气清幽。

　　恙中赞，大医精诚意，十六重天忘忧。桑榆晚霞，涛头潮汐，金鳞湖外飞舟。见沧海桑田，畲家村，舣楫波浮。千崖玉界苍茫，凭添多少乡愁。

　　注：词谱列一体，双调，平韵，一百四字。蛇蟠洋：三门湾内海洋，因蛇蟠岛而有此名。晏站涂：渔村晏站东面广阔滩涂，千百年来，村民以赶海为生，故滨海新城亦称晏站涂。正屿山：三门湾内岛，现已变半岛，岛边有涛头畲族渔村，三门唯一的少数民族村落。金鳞湖：三门新医院东边淡水湖，有公园雏形。舣楫：泊岸的渔船。千崖玉界：文天祥颂三门湾诗意。

鹧鸪天·贺正华我弟八十大寿作图并吟题一阕于画上

寿诞欣逢九霞堂,耄耋岁月得妙长。少年樵牧老来福,笔墨书林品自香。

长流水,海风朗。高松盘扎纳千祥。相随福寿因缘聚,东海南山沐朝阳。

满庭芳·白露爽饮丹邱茶

癸卯暑热之夏渐去,白露至,早晨夜晚秋凉已来。三暑天闲散中作图消夏,时至今日,方有闲情啜丹邱茶,品家乡味,因吟。

水泻龙湫,风吹晓霭,相看瀑雨泉长。羁游岑岭,迎此好辰光。旧地峰峦高树,奇岩下、碧涧幽篁。林深处、茶山积翠,清露映晴阳。

醇芳。吟史事,句容仙客,植茗吾乡。隐丹邱梅叟,姓氏犹香。灵风宁和之地,烹溪月、晚饮晨觞。无尽意,红霞绿雪,心韵在斋堂。

注:《词谱》列平韵六体、仄韵一体,双调。用秦观九十五字调式。句容仙客:仙翁葛玄丹阳句容人,曾在丹邱炼丹植茶,号丹邱子。台州方言称外来人为"客"。梅叟:晋章安令梅盛,故乡梅家始祖。无尽意:佛家语,圆融无碍之意,意为茶禅一味无穷无尽。红霞绿雪:喻丹邱仙子红茶和湫水绿毫。

玉蝴蝶·读茉莉女史雅词答黄菊珍

壬寅夏暑，茉莉女史散文《莫道桑榆晚，为霞尚满天》，写我老布衣和忘年朋友雅事，情真意切，一篇美文。今岁癸卯九月，伊又题吾《湫山图》寄调"玉蝴蝶"。咏罢，感叹其词词情横溢，可谓绝妙好词。重阳后数日，又题我《重阳》之图寄调"满庭芳"，才思敏捷，意境开阔。故余老迈生拙填"玉蝴蝶"步高观国韵酬答。

唤醒老夫情绪，长相眺望，山海晴阴。归客台州，漫步荻港常临。故园溪、朝潮夕汐，童时景、捣衣疏砧。思难禁。且待清茗，晨暮慢斟。

时今。衰翁白发，诗心缱绻，湫水烟林。翰墨诗情，伊词雅淡又舒心。调声悠、水云飘渺，意境醉、茉莉清吟。香沉沉。清空骚雅，爽然可寻。

注：《词谱》《词律》有"玉蝴蝶"令词、慢词多体。令词以温庭筠词为正体，慢词以柳永词为正体。双调，平韵，九十九字。此词用正体调式。香沉沉：香字破格，为词情破格可。茉莉花开，香！清空骚雅：宋词家追求之两大境界。浙派词家张炎提倡清空境界。姜夔推崇骚雅境界为美学理想，雅词中以诗入词，继承《离骚》为代表的抒发自我心境的风格。南宗"骚雅词派"开创了抒情写意词风。

附

玉蝴蝶·题章老所画《湫山图》（柳永体）

茉莉花开

五月江南入夏，蒸腾暑气，何处清凉。叠翠湫山，一路溢彩流芳。松风起、涛声澎湃，宿雨止、草色生香。水寻常。飞流直下，溅湿衣裳。

徜徉。登高望远，青云在侧，白日犹长。卧石凭栏，好心情醉了斜阳。对佳景、闲吟锦句，抒幽怀、漫赋篇章。岂相忘。重来更忆，梦里家乡。

满庭芳·题章老《重阳登高图》
茉莉花开

野色连天，秋光满径，重阳漫舞金风。湫山遥望，恰火柿通红。几许梦魂颠倒，喜耄耋、再度相逢。邀知己，尘嚣抛却，对景乐融融。

登高轻柱杖，醉吟一水，坐拥千峰。雀引路，此间是主人翁。记取当时年少，云端立、向往无穷。心情事，挥毫濡墨，都寄画图中。

天香·题山海九霞红（题图）

晓霭晨霞，春泉鏊雨，溪梅绽红飞白。虬态苍松，蟠龙探海，湫水长流清碧。叠嶂峰石。恰似那、黛岑如戟。画里家山气韵，焦润浓淡枯涩。

词翁艺追拙率。意纵横、寄于空寂。拽缕闲云留着，墨痕飘逸。应是乡愁淀积。隐居处、长存我诗笔。远眺东天，冉冉旭日。

注：《词谱》列八体，以贺铸、毛滂等四家词为正体，故可平可仄者多。双调，仄韵，九十六字。此词用正体。

解连环·一树金桂满园香

桂花初放。正芳菲满院，我心舒爽。沐艳阳、朗然秋光且静寂畅怀，听香神漾。揽胜山乡，意脉脉、桂馨难忘。喜家园秀色，绿叶金花，数度雅望。

随心渐生怎想。眺龙湫水泻，烟舞云荡。嗅金粟、芳动时令，对月殿寒华，沁心漫赏。花绽花放，无尽意、清芬同享。老词翁、写诗作画，寄情沧浪。

注：《词谱》《词律》列多体，双调，仄韵，一百六字。以周邦彦词为正体。又名"望梅""杏梁燕"。金花、金粟：指金桂。花细如粟米，花色金黄璀璨。月殿寒华：指桂花。汉语文辞中，桂殿、月宫、月殿、广寒宫、玉殿等词，均指月球这一颗寒冷的星球。传说中广寒宫中有一树桂花，故称寒华。华，花也。嗅：细细地闻，辨出香味细微的变化。沧浪：水天一色，借指故乡山海之景。一指青碧水色，如孟子："沧浪之水清"。玄奘《大唐西域记》："水色沧浪，波涛浩瀚。"二借指青碧的天空，如唐寒山诗句："天高不可问，鹖鸠在沧浪。"

后记：壬寅秋月，几经努力，家门前栽种了一棵桂花树，以填补枯树的空缺。种了一年，癸卯重阳节后，花苞暴发，几天时间，一树桂花绽放，金黄璀璨，乃金桂也！金桂花开，香气四溢，心神舒畅，故填词。八十二岁翁记之作岁月留痕。

桂殿秋·戏觞金桂仙子茶

秋日里，故园中。金粟细蕊下寒宫。丹邱觞饮仙子露，桂子吹来玉殿风。

注：《词谱》《词律》均列一体，原为唐小令《迎神曲》，曲中有

"桂殿夜凉吹玉笙"句而取名。仙子露：丹邱仙子红茶自窨金桂而饮，醇香绝佳。

桂枝香·乡隐感怀

桂花绽粟。正故园高秋，香气飘馥。凤水龙湫似练，黛岑如簇。衰翁哂笑残阳里，匏尊轩、翛然书屋。芳菲桂子，清芬惊我，繁花嘉木。

忆往昔，申江梦逐。自归隐家乡，山水案牍。词客抒怀，寄意涧泉漱玉。人生往事如流水，园墙苔痕仍凝绿。悠然闲逸，寻谿觅径，归真抱朴。

注：《词谱》列六体，双调，仄韵，一百一字。又名"疏帘淡月"。用正体调式。案牍：案头写的诗词书稿。

满庭芳·故园秋桂

南月霜浓，天高云淡，桂枝花绽香彻。蕊儿簇簇，嗅那玉英发。为尔芬芳骤起，更蔫蔫、花馨萦结。云溪畔，园中秋桂，细似菲菲雪。

蟾宫珠殿冷，光正好、照夜金玉屑。这一庭薰气，梅菊羞咽。唤起红愁绿怨，天香动、晚蛩声切。寒华梦，怡然可可，依旧见明月。

注：《词谱》列七体，六体平韵，一体仄韵，双调，九十三字至九十六字不等。此词用无名氏九十六字仄韵变体调式，仄韵体亦名"转调满庭芳"。蔫蔫：犹簇簇，丛集貌。菲菲：花气香郁之态。金玉屑：金桂银桂花蕾如粒。可可：犹诺诺，恰好、些微之意，如"遥怜

花可可,梦依依"。

过涧歇·归隐故园又一年

归去。又一年,千里心棹飘来,但许春时归去。寄情处。借得东风数日,忆那丹邱趣。任日永,啜墨看荼暮年度。

自有乡愁隐隐,家山见难语。鲍尊轩外,清溪洒甘雨。吟韵抒怀,枕石眠云,信笔堪画,积翠松壑横烟舞。

注:《词谱》列三体,双调,仄韵,八十字。用晁补之变体调式。

水龙吟·丹邱山大雪纷飞

癸卯大寒,台州山海骤逢严寒,大雪纷飞。雪晴日朗,溪梅初绽。高山之顶,一派冰雪奇观。看丹邱讲寺慧师视频和众画友摄影图,有感寄调而吟。

大寒六出飞花,远山素裹轻烟里。阳回冷暖,疏枝苞绽,梅溪添丽。树挂冰凌,丹邱琼境,晶莹奇美。想湫泉冻雪、何时邂逅,凝情处、无穷意。

冬末天寒地冻,早梅红,一枝娇贵。花香寄语东风,苒苒轻盈芳蕊。岑舞龙蛇,皇嬉梁顶,琉璃遍地。听馨香瑷瑍,年年岁岁,一时心醉。

注:《词谱》列二十五体,双调,仄韵,一百二字。用曹组变体调式。皇嬉梁顶:故乡天台山东脉之湫水山最高峰,海拔高884.2米。有盘山公路如龙蛇盘绕于山岭之间。苒苒:草木茂盛和轻柔之态。瑷瑍:厚密、缭绕。宋代郭应祥《鹧鸪天》有"香瑷瑍,酒清醇"之句。

水龙吟·忽忆丹邱茶场

丹邱，儒释道之古迹、台州之别称、乡愁之萦怀者也。老布衣应丹邱慧师相邀，曾визит南朝古寺礼佛，品佛家茶，心爽神怡，悟禅茶一味。甲辰立春，于黄浦江畔饮茶，忽忆丹邱茶场，寄调而吟。

丹邱古寺迎春，玉溪早已开梅萼。绿毫叶嫩，金炉烟细，茶香酬酢。高道仙翁，炼丹种茗，千年相约。汉云晋月，龙湫凤水，得韵意、何其乐。

点点梅花带晕，呈嫣红、蕊馨堪嚼。溪头石濑，清流簌簌，疏枝横崿。满眼青峰，静听涛响，飞泉喷薄。漫吟欲罢，九霞如缕，传觞处、归寥廓。

注：《词谱》列二十五体，双调，仄韵，一百二字。用无名氏仄韵调式。绿毫：丹邱山绿毫，茶叶名品。仙翁：炼丹家、道学家葛玄，道教四大天师之一，俗称葛仙翁。汉末三国初，在故乡丹邱山炼丹植茶。簌簌：流水之态、涧水之声。崿：山崖。

水龙吟·传觞漫赋家山茶

画翁伫立林间，故园定是归来好。幽香桂子，仙山海国，台州秋早。笔墨纵横，一生情绪，翛然堪了。放怀神秀处，龙湫碧涧，泉珠泻、天风袅。

仙草。闻香含笑。煮溪云、芳流紫铫。听涛瀹茗，丹邱烹月，禅心悟道。缥缈炉烟，素姿闲态，看茶味妙。可传觞漫赋，何须解语，倚天吟啸。

注：《词谱》列二十五体，双调，仄韵，一百二字。用吴文英三种

变体调式之一。仙草：丹邱茶，汉末仙翁葛玄始植，故称之。有丹邱山仙子红茶名品。煮溪云、烹月：茶仙陆廷灿吟武夷茶有"烹溪月、煮岭云"之诗句。听涛：茶可听，煮水、斟茶都可以听到茶场声韵，"两三寸水起波涛"是也。看茶：请品茶，即是看茶。闻香看茶是一种雅趣。

水调歌头·八十三岁初度

今日立春，甲辰春始，吾八十三岁初度。老布衣暮年归乡，读书品茶，吟诗作画，修身养性。向往南朝文人隐逸境界，隐居橘树园鲍尊轩，淡泊无为。寄调而吟。

春送一城绿，恰带两溪风。茫茫波涛晨浪，东海九霞红。每见潮涨潮落，感叹仙乡海国，玉界千崖中。最喜渔帆集，礁岛听飞鸿。

心淡泊，神静寂，思无穷。良辰美景湫水，寄语玉溪东。艺海游踪浪迹，漫写家山秀色，笔墨湿焦浓。远眺南山色，耄耋老词翁。

注：《词谱》列八体。又名"江南好""花犯念奴""台城游""元会曲""凯歌"，双调，平韵，九十五字。用周紫芝变体调式，与苏轼词、贺铸词平韵仄韵互叶那种变体词律异。

天香·甲辰春节作山海清秋图卷（词跋）

晓霭晨霞，秋泉壑雨，家山叶添霜色。虬态苍松，蟠龙朝海，湫水泻流清碧。叠峰嶂石。恰似那、黛岑如戟。画里溪山意韵，焦润浓澹枯涩。

千崖玉界帆舶。意纵横、寄于清寂。拽缕壑云留下，墨痕飘逸。应是乡恋情极。隐居处、长留我诗笔。远眺东天，霞辉熠熠。

注：《词谱》列五体，以贺铸、王观、毛滂、吴文英词为正体，正体词律句式大体相同，但平仄各有一些变化。双调，仄韵，九十六字。

喜朝天·山海任剪裁

早霞开。海山正飘渺，似入蓬莱。水阔峰翠，见千崖玉界，飞鸟徘徊。恰有清风送爽，把家山秀色作素材。抒笔意、墨焦浓淡，情满襟怀。

沧波碧浪无际，洞岛归帆处，时见潮回。纵有珠雨，乃龙湫泻泄，洒过岩台。汨汨泉声涧籁，对疏枝、妖娆玉溪梅。佳山水、随时长望，任我剪裁。

注：《词谱》列二体，双调，平韵，一百一字。用晁补之变体调式。唐教坊有"朝天曲"宋越调有"朝天乐"，此调乃张先借旧曲翻新声得以流传。素材：画图所取生活为材料。洞岛：三门湾蛇蟠岛，有千洞奇观。

诗　卷

卷 一

雁荡山写生宿朝阳山庄

百丈飞湫泻翠林,泉流烟雨听龙吟。
朝阳远沐千岩秀,晓露长滋万树荫。
雁荡山乡春茗嫩,奇峰幽壑白云深。
壶煎水沸堪清洌,闲啜雁茶喜自斟。

后记:癸巳夏,从台州至雁荡山写生,宿朝阳山庄。山庄建在朝阳嶂东麓岩壁下,山庄南近朝阳洞,北近灵峰景区入口处。

观音洞得饮玉液茶

洗心泉边试晓烹,梵声玉液两相清。
煎云翻作松籁响,煮雨还疑海潮音。
信步佛楼钟磬袅,惊哦石壁菩提生。
灵峰喜啜杨枝水,殊胜甘霖香满罂。

注:玉液:雁荡山灵峰观音洞顶岩沁泉即洗心泉,邓拓有诗句"玉液一泓天一线"。洗心泉:洞顶岩沁泉,吾师周沧米先生手书"洗心泉"刻石立于池边。石壁菩提:一线天裂壁天生观音菩萨像和一指观音像,惟妙惟肖,如菩提树下佛菩萨。杨枝水:喻观音洞岩泉所滴之水。罂:瓶、罐、壶,此处指烹茶壶罐。

后记:癸巳夏至雁荡山写山,得饮观音洞住持显庆禅师于方丈楼烹雁山玉液茶,因缘殊胜也。吾回赠《谦斋诗词集》。

观音洞

雁荡灵峰石径通，白云深处访禅宫。
香檀袅袅烟霞古，水月澄澄色相空。
绿茗浮杯蒲团坐，岩泉洗心佛殿风。
观音洞里得宁静，爽饮清茶看虬松。

注：岩泉洗心：指洞顶洗心泉，烹佛茶甘泉也。

洗心泉

灵峰洞顶沁岩泉，漱玉洗心一线天。
佛赐甘霖龙藏里，茶煎雁茗可入禅。

注：雁茗：雁荡山茶，品佳，明代文人著录于多种古茶书中。

灵峰白云庵主施佛茶

入夜灵峰景色佳，尼师妙慧说生涯。
白云庵里品清茗，般若经中撷芳华。
素钵怡心藏皓月，青瓯惬意贮丹砂。
茶禅一味观自在，静坐蒲团慢煮茶。

后记：白云庵在雁荡山灵峰下，住持堂上挂我师周沧米先生所赠雁荡山云泉之图，家山情深，尤为亲切。庵主显宝尼师煮佛茶设素斋招待老夫和拙荆，品茶用斋，精致闲雅。庵主示其所书"观自在"条幅，有静寂之气。吾篆"茶禅一味"相赠。

灵峰观音洞（回文诗）

遥岑岭荡雁山雄，相识慧心禅意融。
霄汉流霞清爽气，壑云涌峡暖薰风。
瑶林积翠松莺舞，树色生辉耀彩虹。
翘望慈颜玉露滴，飘香莲座结灵峰。

回　文

峰灵结座莲香飘，滴露玉颜慈望翘。
虹彩耀辉生色树，舞莺松翠积林瑶。
风薰暖峡涌云壑，气爽清霞流汉霄。
融意禅心慧识相，雄山雁荡岭岑遥。

注：玉露滴：观音洞顶岩沁泉。峰：冬韵，《佩文韵谱》可通东韵。《诗韵新编》合一韵。

秋夜茶吟（回文诗）

漫窗露冷桂飘馨，落叶秋枝绕鹊惊。
刊梦入诗敲竹韵，洗心和茗瀹琴清。
滩芦现白虚涵阁，密树移荫长倚楹。
寒色玉蟾银汉碧，丹霞晚棹一舟轻。

回　文

轻舟一棹晚霞丹，碧汉银蟾玉色寒。
楹倚长荫移树密，阁涵虚白现芦滩。

清琴瀹茗和心洗，韵竹敲诗入梦刊。
惊鹊绕枝秋叶落，馨飘桂冷露窗漫。

注：偶得一诗合声韵。颔联为茶联，不动一字借用之。"荫"字为仄声，吴语方言为平声，故代为平声。

海山行吟（回文诗）

潮随绿水傍林隈，远岸晴礁四望回。
桥对静村照明月，石漫泉眼撩藓苔。
迢迢绿浦渔舟泛，霭霭红霞仙客来。
摇影湫山云接水，高崖远棹一篷开。

回　　文

开篷一棹远崖高，水接云山湫影摇。
来客仙霞红霭霭，泛舟渔浦绿迢迢。
苔藓撩眼泉漫石，月明照村静对桥。
回望四礁晴岸远，隈林傍水绿随潮。

玉溪茶韵（回文诗）

悠悠香气透窗纱，落日半帘疏影遮。
湫岭霜枝一挺杆，玉溪梅树几开花。
鸥飞水浦笼烟薄，鹭伴闲亭穿月斜。
游径芳馨闻雅韵，流泉石竹伴清茶。

回　文

茶清伴竹石泉流，韵雅闻馨芳径游。
斜月穿亭闲伴鹭，薄烟笼浦水飞鸥。
花开几树梅溪玉，杆挺一枝霜岭湫。
遮影疏帘半日落，纱窗透气香悠悠。

注：玉溪：即故乡湫水溪。三国东吴屈坦偕母隐居湫水山，屈坦小名玉溪，山溪因名玉溪。

湫水梅溪（回文诗）

亭闲老客伴松关，地僻烟迷竹径湾。
青翰幽林湫漱漱，绿天碧水涧潺潺。
晴峰淡雾云遮树，石影梅溪水浸山。
庭雨近轩花泥湿，清波远棹送飞鹇。

回　文

鹇飞送棹远波清，湿泥花轩近雨庭。
山浸水溪梅影石，树遮云雾淡峰晴。
潺潺涧水碧天绿，漱漱湫林幽翰青。
湾径竹迷烟僻地，关松伴客老闲亭。

山海神秀（回文诗）

秋云岭树郁森森，立壁穿岩黝石深。
流濑声凉漱珠落，峡峰秀色远黛岑。

湫山泻水烟雾淡，碧海琴江晓寂沉。
求韵诗境梦山海，舟边礁岛野浮荫。

回　　文

荫浮野岛礁边舟，海山梦境诗韵求。
沉寂晓江琴海碧，淡雾烟水泻山湫。
岑黛远色秀峰峡，落珠漱凉声濑流。
深石黝岩穿壁立，森森郁树岭云秋。

听泉烹茶（回文诗）

芝兰香茗逢佳时，早遇春融碧水池。
旗展凤珠翠粒绽，绿芽细蕊簇娇姿。
滋滋长味韵薰盏，郁郁芳馨露嫩枝。
随尔听泉茶醉客，炊烟煮铫石蕴诗。

回　　文

诗蕴石铫煮烟炊，客醉茶泉听尔随。
枝嫩露馨芳郁郁，盏薰韵味长滋滋。
姿娇簇蕊细芽绿，绽粒翠珠凤展旗。
池水碧融春遇早，时佳逢茗香兰芝。

夜茶（回文诗）

纱窗透月移步随，浅盏留香觉味奇。
茶热听声涛沸鼎，水凉知韵竹炉炊。

花边叶露烟笼玉,月底波翻碧盈瓷。
砂抟紫壶闲对坐,家藏旧卷书题诗。

回　文

诗题书卷旧藏家,坐对闲壶紫抟砂。
瓷盈碧翻波底月,玉笼烟露叶边花。
炊炉竹韵知凉水,鼎沸涛声听热茶。
奇味觉香留盏浅,随步移月透窗纱。

注:抟:手工团捏法,制紫砂壶艺简称,如手抟、抟砂。借指紫砂壶。

题啜墨看茶图(回文诗)

藤苍皴石玉涵清,妙入诗题巧积痕。
层练飞湫泻雨露,白云腾涌漫惊心。
凝神夜意追笔墨,火竹烧泉汲罐烹。
灯牖茶瓯翠盏浅,临池砚景晚潮平。

回　文

平潮晚景砚池临,浅盏翠瓯茶牖灯。
烹罐汲泉烧竹火,墨笔追意夜神凝。
心惊漫涌腾云白,露雨泻湫飞练层。
痕积巧题诗入妙,清涵玉石皴苍藤。

注:翠瓯:茶碗。罐:紫砂罐、紫砂铫和紫砂壶统称宜兴茶罐。

天目山禅源寺消夏（回文诗）

情闲爽意得相通，溽暑消来静性空。
晴涧幽波荡杉柳，草堤横雨沾花丛。
轻声水籁澄浮玉，嫩卉芳馨散艾蓬。
岑远赋诗敲竹韵，清香茗盏禅轩东。

回　文

东轩禅盏茗香清，韵竹敲诗赋远岑。
蓬艾散馨芳卉嫩，玉浮澄籁水声轻。
丛花沾雨横堤草，柳杉荡波幽涧晴。
空性静来消暑溽，通相得意爽闲情。

注：浮玉：天目山古称浮玉山，见北魏郦道元《水经注》。

建溪秋露白（回文诗）

吾祖世居建州浦城，宋绍兴二年，吾家始祖玫公迁居浙东三门湾海游镇，至我辈已二十七世近九百年矣。近得友人赠建州秋露白，乃祖居地乌龙茶佳品也。乃用阳羡砂壶越盏品饮，吟之记兴。

悠悠黄叶落中林，白露秋茶绿绮琴。
流水涧波连天远，传觞曲岸菊耀金。
酬将诗意随兴遣，翠茗青峰静哦吟，
浮香晚桂横桥拱，湫山越盏旧访寻。

回　文

寻访旧盏越山湫，拱桥横桂晚香浮。
吟哦静峰青茗翠，遣兴随意诗将酬。
金耀菊岸曲舫传，远天连波涧水流。
琴绮绿茶秋露白，林中落叶黄悠悠。

茶韵墨痕（回文诗）

游山云霁雨烟村，陋室茶人醉缶尊。
流籁声寒生妙韵，黛岑秀色墨留存。
湫飞带雨穿虹架，树曲盘岩叠翠痕。
洲荻芦花随兴遣，浮舫清涧绿浸门。

回　文

门浸绿涧清舫浮，遣兴随花芦荻洲。
痕翠叠岩盘曲树，架虹穿雨带飞湫。
存留墨色秀岑黛，韵妙生寒声籁流。
尊缶醉人茶室陋，村烟雨霁云山游。

注：缶尊：借指茶钵、石铫、砂壶。据《新华字典》，古代饮用器皿觯、壶、尊，可统称为尊。

饮和（回文诗）

东轩雅意爽峰峦，远眺归鸿飞羽翰。
风迎莺声涧籁曲，叶香茗气露珠团。

红炉灶火烹云水,醉客茶泉沁蕙兰。
松竹傍梅青影弄,浓情寄梦暖湫寒。

回　文

寒湫暖梦寄情浓,弄影青梅傍竹松。
兰蕙沁泉茶客醉,水云烹火灶炉红。
团珠露气茗香叶,曲籁涧声莺迎风。
翰羽飞鸿归眺远,峦峰爽意雅轩东。

登潮音阁(回文诗)

天云耸秀碧峰峤,锦散长虹彩影摇。
禅月瑞云山径野,海溪涌岸石拱桥。
前湾岛埠靠归棹,静阁清音潮半宵。
烟笼林涛幽处隐,泉飞远霭近岚飘。

回　文

飘岚近霭远飞泉,隐处幽涛林笼烟。
宵半潮音清阁静,棹归靠埠岛湾前。
桥拱石岸涌溪海,野径山云瑞月禅。
摇影彩虹长散锦,峤峰碧秀耸云天。

注:潮音阁:故乡西山建有三层画阁,辟为公园。禅月瑞云:三门城海游古镇北山景区禅月山和瑞云山,东晋兴宁年间,敦煌高僧昙猷尊者,乘枫槎海游而至卓锡之地。潮半宵:宵即夜,潮涨半夜为子夜潮,万籁无声可听潮。

崇梵寺菩提苑雅集

故乡台州崇梵寺,为智者大师驻锡之地。与佛有缘,癸巳初夏,住持智才禅师和画友雅集菩提苑莲花池水榭,烹龙珠茶,听法华泉,翰逸神飞,心迹双清。因吟纪念。

> 滋心清茗绿雨时,滴澍微波碧莲池。
> 宜品龙珠金眉秀,可觞凤蕊翠娇姿。
> 慈云禅味香薰碗,郁馥芳馨甘露枝。
> 随韵湫泉茶醉我,垂天法华韶妙诗。

注:澍:雨水,法华山石壁长泉如雨。龙珠金眉:龙珠女儿茶和武夷金骏眉。法华:隐括法华山和《法华经》。韶:美,法华美妙如诗之意。此诗用晋代永明体,虽有格律诗雏形,但声律相对自由。

蝶 舞

> 娟娟妍态彩妆盈,结伴长霞飞素琼。
> 天暖随心春露碧,翅纹凤色玄红橙。
> 烟含瘦影梅边水,梦入疏枝梨蕊萌。
> 怜意春容花敷粉,翩翩舞蝶几回惊。

注:飞素琼:白色粉蝶。玄红橙:凤蝶翅纹黑、红和橙黄色。

天台宝华石

甲午秋冬观赏画家梅军兄收藏天台宝华石四百余图,石为花乳石,元代王冕始用刻印,为印石之祖。石色璀璨,五彩斑斓,冻地如玉,红朱为主,堪比昌化石、巴林石。

天弥暖色墨藤萝，室雅清珍观若何。
烟籁溪声幽涧石，水云流意隐伽陀。
研朱凤蝶宝华玉，杳梦青霞冻透波。
莲彩池光霓翠合，传灯锦绣碧丹和。

注：宝华石：产于天台宝华寺旁边，因名之。伽陀：伽蓝和佛陀。研朱：研成朱砂色也。传灯：即《五灯会元》所云禅灯相传，佛家语，此处双关，亦指印石和篆刻艺术传承。

秋风玉露茶

风送绿华玉露心，嫩茶秋饮爽凭临。
虹飞湫水穿云雨，菊傲寒霜冷桂金。
红叶山峰丹碧树，紫壶砂铫煮诗吟。
岑遥寄韵乡思梦，妙音流泉弄曲琴。

岁朝吟韵（回文诗）

朝晴翠壑湫烟笼，久递浮光霞日红。
聊意随心静气养，淡岑添雨醉春融。
寥天碧露茶烹爽，读览山斋诗境空。
娇艳梅花兰韵赏，潮惊激籁海天东。

回　文

东天海籁激惊潮，赏韵兰花梅艳娇。
空境诗斋山览读，爽烹茶露碧天寥。
融春醉雨添岑淡，养气静心随意聊。

红日霞光浮递久，笼烟湫壑翠晴朝。

借山书屋诗意（回文诗）

潇潇竹叶茗香清，片片流霞送晚晴。
寥寂借山看远岫，细湫泉曲几回音。
桥飞静水浸峦淡，峡涌青云拂翠轻。
遥望四峰奇极目，潮生海溪晓啼莺。

回　文

莺啼晓溪海生潮，目极奇峰四望遥。
轻翠拂云青涌峡，淡峦浸水静飞桥。
音回几曲泉湫细，岫远看山借寂寥。
晴晚送霞流片片，清香茗叶竹潇潇。

师生叙茶

癸巳炎夏，已连续多年避暑天目山，与师友喜聚清溪源露台，坐竹品茶，闲聊国美旧事。论诗评画，感叹岁月蹉跎。郑朝教授已过耄耋，学友孙恒俊、王钟鸣亦过古稀，满头银发，豪情依旧，吟句纪念。

浮玉仙山伴茶禅，重聊艺苑记旧年。
烹云带露生尘梦，坐竹临风听泉涓。
树海莲峰为胜地，龙桥华雨是因缘。
师生白发觅诗韵，糯叶香芽斟盏传。

注：郑朝：中国美术学院教授，乃我文学老师和一九六三年班主任。耄耋老师与古稀之我，四年同在天目村度夏。同窗好友王钟鸣和

孙恒俊教授，竟来天目村和我们相叙。浮玉仙山：天目山古称，有张道陵出生和修道之地——张公舍和张公洞，在狮子口千丈崖上方和下方，天然石洞，险绝无比。艺苑：母校中国美术学院即浙江美院。莲峰：西天目山倒挂莲峰。龙桥华雨：天目山蟠龙桥雨华亭下之水，如白龙翻腾、泉雨飞洒。糯叶香芽：糯香普洱大叶茶。

山海朝晖图（题画）

诗心得自家乡梦，海国风涛游子心。
沪上闲翁知笔墨，越东老客喜杯斝。
轻舟水面江湖远，仄屋书楼岁月深。
今夜相看寻旧地，湫声如雨落空林。

嵌名诗三韵

甲午秋，同窗学友林天霖主办诸暨同学会，盛情相邀，因有恙未能赴会。会后，林君惠寄嵌名七言一首共叙同学情谊。吾亦感叹，吟得三韵相酬。

林沐春涛泻碧泉，天风时雨画堂前。
霖甘气润诗心爽，雅致华章上锦笺。先韵
林泉壑雨驾云龙，天际春烟涌翠峰。
霖澍甘甜茶铫煮，长年越盏茗香浓。冬韵
林峦郁勃响松涛，天宇苍茫玉树高。
霖水天泉清可汲，茶烟起处读离骚。豪韵

竺昙猷尊者海游

丙申仲夏夜与作家吴强长谈地方文史，感叹天竺僧人昙猷于越巫道风中带来异邦天竺梵音。据史料载：东晋兴宁年间，敦煌高僧昙猷，中天竺人，自渤海泛舟南下，乘枫槎海游而入三门湾，登陆故乡，故而此地名曰：海游。筑庐海游瑞云山，建普济院（北宋真宗赐额广润禅寺）、龙翔院（宋朝从山后周移至高枧更名为多宝寺），后入天台赤城山建中岩寺，坐禅石桥山，为天台佛国开拓者。

天竺昙猷泛枫槎，祥峰直见瑞云华。
绿余正屿来时叶，红煞赤城去后霞。
万里禅修为佛旨，五湖浪迹寄桑麻。
平生风味宜青韭，筑得茆庐试煮茶。

注：天竺昙猷：昙猷，亦名竺昙猷、帛昙猷、帛道猷、法猷，敦煌高僧，中天竺人。文献来源：一，宋朝吴曾《能改斋漫录》卷九载录沃州天姥山云："吴僧帛道猷来自西天竺，赋诗云……。"其后，支道林等十八僧，戴逵、王羲之等十八士，相继而至。《能改斋漫录》记录许多珍贵史料，为文献研究者所重。二，清乾隆年间绍兴府志记有唐代白居易撰《沃州山禅院记》云："昙猷为中天竺人。"祥峰：海游镇瑞云山，山形如弥勒坐姿，前有小山为屏障，自东而西，有大平山、将军山、飞鹤山、禅月山、石城山环抱。正屿：三门湾内海岛正屿山。赤城：天台赤城山，以霞著名宇内，是天台佛国道场之一，海游石城山古代亦名赤城山。青韭：昙猷大师素食韭菜，赤城山有其过量食韭后洗肠井故址，大师圆寂后通体皆绿，故尊其为绿罗汉。煮茶：继葛玄丹邱仙茶之后，昙猷崇尚煮禅茶。

宿蛇蟠岛口占

丙申夏端阳,赴蛇蟠岛小住数日。三门湾蛇蟠岛千百年采石,形成千姿百态石宕石窟千余洞天。野人洞建三门石窗艺术馆、海盗村石宕设东海枭雄历史馆。山前村和黄泥洞石宕石屋居民古村落,堪入画中。

清溪绿浸越州天,夏雨空蒙随渡船。
万古涛声连锤凿,千窗石艺展雕园。
渔家石屋家乡菜,蛎埠鲜蚝口福缘。
东海枭雄星散尽,旌旗还竖岛洞巅。

注:蛎埠:养殖牡蛎石墩,墩上生长蛎壳,台州俗称蛎埠壳,小壳种内生软体生物小牡蛎即小蛎黄,大壳种即大鲜蚝。

咏 荷

丙申夏至,欣赏书法家修竹斋邵兄《荷之韵》摄影作品一组,富有韵味。有文友见其微信所发《荷之韵》组图,顷刻间,从天山之麓即兴吟诗发来,堪叹才思敏睿。荷韵、诗韵在盛暑中带来丝丝凉意。故步韵而成。

池上荷花清韵催,红莲相拥白莲陪。
朱华粉黛娇阳日,天下水芝拟此为。
瓣瓣胭脂妆艳丽,亭亭玉箭色奇瑰。
芙蓉朱粉含羞绽,染绛嫩蕾藏欲开。
静客芰荷凉气爽,藕花菡萏不染埃。
黄丝金蕊孰雄雌,各展风姿美也哉。
无限乾坤纳莲子,一花一叶一如来。

注：朱华：荷花别称，出曹植诗。水芝：荷别称，出自《古今注》。芙蓉：莲花别称，出《离骚》，亦名水芙蓉。绛：红色。静客、芰荷：均为荷别称，静客出自《三余赘笔》、芰荷出自《本草纲目》。藕花、菡萏：均为荷别称，藕花出自《诗经》，菡萏（音旦）为未开之荷蕾。

卷 二

台州茶友来访夜饮

丙申仲夏夜,临海茶友听涛轩主人携来小匏尊壶和金达摩小团新饼,来借山书屋闲聊坐茶,新饼细品有淡淡兰花味,甚少见。言是宜兴制壶家所赠,系台湾茶人用普洱小叶种春芽特别拼配制饼,每小饼约一两重,似龙凤小团,此饮难得。唯建茶有兰花香,从未见普洱茶有兰花香者,因吟。

> 造化心源寄墨华,客来我处携匏瓜。
> 画翁煮水翻鱼眼,茗友淋壶斟饼茶。
> 普洱新香幽静趣,龙团微韵沁兰花。
> 乾坤一握掌中器,小盏寸涛谷雨芽。

注:匏瓜:即葫芦,台州土称"蒲",此处指蒲瓜形紫砂小匏尊壶。掌中器:即紫泥一九小砂壶,壶中乾坤,茶情诗韵,禅意无限。寸涛:郑板桥题壶诗:"量小不堪容大物,两三寸水起波涛。"

闲品仙居野茶

仙居野茶,天然纯净,难得珍品。听涛兄喜茶喜壶,亦爱诗书画,与老夫忘年相交,因缘殊胜,因吟。

> 瀹叶随缘野壑醇,一瓢饮醉神仙春。
> 烹云越海翻蟹眼,煮月丹山腾凤麟。
> 雅韵砂壶斟浅盏,流香石铫泻甘珍。
> 千崖玉界天雾雨,岭峡湫烟雾氤氲。

注:神仙:借指神仙居。烹云、煮月:茶仙陆廷灿有诗留武夷山

茶区云："轻涛松下烹溪月，含露梅边煮岭云"。借其诗意。腾凤麟：形容煮水三沸腾波鼓浪，涛如潮声，水态如凤凰飞鸯、麒麟腾舞，与初沸翻细泡如螃蟹眼、二沸如鱼眼有别。千崖玉界：文天祥吟三门湾诗云："海山仙子国，邂逅寄孤蓬。万象画图里，千崖玉界中。"借指故乡山海。

钟馗嫁妹图（题画）

听涛兄属题所藏高炬人物画《钟馗嫁妹图》诗堂纳福，因吟而书。余极少吟题人物画，题后感觉吉祥如意，稍作文词修饰存诗。

　　　　磊落忠魂心可招，英雄老馗意自豪。
　　　　曾携小妹骑双驴，清气乾坤福寿高。

借山养天年

　　　　翠竹犹能作绿天，书轩煮水袅茶烟。
　　　　家山梦里思愁绪，道法自然夙慧缘。
　　　　笔墨痴心添画境，峰峦绝壑泄流泉。
　　　　传觞越盏和香饮，借隐龙山养寿年。

夏夜走笔

　　　　家山隐处读茶诗，艺海生涯阅四时。
　　　　夏夜星辰看北斗，书斋酷热借风吹。
　　　　文章雅俚为词藻，造化心源我自知。
　　　　岁月蹉跎留墨处，挥毫走笔笔一支。

海山卧游

闲情偶寄借山楼,写尽烟云勒带钩。
龙脉岑峰添皴石,山风海气点飞鸥。
乾坤隐藏坭壶铫,雅韵斟酌竹笠瓯。
湫水梅溪长记取,琴江棹月画中游。

注:勒带钩:画石轮廓方法,左钩右勒,形成有体积的外形,术语为"石分三面"。皴石:山水画中画石用皴技法。坭壶铫:紫砂壶水铫,古时用砂泥做煮水铫,铫中有通火空管,又称石铫,现多用铝壶、不锈钢壶,沪语通称铜铫。最通用电水壶,讲究者用铁壶木炭煮水。竹笠瓯:宋式茶盏,用窑变深色釉,有兔毫茶盏、鹧鸪斑盏、日曜盏,亦称天目盏。亦有越窑青瓷宋盏,形似斗笠倒置,大口浅盏小圈底。湫水梅溪:家乡深山溪泉。琴江棹月:健跳渔港,亦称琴江,因南宋皇帝赵构逃亡海上至三门湾健跳港,上元夜掷古琴,故名。

雨夜坐茶

墨染云山烟雨笼,湫溪无处不长风。
樟荫碧翠回栏外,竹叶青葱树石中。
活火烹茶清雅意,流泉煮叶茗香浓。
书斋夜饮一杯爽,品味香醇万籁空。

洱海风涛苍山雪忆吟消夏

丁酉夏破百年高温记录,炎热中,忽忆大理风花雪月胜景:下关风、上关花、苍山雪、洱海月,吾曾餐风卧雪滇西北,摄制电影《凤山鸟会》,忆吟之,聊作消夏。

洱源卧雪万山幽，洱海飞涛八月秋。
滇国上关花艳美，下关劲风带寒流。
苍山雪顶离天近，月影碧波作远游。
遥想南诏今记忆，峰寒水阔乾坤浮。

注：风花雪月：大理四大自然胜景。南诏：大理别称，唐时，大理为南诏王国都城，有唐碑一通记唐朝大将李密征南诏事，碑存大理寺院中。

山　窗

斜阳一抹映窗时，翠绿新篁无数枝。
竹节凌云摩诘画，春声透叶易安词。
茶翁雅事方家识，老叟词章律谱随。
来客凭窗闲眺远，丹山湫水启文思。

注：摩诘：王维，唐代大诗人、大画家。易安：李清照，宋代词人。方家：即行家里手。律谱：《词律》和《词谱》，吾古稀学词，治学从严，随律依谱，不作自度之曲，为得词学经典文化。

湫壑烹云图（题画）

泠泠泉响似鸣琴，但觉松风袭衣襟。
皴石苍茫有情趣，莫将枯笔貌云林。

跋：石城山石壁皴裂纹理如乱柴，纵横长短，点线交叠，岁月冲刷，极具苍茫感，亦合皴法。用笔洒脱，随意而写，浓焦润渴，重拙老苍，别具面目。丁酉深秋，粗笔草草，荒率写之题句。

禅僧坐茶诗二首（题画）

一枕春风值几钱，无人肯买冷云眠。
开心坐酌丹邱饮，汲取龙湫我自煎。

山崖静绽蕙兰花，湫水飘飞画意赊。
石绿苍苔皴旧墨，炉红瓦铫煮香茶。

匏尊轩七夕烹茶盼秋凉早至

煮水声波响，橘园匏尊堂。吟诗秋月晚，洗盏石泉香。
湫涧落珠雨，云溪生早凉。高谈天地阔，山海是家乡。

后记：弱冠离乡，寄寓海上，浪迹天涯。五十三年后暮年归隐，先租云岭山庄，再租橘树园旧地，斋用壶名，曰"匏尊轩"，斋中置大小匏尊壶两柄，客多客少总一壶适用。匏者匏瓜，葫芦蒲瓜是也，田园平常之物，能寄淡泊之意。旧友新朋，相叙闲话，天南海北，烹茶把盏神聊，大有归去来之感。吟而记之。

煮水听涛写意

凤水龙湫活火烹，砂壶石铫听潮音。
仙芽浮叶甘霖气，绿乳散花玉素琼。
云露开时茶味爽，山风送候茗香清。
乾坤一握丹邱梦，晴雨珠泉泻石城。

注：凤水龙湫：湫山之水，丹井之泉。丹井遗址在丹邱灵凤山下。汉末葛玄在台州三门湾炼丹植茶之地，故名丹邱。丹邱乃台州一地代

名词，是佛宗道源茶史开脉之地。乾坤一握：紫砂小壶掌上乾坤，寄丹邱茶梦。晴雨珠泉：故乡石城山雨瀑如白练，晴雨似珠帘。

晚岁归隐

山海宜秋晚，乡愁感岁华。丹峰醉霜叶，溪月隐芦花。
岭脚高低路，涛头远近沙。岩泉飞似雨，旧地客吾家。

注：丹峰：故乡之山，汉末葛玄炼丹处，山中有丹井遗址。岭脚、涛头：山海故乡，山村以岭脚、岩下名之。渔村以涛头、正屿名之。岩泉：故乡石城山瀑布系雨瀑，大雨瀑布如白龙飞泻，瀑如雷轰。终年岩泉如雨，泉似珠帘。旧地客：弱冠离乡，寄寓上海近六十年，家在上海，老上海了。我之于故乡，反而为旧地客人。暮年客居归隐，令我唏嘘不已。

东屏古村落

屏山通横渡，海气带林丘。院落斜阳照，蛎滩子潮流。
含烟樟叶盖，叠石月桥浮。水墨桃源意，颍川古事悠。

注：屏山：湫水山东麓东屏古村，四周环列凤凰、龙母、屏山、眠牛诸山。属横渡镇一村。蛎滩：村外白溪入琴江处，海湾蛎滩，盛产牡蛎、蛏子等小海鲜。昼夜潮涨潮落，亘古不变。樟叶：村中呑里溪东原有古樟树林带，陈氏族谱中有"十寻古樟含烟舍，一道清泉锁石桥"诗句赞此美景。月桥：村中原有古桥七座，最古一座名曰"凤月桥"，叠石成拱，藤萝倒悬古朴沧桑，凡婚嫁迎娶，从桥上经过，所谓"东园桃树西园李，如今合向一处栽"。颍川：元朝至正年间，河南颍川迁浙江婺州东阳陈氏一支，转迁至三门湾东屏，历六百余年，崛起于山海之间而成一地望族。遗存明清古建筑群，经保护性修复，被列入"中国传统古村落名录"，誉为"中国画里的古村落"。

宿岩下潘家小镇客斋吟八首

戊戌九秋,小住湫水山东麓岩下潘村,客舍在双龙溪畔风雨廊桥北堍。龙溪萦回,狮山蹲伏,溪风清新,爽心畅神。或漫步溪岸,或烹茶客舍。闲散中人,闲雅之极,连续吟得茶诗一组,记作乡行墨痕。

其一　岩下问茶

晴云积翠山乡新,莫笑茶翁问酽醇。
喜饮三生玉川子,乐斟一盏龙溪春。
唤回海国家山梦,洗尽江湖土俗尘。
坐听双龙桥下水,山风茗味正氤氲。

注:玉川子:唐朝诗人卢仝号玉川子,此处借指茶叶。龙溪春:岩下潘家有风雨廊桥名"双龙桥",飞架双龙溪上。溪水源出湫水山赖岙岭下大岚山峡谷,山上多野茶、园茶,此句双关湫水山茶和溪上饮茶。

其二　桥堍夜饮

清闲月夜龙溪滨,古树山风习习真。
直似参禅逢偈语,长如浸露润茶人。
诗家独啜双龙水,画叟先分玉溪春。
灯火岩泉任细酌,待君回味试绿尘。

注:玉溪:故乡之水,亦称湫水玉溪。玉溪乃三国东吴台州郡守屈坦小名,临海大固山屈家宅人,为官清廉,体恤民情,甘霖沐浴乡民,传说为湫水山龙王,故历代朝廷均有敕封。台州府城城隍庙和三门亭旁古镇城隍庙共祀屈坦为城隍,纪念其泽被梓里。灯火:入夜时

分,廊桥和南岸水坊街仿古建筑群灯火辉煌。绿尘:碾得极细之绿茶粉,古代点茶之用,现称抹茶。此处借指茶叶。

其三　龙溪品茶

翠岩无事即仙家,苍峡湫泉品红茶。
秋雨初晴回暖气,廊桥浅水煮灵芽。
溪风微动客斋静,水石萦回碇埠斜。
斟酌丹邱红琥珀,鲍壶白盏思无涯。

注:灵芽:水灵鲜爽丹邱仙子红茶。碇埠:溪上整齐排列石埠头,高出水面三五寸,墩与墩之间泄水,为过河通道,东越溪山多有碇埠。红琥珀:红茶汤色彤红透亮如琥珀。鲍壶白盏:宜兴紫砂鲍尊壶和青花白瓷茶盏。

其四　夜溪坐茶

静翠溪头夜色沉,乡恋一甲未忘情。
山隍岭麓清潭碧,龙母峰前海月明。
水坊彩灯双龙影,廊桥微籁一溪声。
湫泉野茗茶香袅,煮月烹云飞玉琼。

注:一甲:一个甲子六十年,吾离乡岁月已届一个甲子。山隍岭:在故乡天台山东脉之湫水山古道最高处岭头,有视头村。龙母峰:湫水山群峰之一,相传屈坦之母仙化神居之山。详见前诗"玉溪"注释。水坊:水坊街为潘家小镇仿古旅游商业街,沿双龙溪南岸依狮子山麓布局,建有古戏台建筑群,商业仿古街、溪上游船码头、三孔石拱桥、铁索桥、石碇埠等,和双龙桥相连接。入夜时分,灯彩璀璨,和新农村民宿别墅群构成初具规模的旅游观光景区,戊戌中秋、国庆双节期间,游人如织。

其五　龙桥茶吟

饮罢丹邱一盏云，含英咀美入诗氛。
喉根爽得天然韵，心脉先通茗气薰。
山海菁华堪品记，龙湫嘉叶亦清芬。
客斋雅事推啜墨，茶意乡情不可分。

注：一盏云：即一盏茶，用陆廷灿诗意："轻涛松下烹溪月，含露梅边煮岭云。"山海菁华，龙湫嘉叶：专指湫水山丹邱茶。

其六　坐饮夜天

茶思绿雪不忘煎，浅盏朱壶坐夜天。
岩下溪声双龙水，峰头云雨湫山泉。
暮年茗意凭心韵，古树清风记玉川。
莫道闲情诗满腹，海山乡梦喜寿年。

注：绿雪：绿毫茶，毫白如雪，雅称绿雪。碾成细粉亦称雪乳、玉尘、绿尘。历代茶诗茶词及砂壶铭文中多有出现。这和唐宋时饮茶方式有关，陆羽《茶经·四之器》有茶碾。朱壶：朱泥紫砂壶，俗称大红袍紫砂茶壶。玉川：玉川子，唐诗人卢仝之号，他亦是茶中高人，其茶诗《走笔谢孟谏议寄新茶》俗称"七碗茶诗"，名重古今，可与唐诗僧释皎然《饮茶歌诮崔石使君》比肩。喜寿：岁次戊戌，吾七十七岁，民俗称之为喜寿年。

其七　岩下听茶

夜汲龙湫煮绿尘，山风拂面更频频。
流波激石潺潺泄，岩下听茶一溪声。

陆羽有经分雅俗，陶潜无为作隐民。
龙腾凤翥三沸水，烹月有情是茶人。

注：绿尘：泛指茶叶。宋人点茶法先用茶碾碾茶成粉状，过绢筛罗成细粉故雅称绿尘。陆羽有经：即陆羽著有《茶经》简略之语。无为：《道德经》语，六朝隐逸之士崇尚无为哲理，诚如"无为而治""无为无不为"，乃老庄哲理之一。陶潜：陶渊明。翥：鸟向上飞舞之姿。龙腾凤翥：形容煮水三沸时腾波鼓浪，涛声大作状态。烹月：即烹茶煮泉。清代崇安县令、松江府嘉定诗人陆廷灿诗《咏武夷茶》："桑苎家传旧有经，弹琴喜傍武夷君。轻涛松下烹溪月，含露梅边煮岭云。醒睡功资宵判牍，清神雅助昼论文。春雷催茁仙岩笋，雀舌龙团取次分。"用其烹月煮云意境。

其八　狮山烹茶

偶客龙溪饮彤霞，狮山竹雨适烹茶。
铫壶煮水须三沸，越盏分汤用鲍瓜。
水石随缘泛珠露，溪风寄意玉川家。
暮年白发隐逸处，莫忘丹邱茗叶嘉。

注：彤霞：红茶汤色，借指丹邱红茶。狮山：岩下潘村龙溪西有狮子山，状如伏狮而得名。岩阿苍松楠竹，青翠宜人。鲍瓜：紫砂鲍瓜壶。鲍瓜即葫芦，俗称蒲瓜，台州方言称"蒲"，读去声。

川越飞觞（吟酬）

思念唯庸扶贫川北苍溪，越东湫水，蒙山丹邱，神韵飞觞，大有川越关山之意。听涛先生所属书此，寄情八千里也哉。

晴云积翠山乡新，海国茶翁啜酽醇。
喜饮三生玉川子，乐斟一盏苍溪春。

唤回蒙顶丹邱梦，洗尽江湖土俗尘。
远听嘉陵江上水，峨边茗味正氤氲。

注：蒙山丹邱：陆羽《茶经》所载川西雅安蒙山蒙顶茶和浙东丹邱子大叶仙茗为贡品。吾乡丹邱山应是最具史实之所，汉末葛玄炼丹植茶于此，丹邱茶因丹邱子葛玄而名重古今。峨边：川西峨边彝族自治县有野生茶，称之峨边野茶，为彝族土茶，类似晒青，有野山韵味。

后记：戊戌重阳，隐括拙吟而成此诗。"隐括"乃旧体诗词创作方法之一。

喜寿之年故园买屋吟句

吾弱冠离乡赴杭州南山路浙江美院求学之前，居住在"橘树园"旧地。离乡六十年，先租旧地而安家，斋曰"鲍尊轩"，意在田园淡泊无为间。然常有搬家之窘。人至耄耋，唯有买屋安稳。夫人鼎力，随缘购得橘树园小区大屋一套，圆我归隐家山旧地之梦，吟句纪念。

家山积翠近溪边，君子谦谦爽意连。
喜寿年华添新屋，橘园旧地看湫烟。
砂壶在手乾坤耳，笔墨随心造化天。
凤翥龙腾泉沸铫，茶香寄梦乐忘年。

注：君子谦谦：我和夫人用"谦谦君子"之名合作题画落款之用，取二人名中"谦""君"二字而成。虽布衣一介，却自有书卷之气。喜寿：七十七岁雅称喜寿。湫烟：湫水山山高多湫泉云烟。耳：虚字语气词，借虚字组词对名词。茶香寄梦：茶者，禅也，禅茶一味，可作清梦相寄，忘年之交，飞觞之乐也。

听涛闻香·吟酬

　　忘年之友临海杜桥涛斋与我有夙缘，三年相叙，看茶论艺，烹云饮露。赏壶把盏，品绿煎黄。上善若水，情愫甚笃。君将去另地工作，依依惜别之情，寄于诗中，吟之相赠。记其曾客吾乡，寄居山海石城、湫水丹邱间。乡情、茶心、艺缘兼融，因序。

　　　　簇簇新芽沾露光，鲍尊轩里夜煎尝。
　　　　茶人漫说华顶好，画叟常夸丹邱香。
　　　　坐雨听涛轻泛绿，烹云煮月浅含黄。
　　　　杜桥茗友客归去，记取湫泉春味长。

　　注：鲍尊轩：听涛轩主初次来借山书屋叙茶，带金达摩小饼普洱和小鲍尊壶，我有诗云："客来我处携鲍瓜。"鲍瓜即葫芦，蒲瓜也，台州土语称"蒲"，读去声。此田野平常之物，入曼生翁法眼，而成鲍尊壶，寄托淡泊之意。丁酉秋移居橘树园旧地，额拙斋曰"鲍尊轩"，轩中置大小鲍尊壶各一把待客，名实相符。华顶：天台山华顶遗存汉朝末年葛玄所植茶树——华顶仙茗。泛绿、含黄：茶有红绿黄白青黑之分，绿茶之汤淡绿，而黄茶白茶青茶之汤淡黄至金黄相递。

春夜饮茶

　　　　丹峰翠色染橘园，谷雨春涛隐杜鹃。
　　　　采摘岳华蒸晓露，汲来涧雨煮湫泉。
　　　　茶翁独饮玉溪水，仙子微香石铫煎。
　　　　爽朗清诗和茗味，波光皓月盏中天。

　　注：丹峰：丹峰山，即章家山，又名丹山、南山、龙山，汉末三国时葛玄炼丹之地，山中有丹井遗址。现统称为三门县城南山景区。

岳华：山岳菁华，借指茶叶。玉溪水：湫水玉溪之水。仙子：丹邱山仙子红茶。

丹邱茶梦自迟迟

越芽嫩绿早春时，斟酌珍毫得静思。
碧玉丛中观雨脚，湫山顶上摘云旗。
爽心乐事能忘忧，苦涩甘甜亦可知。
暮岁年华爽然饮，丹邱茶梦自迟迟。

注：越芽：越地茶。云旗：一芽为枪，一叶为旗，"云旗"一词指湫水山中云雾茶。

独饮飞觞远思君

戊戌吾已七十七岁，一年之中，忘年茶友或远去川北扶贫，或调另地，而我在喜寿之年买屋移家，分为三地。三年时间，有缘得交忘年之友听涛和唯庸，品茶赏壶，谈艺论诗。真情相待，别后惆怅！寂寞之中，独饮举盏，飞觞吾友，因吟。

故园无事烹绿云，雀舌新毫韵味醇。
一盏红霞仙子液，千片翠色火前春。
汤添湫水翻鱼眼，烟袅海山染碧尘。
惆怅满瓯斟远友，应缘寄与爱茶人。

注：绿云：茶之别称。雀舌：明前早茶形态，形容新绽嫩茶之芽细如雀舌，茶味醇而淡。红霞仙子液：丹邱仙子红茶茶汤之色似红霞琥珀色。火前春：明前早茶。古人在清明前有一两日要禁火过寒食节，火前即清明前。碧尘：专指茶叶。古人茶道点茶，用茶碾细罗筛茶粉，似今时茶道之抹茶，雅称为绿尘、碧尘、翠尘。瓯：茶盏茶碗。

海山人家茶意图（题画）

渔帆片片泊扩塘，漠漠天风海涛凉。
湫峡春来海溪净，丹峰秋去暮云长。
家山神秀图堪绘，蛇岛红酣染夕阳。
越盏新添波上月，海山雅集绿云香。

注：扩塘：扩塘山岛，在三门湾口南侧，有天然石门洞悬于海面，渔船可避台风，故称"命门"，海岛奇岩之一。天风海涛：三门县老城西山有潮音阁，可感觉海天风涛。蛇岛：蛇蟠岛，盛产绛红色蛇蟠石，石宕经千百年采石，形成千洞奇观。

己亥端午吟

端午节民俗插艾草、悬蒲剑、饮雄黄酒却毒辟邪。今春，吾友赠水养石菖蒲两盆，一为虎须犀峰，一为九节龙根，绿意满盆。含乾坤清气，发水石烟云，可作鲍尊轩案头小品。今逢端午，偶得拙句吟之。

白驹过隙又端阳，银发画翁读楚章。
夜雨声传汨罗远，湫泉波动玉溪长。
家山暮隐江湖客，铁铫茶烹仙子香。
九节菖蒲葱翠绿，乾坤正气发幽芳。

注：楚章：楚辞。汨罗：汨罗江，屈原投江处。玉溪：故乡山溪，因东吴郡守屈坦偕母隐居湫水山，屈坦小名玉溪，故湫水溪名玉溪。江湖客：笔者。毕生以电影电视导演为职业，艺海游踪，天南海北，浪迹江湖，故戏称之。仙子香：故乡丹邱山仙子香茶。铁铫：铁质煮水壶。砂铫、瓦铫、铜铫为常用之物，近年煮茶煮水流行玻璃壶、不锈钢壶和铁壶。

中秋品茶赏月

己亥中秋,与南山侃俪坐鲍尊轩凉台品茶赏月,闲聊吴越两地中秋风俗异同。山风海气,明月中天,时近子夜,情致怡然,吟韵纪念。

湫山越海子潮起,茶友忘年情自携。
玉宇冰轮云带彩,砂壶水铫茗香弥。
橘园眺望黛岑远,乡梦回看风俗稽。
明月中天清饮好,家山长物涤尘泥。

注:茗香弥:弥,弥漫之意,茶香飘散。橘园:年少时居住旧地橘树园,亦是暮年归隐地,寒舍用壶名曰"鲍尊轩"。稽:留也,留存之意。家山长物:专指故乡茶叶。

玉连环铭壶赠友

传世紫砂壶玉连环铭,有明代文徵明之子文嘉应项子京所属,于李茂林僧帽壶肩部篆两则玉连环铭:"浮霜冷月霁雨霄清,流芳润渴止暑消冰。"无论何字起句,无论左旋右旋,四言吟之,均成壶铭,有《诗经》古趣。其后四百多年间,再无玉连环铭紫砂实物和文献记录。故撰《谦斋玉连环十二壶铭》以补白。己亥春,唯庸赴川北扶贫一周年,赠朱泥曼生扁壶纪念,书刻玉连环"烹云饮露清筠嘉澍"一铭。吟得一诗似台州乱弹、三门道情,间用俚语不拘格式。

玉连环壶赠友人,阿曼陀室韵味真。布衣壶宗留设计,我借诗章酌茗醇。形似《诗经》生巧句,回环顺逆亦奇诊。七步成诗推曹植,诗图如镯玉韵新。茂林壶铭子京索,文嘉题刻饮消冰。四百年间无续者,随缘相续耄耋身。噫嘘唏,烹云饮露,清筠嘉澍。澍嘉筠清、露饮云烹。玉连环,是诗体,巧拙使侬亲。题镜

161

题盘题墨题砚题酒箴，老翁吟得兮：玉连环十二砂壶铭。

注：玉连环：中国古典诗体之一，由八个字连接，成为环状诗图，相传为三国曹植所创。历代文人多有创作，明代达到鼎盛。多题于铜镜、食盘、墨盒、砚台、酒箴之上，亦有题于紫砂壶上。阿曼陀室：专指陈鸿寿，其曼生壶多用"阿曼陀室"印。布衣壶宗：专指紫砂艺术泰斗顾景舟先生。此壶造型用顾先生生前设计图制作而成。先生以曼生扁壶为蓝本重新设计，成为玉连环铭文载体，书刻其上。诗图如锔：即玉连环诗图。

附：谦斋玉连环十二壶铭

嘉宜其瀹茶仪礼节、清筠嘉澍烹云饮露、稠香韵茗流芳润鼎、烹云凝烟清吟听泉、烹茶饮芝听泉吟诗、清筠新露听涛烹澍、清澍碧烟烹露汲泉、畅吟爽饮相品长斟、新茗熏缶清静芬永、香雨芳露佳缶茶鬻、芳泉爽流香茶广酬、香浮茗韵长流井润。

菩提子

菩提生小果，粒粒现灵通。海月分清影，天香逐晓风。
慧心空亦色，云水悟道心。法雨润禅物，本真如来种。

看山图（题画）

青原惟信说看山，山似山非在意端。
卷雨晴云秋气阔，流光暮霭永宵寒。
澄怀静寂空回处，造化妙参一笔禅。
悟得看山三境界，松烟水石以心观。

注：惟信：唐代禅师。《五灯会元》记青原惟信禅语："老僧三十

年前未参禅时,见山是山,见水是水。及至后来,亲见善知识,有个入处,见山不是山,见水不是水。而今得个休歇处,依前见山是山,见水是水。大众,这三般见解,是同是别?"

杂吟五首

其一 禅意茶吟
香山雀舌闹芳丛,微火新焙寄诗翁。
自有丹邱调茶手,闲时煮水听松风。

其二 罗汉煮茶图
云中玉磬敲时响,寺里金灯日夜明。
胜地随缘游客到,罗汉煮茶五湖春。

其三 湫水玉溪神龙出峡图
神龙窟宅见无底,湫水难穷浅与深。
炎夏丹邱玉溪冷,沛然为雨洒甘霖。

其四 卧游天台湫水
乡梦难消亦可闻,因缘来去与谁论。
龙湫水泄石桥滑,寻迹应敲尊者门。

其五 听松图
蛟干虬枝古作蟠,苍然风叶自生寒。
卧云眠石为词客,静听涛声闭目看。

宴饮香茶吟韵

　　记得十年前,曾赴东晋古刹多宝讲寺礼佛。己亥仲秋,与书家修竹斋主、画友宏晓、李阳诸友,应宗韬师相邀,再赴多宝讲寺礼佛。是日清晨,甘雨如注,复雨霁,阳光普照,天送吉祥。法师相陪浴佛、敬香、礼佛,并设素斋,斟佛茶盛情款待。吾拙书"殊胜因缘""妙得天香"金文致谢。吟句纪念。

　　　龙山枧水两相依,梵宇庄严即菩提。
　　　天霁朝阳云带彩,茶蕴慧雨盏香弥。
　　　佛寺随眺烟岑远,茗梦回时清韵稽。
　　　妙得天香澄水月,佛家灵物濯尘泥。

　　注:龙山枧水:多宝讲寺位于三门县高枧龙山南麓,寺前有枧溪,发源于天台山东麓,乃云溪,亦即珠游溪上游,东流入海三门湾蛇蟠洋。菩提:梵文音译,意即"觉""智"。弥:弥满之意。此句叶仄,"弥"字台州方言平声,故可作平韵用。稽:留住之意。佛家灵物:专指佛家茶。

　　后记:宗韬师见拙诗喜曰:"语善义善,具佛法妙义,唐诗律韵,赞叹赞叹。"并吟四言诗偈两首赠我,有《诗经》意韵。

重礼多宝、酬以谦老师

　　　翩翩灵鹊,入于丰林。我有嘉客,载好其心。
　　　日月其迈,不忘初行。维此嘉客,百福是膺。
　　　喈喈灵鹊,鸣于丰林。我有嘉客,秩秩其音。
　　　允恭允敬,解怿且庆。维此嘉客,百福是承。

五王出游图卷（题画）

浙美同窗好友姜兄一鸣，经多年研究考证，唐代佚名《游骑图》，初步鉴定为韩干《五王出游图》，或将改变北京故宫博物院无韩干作品之现状。一鸣兄著有《〈虢国夫人游春图〉考辨》一书，继而，为了考证韩干作品，摹得此图，十分精妙，用以探索鉴画之渊薮。其鉴画，独具慧眼，令人赞叹，因吟题此图卷尾。

走马京城外，五王游骑连。
丹青透气息，破题自因缘。
探赜鬓华白，寻真晚岁坚。
姜翁新考证，一鸣惊云天。

九节石菖蒲

鲍尊轩中养石菖蒲两盆，剑叶苍翠，涧石嶙岣。日观夜赏，水润苔藓，文情雅趣，寄家山清韵，发水石烟云。得句吟之。

苍石如铁，云水浸湿。
下漱冽泉，珠露滴沥。
洁净不污，蒲之清寂。
一寸九节，龙根蟠隙。
附石而生，来自涧壑。
养我陋室，永葆蓊郁。
甘雨时淋兮，天降润泽。
彼美蒲石兮，淡泊心惬。

梦回湫水石城（题画）

庚子正月，华夏大地因新冠疫情封城隔地，全国人民居家抗疫。老叟亦宅于上海，困于陋室。百无聊中，唯能凭借笔墨，作家乡山海卧游，梦回乡关，放逐心情。故园云山，石城湫水，秃毫粗笔，浓墨焦拙，随意点染，吟诗题画。

湫泉汩汩水涓涓，叠石城头梦未阑。
土盏春茶香气爽，橘园古树鸟声欢。
挥毫泼墨文心醉，秃笔焦枯不厌看。
喜听渔樵随处唱，乡音悠远过乡关。

家在山海间（题画）

家山神秀故园情，拙笔荒茫老墨耕。
峡谷云烟湫水泻，龙泉溪石壑风迎。
渔村古埠帆樯聚，岛屿涛头棹歌行。
万象画图仙子国，千崖玉界海潮平。

卷 三

游亭旁城隍庙归饮湫水绿毫感赋

故里亭旁城隍庙,庙祀三国东吴郡守屈坦为城隍。为一九二八年五月亭旁起义苏维埃政权故地,起义领袖包定字次庵,有诗才,中共早期党员,台州博物馆藏其诗稿真迹。

安舒绿蕊挹露清,爽饮湫泉翠凝芬。
天意似怜次庵赋,红旗先到屈家门。
已蒙甘泽施龙母,更祝丰年长稻孙。
九老庙前孵闲日,童颜鹤发暖曛曛。

注:屈家门:借指城隍庙,祀三国东吴尚书屈晃次子屈坦。坦辞官后与母隐于湫水山,化为湫水龙王,其母尸解,化为山灵,神居龙母山。

湫水山行逢雨

一雨湫山洗,溪流声漱玉。
雨径不逢人,苍苔凝翠绿。

雨中登湫水岭吟忆

卵石山路欲到天,林萝荆棘互钩连。
万重云海相摩荡,一生梦痕何时圆。
雨济鲛龙游涧走,泉漫旅道阻步前。
翛翛冷雨湫岭下,梅公故庐可依然?

湫水山麓宁和里丹邱寺

湫云浩渺山势高，览读灵源语自豪。
曲涧远流奇岭峡，苍峰浸海冠六鳌。
龙腾瀑雨飞白练，凤鸣丹邱震九霄。
寺外泠泠溪头水，年年昼夜碰江潮。

注：宁和里：故里亭旁镇古名。丹邱寺：南朝古寺，晋章安令梅盛辞官隐居读经处，其时凤鸣丹邱，为故乡著名人文遗迹。唐郑虔、贾岛有诗颂丹邱寺及梅长者。

石城山

玉阙朝霞禅月峰，岩窗古洞天台松。
路通磴石六七里，溪隔炊烟一千重。
瑞云翠嶂山化鹤，石城雷雨瀑成龙。
回眸活佛闭关处，静听僧楼百八钟。

后记：吾乡飞鹤山，在瑞云山西北，俗称白鹤亮翅。明代广润禅寺住持裘圣僧，在禅月山建精秘庵坐禅静修，大和尚精医道，通佛学，救人度人，乡民称其为精秘庵活佛。五十三年前吾与同学曾宿精秘庵佛楼烧炭窑月余。

岩洞龙髓水

山头禅月俗尘捐，当有高人结静缘。
甘露一泓清洌洌，松荫石髓是泉源。

丹峰亭远望怀古

丹峰耸海镇，松涛起秋林。
登山觅胜迹，极目揽晴云。
古国浮海者，敦煌昙猷僧。
乘槎踏波浪，观山升瑞云。
青嶂翔白鹤，双涧藏龙吟。
驻锡佛光地，东晋筑禅林。
烟雨广润寺，虬松紫竹林。
禅月照古洞，石城听瀑声。
悠悠千载月，郁郁古樟荫。
古樟一千七百岁，形如昙猷涅槃身。
曾遭雷霆劫，枯木又逢春。

注：昙猷：敦煌高僧，中天竺人，东晋兴宁间乘枫槎浮海而游，入三门湾正屿山登陆，吾乡因名曰"海游"。建普济、龙翔诸院。后入天台赤城，坐禅石桥山会五百罗汉。圆寂后尊为绿衣尊者，是天台佛国开拓者。

龙山书院旧游

文昌华阁蹬阶高，岭头裂壁飞虹桥。
凭栏远眺千家屋，海国街市尽渔樵。
东望田畴连朝雾，西看双峰落夕照。
岩阿静卧海风急，桫朴树下书声绕。

望海楼峰

遥天眺蛇蟠,浩瀚向沧溟。
日暖鱼龙跃,云渺海气清。
远帆翔白鸥,近屋隐青林。
长啸登临处,樵唱足豪情。

家山秋行

重峦叠嶂气势雄,峰似将军立苍穹。
万壑松声含晚籁,千树枫叶醉秋风。
白露欲滴三秋雨,丹山骤染朱砂红。
铠甲独遗将军帽,草如胄缨挂碧空。

注:将军帽:故里将军山中奇岩,在海游岭隧道南东侧山中。

笔架山行雨霁

奇峰独峙东海边,春雨乍晴翠屏山。
岩兀天涯望东极,雨霁云涛翻前川。
镇海巨笔探龙阙,铺天锦帛绘华年。
亘古造化多灵谲,挥毫泼墨写云天。

石城山古佛洞

海气回环四山拢,兰若凌壁八面风。
云涌巨岩洞牖隐,雨飞石城瀑雷轰。

地灵今古佛尊居,经演精秘道心通。
青天万里知何限,全在丹山一叶中。

丁亥初秋游石浦吟句

三代往事问高塘,眼底缑城向夕阳。
鹤浦空闻鹤飞舞,渔港有鱼炊生香。
几羽沙鸥掠洋面,十里东门聚桅樯。
极目山海沧浪地,红头网船旌旗扬。

小坐听泉斋屋顶十坪兰园品茶濡墨得韵

莫寻宋梅远,茶烟绿圃前。
陶瓮天瓦水,活火小龙团。
屋暖兰蕙盛,窗明笔墨闲。
壶沏寸涛起,水沸潮音来。

注:听泉斋:吾甥维军斋名,为朋好读经、谈诗、赏画、品茶佳处。

闲雅小坐听泉斋品茶再韵

曾经雨霁兰蕙清,还看丹峰紫翠分。
琪树春寒双涧雨,石城霞暖半岭云。
湫水山色当窗见,海游溪声入座闻。
闲在天台兰圃里,乌龙茶香和素馨。

百橘草堂夜吟

白茅覆屋竹编墙,斗室三间小草堂。
野鹤闲云真逸地,红橙绿橘好秋光。
茶烹谷雨为瓢饮,笔走龙蛇着文章。
夜阑松涛催入梦,禅心如酒月如霜。

注:百橘草堂:小说家徐建国曾筑草堂于橘林之中,用师祖康南海《莹园》诗首句衍成一律。

云 庐

欲写云壑品佳茗,一瓢湫水景象新。
平生水墨论怀抱,无处江山不丹青。
泼墨点兀造诗意,纵笔铺水白云深。
与子画缘结海国,石城飞瀑意境生。

注:云庐:为郑前文学棣所起斋名。

再韵云庐

窗外山涛动长天,云庐书桌又经年。
漫卷水石知三昧,纵横笔墨发毫端。
浑厚华滋得真趣,外师造化境界宽。
行路万里书万卷,览读烟峦成大观。

忆童时海游下街头洋山渔船归帆林立之景如画

珠游溪波接海长,春潮涌浪沐霞光。
白鸥展翅文昌阁,黄鱼鸣叫蛇蟠洋。
洲涨涛头芦草舞,帆集荻港鱼鲜香。
云溪流水来台岳,红头渔船归夕阳。

元宵旧忆

依山小筑挂上灯,便觉雅轩尽春风。
密竹过泉清洌洌,流云拥月共潮生。
细看桂树犹凝雨,欲赏兰花已飘馨。
故乡年俗真绝倒,儿童家家讨糟羹。

登丹门远眺

登丹门楼耸碧空,龙亭宛在家山东。
云吞湫水三春雨,帆鼓琴江半夜风。
溪壑分流来台岳,山川趁势走长虹。
遥望蛇蟠烟波上,石岛晴沙照眼红。

湫水玉溪寺

一九五八年,吾年方十六,冒雨从横渡桥头开始步行翻越湫水山山隍岭,曾在湫水溪畔古寺陋屋小憩。距今已有五十多年。近读史料方知,此处乃三国吴郡守屈坦偕母隐居处,隋代高僧智者大师雅好泉石,负杖闲游,隋开皇九年曾驻锡于此。唐元和五年建湫水院。清同治改额玉溪寺，古寺历史厚重，有缘时当前往礼佛。

走赏风泉空谷音，倏惊穿树飞鸟鸣。
全收岭上千岩水，汇作殿外半溪声。
湫峡三潭龙宅窟，禅香一寺佛前灯。
智者大师闲游处，慧日重光泉石清。

望家山海色

家山风物毋相忘，海气岚光随潮涨。
看山看水终未厌，赏兰赏桂整园香。
涛声百里惊草木，奇錾千岩染新章。
直爱清晖同万里，谁言画意在他乡。

夜阑听潮

故园景物最挂怀，海气山风识我来。
月静方知狮山影，花香惟觉蕙兰开。
乡音爱说云溪梦，庭橘归寻荻港栽。
枕阁听潮眠不着，烹茶对江入天台。

东郭村偶吟

郭绕村烟海绕堤，数椽瓦屋可栖居。
白岩老树留花坞，绿橘红橙杂菜畦。
硕果林园枝上下，农家别院涧东西。
晚年无力买山隐，寄梦乡关到北溪。

寻东郭洞憩洋溪亭望铁场山海

东郭登山步履坚，洋溪品水访山泉。
高峰皴石叠成阙，松气狮云别有天。
白岩退风聊此地，奇洞无影待何年。
蚝江潮退蛎滩阔，感觉沧海变桑田。

丹峰山揽胜亭望秋抒怀

盘垣石蹬破绿苔，绕耳山涛共徘徊。
登丹门前霜染叶，揽胜亭外秋已来。
甘泉洌洌曾炼药，红叶萧萧映天台。
极目海山仙子国，云溪荻港闪流辉。

水磨桥忆旧

故里青萍桥东原有六闸石桥，蓄溪水，挡海潮，桥北堍有蟹簖，秋夜点灯诱捉螃蟹，此桥消失五十多年，俗称小桥头，吟句留作记忆。

石羊溪头水磨桥，丛芦疏柳渐次凋。
蒙蒙海气天影压，飒飒岸风潮痕消。
急转水轮盘磨石，慢筛面粉迷屋寮。
回眸童时磨麦处，蟹火渔灯尽寂寥。

晋樟

1957年，三门中学出土东晋植樟碑，古樟至今已近一千六百年。

"文革"时枯死，八十年代曳出新枝，现已枝繁叶茂，为三门中学园林一景。

知闻晋樟寿千载，状如蟠龙斗沧海。
巨干凌霄烟溟溟，细叶影地日璀璀。
云垂太阴震雷霆，风翻晴阳动光彩。
枯木逢春枝叶茂，独立乾坤气不馁。

回龙桥揽胜

清壑昂霄雨雾飘，探幽缓步陟岩椒。
逸坐凭栏听泉韵，新诗酬唱雅自饶。
长啸山灵应互答，清歌过客讶逍遥。
极目家山千里外，郁郁苍松虬枝老。

秋归吟

晚岁又回水云乡，已无茆屋作画堂。
花溪春肥不当季，丹峰秋桂又飘香。
海角听潮涛头远，湫水看瀑山路长。
文昌书院杳然去，山海港城照夕阳。

乡梦·海山仙子国

松溪湿雾笼菰芦，石矶熏风点绿芜。
前壑飞泉响远籁，碧水轻烟飘晓浦。
可怜乡梦常萦绕，曾将诗意入画图。
梦回海山仙子国，云帆飞越万顷湖。

乡梦·暮年残梦到家山

湫水飞雨腾潜蛟,丹邱鸣凤飘六鳌。
妙悟每从超旷得,登临能教心性高。
韶华往矣真如梦,山色依然尽丹霄。
平生乡梦浑不定,暮年残墨点破毫。

乡梦·琴江三屏山穿岩

琴江春暖早潮生,穿岩屏山古洞临。
一碗鲜蚝铁场蛎,数家老屋松花林。
飞泉泻雨晴峰秀,苍龙游涧翠谷深。
日月奇岩卧云处,海气朝霞万里心。

乡梦·八月

故里八月尝秋瓜,木樨幽香爽入家。
湫水烟云玉溪水,石城飞瀑赤城霞。
绿毫秋露茶滋味,青蟹牡蛎渔生涯。
松林橘园可闲步,海山仙国沐韶华。

乡梦·登文昌阁

峥嵘杰阁耸乡关,龙岭华楼睨海川。
漠漠云开仙子国,盘盘溪绕章家山。
青天一柱塔峰挺,白鹭双飞春意闲。
我自申江梦故里,魂萦书院旧时颜。

后记：吾乡龙头岭被夷为平地，文昌阁及宝塔荡然无存，想及万分可惜，奈何，唯在梦中得见。

乡梦·梅溪怀古

家山无恙海山青，晋代丹邱老文星。
曾诵华章倚天树，更传佛典度人经。
梧桐见证梅公事，灵凤来仪大德馨。
烟雨南朝留旧址，乡思浩淼满沧溟。

注：文星：指长者梅盛，梅长者祠在亭旁镇板沸村。

乡梦·湫水神游

奇壑苍峰霁后姿，云如浮海涨潮时。
湫泉泻壁腾岚气，涧水汇潭积翠池。
红日穿云晴裹雨，青林卧石画中诗。
山灵助赏玉溪景，造化心源亦自知。

乡梦·独棹越天秋

霜气山中聚，闲看暮霭浮。
鸟啼林涧叶，人坐越天秋。
湫水飞泉激，丹山夹瀑流。
故园常梦到，独棹水云舟。

乡梦·梦回听泉斋

风物清嘉兰茗馨，相逢难得越溪春。

一时旧雨兼今雨,四座茶人又画人。
独梦家山情犹昨,听泉斋牖趣横陈。
平生雅意湫峰下,汲水烹铫为野民。

乡梦·围炉看茶憬然梦回听泉斋叠前韵

斋里茶吟滋味馨,烹云醉露建溪春。
砂壶石铫闲散事,蟹眼炉烟煮茗人。
屋顶兰园清饮聚,书生墨意笔传陈。
乌龙普洱石瓢贮,撷取茶香是逸民。

仙岩洞谒文天祥祠

仙岩古洞枕翠流,蚝港蛎滩势若浮。
潮涨潮落归东海,云舒云卷在九州。
文公节义仰千古,正气歌声逼斗牛。
爱国雄风留青史,摩崖石刻纪春秋。

游仙岩洞谒文天祥祠用原韵再吟

仙岩古洞揽胜游,海浪礁山势若浮。
归云飞涌高岩静,流霭缥缈绝壁幽。
惜无长策回狂澜,却有豪情凌斗牛。
正气歌声垂青史,文公节义着春秋。

三吟仙岩洞

万松声籁伴晚天,古洞仙岩故依然。

海国银涛三百里,乡关玉界一千年。
乾坤难得歌正气,石笋由来揽霞丹。
宋人已随空翠去,唯留碧水满池间。

仙岩洞石泉潭

仙岩古洞早识闻,石泉渗出碧潭痕。
连坡积翠凝飞雨,绿径遮天渐到门。
登山未必悟禅理,品水真能了世纷。
深知煮茗须好水,又有海山草木熏。

溪头杨山口百惠氏认祖归宗

碧绿溪头春水波,杨柳渔笛古事多。
明州漂移八重山,世衍琉球岁月过。
山口百惠接祖脉,緱城紫气满青螺。
海国家山犹在梦,三知堂上踏汉歌。

注：明州：指杨明州,传言是日本山口氏始祖。明末遇台风船漂至琉球。三知堂：杨姓子孙以先祖汉朝廉臣杨震拒贿时说的"天知地知、你知我知、神知鬼知"三知名言为堂号。

登龙山亭

海国龙山会此亭,金风秋露醉乡情。
潮涨平沙望中没,霞飞翠谷烟外青。
不因登临生感慨,且凭闲笑起空灵。
丹峰不老多古趣,传奇千古葛仙翁。

海游章家一祠两馆庆典感赋

　　吾先祖居闽北蒲城,唐末,祖太夫人炼氏,以一女子仁慈襟怀,救活古建州全城百姓,巾帼英雄也,今建瓯市中心广场立我祖太夫人炼氏青铜雕塑,敬为全城之母。吾家自宋绍兴二年迁海游历近九百年,今有三万裔孙,世代相传以"全城堂"堂号纪念祖宗功德。

　　禅月山头叠嶂稠,丹枫飒爽倍清幽。
　　无言更觉秋容淡,有韵还凝露气浮。
　　记忆石城云飞雨,神驰绝壁梦卧游。
　　全城祖德颂千载,台岳家山四望收。

中秋在全城堂赏月观社戏

　　天晴明月出,萧然秋意长。
　　人过蟠龙园,时闻木樨香。
　　歌台演社戏,乡曲绕雕梁。
　　故里中秋夜,华灯照祖堂。

参观新场农民新村得韵

　　日照新场柳含烟,华楼连片起壮观。
　　丹峰秀聚蟠龙气,绿水汇环心湖园。
　　榴树窗前家酿美,杏花桥上笑语欢。
　　农民别墅生活好,白发寿翁不羡仙。

观下谢村鱼灯舞感赋

　　秋日夜晴月笼沙,梯田平野稻熏花。

冷红朱柿挂高树，黄绿香橙遍山家。
五谷丰年闻社鼓，民间艺术舞韶华。
鱼灯满街下谢好，腾彩耀龙光色佳。

观下谢村鱼灯舞再吟

相逢故里正秋光，旧俗新姿意倍长，
下谢鱼灯庆丰岁，龙腾鱼跃尽辉煌。
民风民俗添喜庆，自娱自乐舞霓裳。
乡土艺术堪称道，九霞流彩意气扬。

金秋散步珠游溪

丹山霜叶朱砂红，散步溪原趁晚风。
早橘更经秋雨润，香橙常挂瑞气融。
余霞近水添彤彩，暮色遥岑接碧空。
海国仙乡天宇净，闲吟不觉落鸥鸿。

后记：珠游溪源于天台山，在故乡海游镇入海蛇蟠洋。鸥鹭江鸿，觅食溪上，赏心悦目。回乡时，常与老妻沿溪散步。

游亭旁城隍庙寻丹邱寺遗址未果

庚寅秋游亭旁城隍庙谒城隍东吴郡守屈坦。寻问丹邱寺，乡老云：此寺已毁多代，无从指示。

灵凤山色染霜秋，红叶声寒雨脚收，
小坐还依龙腾气，寻幽似感凤鸣楼。
梅公卜隐乘素月，郑虔行吟在丹邱。
三国刺史屈庙在，六朝精舍难寻求。

神　游

长夏相期醉微馨，小轩安得听泉音。
龙腾瀑雨飞湫水，鳌伏海山近仙村。
涧底流霞分紫草，崖前积翠发清芬。
振衣峰顶啸晴日，赏石苍岩驻晚曛。

湫水玉溪生

辛卯立夏，沪上读屈母庙碑，远谒湫水龙王玉溪生台州城隍屈坦。

飒飒东风骤雨来，玉溪飞瀑珠帘开。
且将屈母千丝网，用就晃公八斗才。
海阔天翻甘霖雨，山深壑回玉界台。
湫山虬宅无多路，游涧蛟龙竟徘徊。

注：玉溪生：三国东吴郡守屈坦。晃公：屈坦之父、东吴尚书屈晃。

湫云深处

云向玉溪浮，横空练不收。
鸡啼知岸近，橹响辨行舟。
鹭去栖何处，萤飞入远流。
湫潭龙宅窟，绛叶染山秋。

茶轩品茶留云山庄主人赏饭赏兰

小轩精雅茶客闲，仙山海国足清妍。
秋阳正欲暖房角，平野全教落眼前。

独借山庄共啸咏,心观蕙蕊供云烟。
正是主人雅侠处,桂树兰园别有天。

暮冬蛰居吟

不筑新居作草堂,暂容白发度榆桑。
霁天过鸟留云迹,烟树听涛籍坐忘。
山泉百折归大海,碧嶂千重映夕阳。
阅世每寒生死劫,安心长在水云乡。

借 宿

海国穿岩耸山陬,琴江横渡聚沙鸥。
狮峰当门殊胜迹,兰屋香花借箸留。
石下松涛声自急,塘中鱼虾足丰稠。
身经劫难暂栖处,海气山风吹白头。

蛰居狮岩

寂静山乡迭奇峰,双狮雄踞气纵横。
挥毫搁笔不呼酒,啜墨看茶好野茗。
龙隐石瓢滴涎水,蹉跎岁月啸歌吟。
飘渺白云过天去,回岩转壑对山灵。

兰 轩

独来兰轩赏群芳,乐观蕙箭抽蕾忙。
佛肚珍品坐静客,锦带兰叶过嫩桑。

狮岩留云情何极,东家待客意已长。
闲吟一句收拾尽,又酌乌龙更平章。

腊冬寒梅初开即韵

斗雪梅花绿蕊香,枝头寒暖两相忘。
每从铁骨兴篆意,难得冰肌作彩妆。
虬枝盘天聚海气,香雪洒地恋江乡。
吾妻作伴腊冬隐,偶写红梅报春芳。

寒夜煮茶

海角狮岩识兰馨,红泥火炉伴书灯。
中宵禅语吃茶去,几朵香兰冷可凭。
月色融诗生雪意,茶瓯分水入春瓶。
暮年冬蛰狮山下,夜煮荼蘼白发吟。

乡 吟

大洋东望渺无垠,独上丹峰近紫宸。
九点云烟三门岛,十洲风涛六鳌村。
蛇蟠石宕栖绿客,湫水山林迎晓晨。
自古海山仙子国,多为渔樵耕读人。

猫狸岭仙人桥

雨过深林雾气笼,仙桥泉碧泻松风。
今宵诗梦寻何处,应在遗墩岩月中。

隋梅

隋梅为天台国清寺珍贵古树，相传为隋代高僧章安大师灌顶手植，已存活一千四百多年，"文革"中几近枯死。"文革"后，古寺重光，隋梅有知，老树华枝，紫云香雪，花繁叶茂，蔚为奇观，新筑梅亭，供游人憩息赏梅。甲申之年，吾再往国清寺礼佛观梅。

高僧种梅岁月遐，梅龄千寿满树葩。
干如枯藤经历劫，枝似铁篆吐蕊华。
老干新枝蟠龙气，紫云香雪赤城霞。
梅亭小憩堪称意，古寺香闻十里花。

游石梁方广古寺归吟

祖孙拜谒入天台，曾探桥山越岭来。
石梁晴飞双涧雪，寺钟晓荡万漱雷。
昙公禅坐赤城隐，罗汉应迹道场开。
却忆澄潭点茶水，随心现像感慈怀。

后记：东晋兴宁间，高僧昙猷乘枫槎浮海而游，入三门湾正屿山登陆，建普济、龙翔诸院。后入天台赤城，坐禅石桥山会五百应真。方广古寺供罗汉茶，历代相传点茶绝技，瓯中茶乳现六出茶花图形而闻名古今。癸未春偕子孙同游，甲申春偕老妻再游。

游高明寺般若潭

绝涧飞桥倏忽经，溪山与我半掩云。
泉阔知流半夜雨，树高长遮一亭荫。

幽溪碧水巨岩阻，佛垄清光中天分。
粗识法相即无相，般若潭听海潮音。

高明寺幽溪

我游佛垄下，山水畅登临。
松影日在地，涧声风满林。
幽溪何斓漫，霜叶醉秋吟。
好个般若潭，佛法启高明。

游天台山高明寺诸景
方丈了文大师煮佛茶招饮感赋十韵

隋智者大师佛垄咏经首建高明丛林，几经兴废，今得劫后重建，尤以钟楼叹为观止，飞檐斗拱直插云霄。传法智者大师无上菩提者，高明寺方丈释了文大和尚也。

村屋峰间筑，梯田天半横。
石船生地底，螺溪泊钓艇。
佛垄咏经典，智者传禅灯。
翠微摩碧落，万树隐高明。
青壁雕弥勒，巨石琢观音。
幽溪境静穆，竹径诗清吟。
杰阁弘梵钟，廊桥泻甘霖。
方丈一壶茶，泛出五湖春。
上堂万籁寂，煮水起潮音。
醉眼乾坤小，旃檀入我心。

卷 四

湫水岩煮茶图

岩下才经昨夜雷,春雨如注涤尘埃。
松风竹炉煎山溜,铜鼎瓦瓯乳气开。
掌上砂壶乾坤大,雨前雀舌灵芽摧。
剪取一段灵湫水,为寻诗话咏千回。

云溪飞棹图

群峰霁晓色,万树结凉荫。
微风动清幽,白云绕松林。
行舟画屏秀,扬帆碧波平。
偶逢溪头客,相语成知音。

醉溪秋泛图

楠溪烟雨四时幽,水石清奇峡江流。
今夜晓月明极浦,来朝山溪泛客舟。
裂壁岩壑起台荡,石罅云水连东瓯。
龙涧山籁谁解语,醉溪枫叶点高秋。

湖山晴阁图

五湖浪迹笑西东,一棹悠游兴未穷。
十里云籁疏林外,无限风光仙源中。

平桥水暖弯弯浦，画阁晴开面面风。
千道清波长乐处，万壑松风鼓归蓬。

松峰云霭图

海藏楼主太夷先生郑孝胥苏戡翁，吾姻兄叶世会教授外祖父，乃近代十大书家之一，与沈曾植、康有为齐名。翁亦为晚清同光诗派领袖，缶翁吴昌硕对其诗评价极高："苏戡之诗吾仰之。"近读《海藏楼诗集》，步其《晓坐》诗韵吟句题画。

苍岩经雨晓澄鲜，白发贪凭碧槛前。
天半春云涌海气，山外明河落九天。
浦上渔舟不须隐，云中晴霭亦相连。
襟间诗意凌千尺，只留熏风足高眠。

归帆图

风棹轻驶势如飞，清溪远岫黛色微。
云里家山何处是，却将平涛送人归。

岩壁飞瀑图

瀑雪飞珠岩作门，仙山奇壑出风云。
千林绿染驻春色，翠霭明霞退远氛。

镇雄关水村图

漈阳江畔秋叶红，暮歇渔舟唱晚风。
水去潇湘天地阔，溪边小立望归鸿。

桃源清溪图

武陵仙谷挂流泉,万点空蒙隔野烟。
恰似洞庭春水色,归舟晚泊夕阳天。

梅雨瀑图意

长风吹雨霁,深壑听龙吟。
溪石净如拭,松崖一雅亭。
明朝还有约,黛色远山青。
向晚领琴意,涓涓梅瀑声。

龙泉饮茶图

野湫喷烟白云间,坐饮龙潭爱此山。
崖下系舟不忍去,清溪终日水潺湲。

音韵图

一脉清泉接天流,七弦焦尾醉高秋。
华岭初寒任游历,汉溪乍暖可泛舟。
琴因知己声韵远,士以感怀意方猷。
岁月蹉跎长流水,无弦泉音萦山头。

四明晴云图

山中雨声好,入梦犹有味。
雨歇山亭看,晴云足佳气。

霞光抹远岫，春色漫天际。
隐潭泉飞响，林鸟鸣野趣。

铁溪棹月图

卧听楼外溪籁声，凉风收雨湿高林。
一棹载月通宵色，万树结荫向晓心。
铁壁如墨呈黧黑，山云似锦启太清。
犹记当年黔东路，镇雄关西逸意生。

注：铁溪峡在黔东，镇远潕阳河深峡中。

溪阁清话图

溪头草阁净，涧尾水生凉。
波来江海气，风熏芰荷香。
山远岫壑秀，洲阔芦荻长。
幽坐多清话，诗情到家山。

秋壑闲吟图

偶抱桐琴策策行，常吟韵句喜双清。
云间低树几椽屋，雨谷高岩千嶂晴。
野旷每留重阳久，林荫先觉早凉生。
闲情解得登陟意，静听山泉泄秋声。

清溪归帆图

鸣棹清溪里，风林岩壑间。

归路诗中远，悠语茶后闲。
松萝喧朝雨，苔草点云山。
飞泉淡清听，涧韵自潺湲。

云水山居图

半壑松风，一滩流水。白云度岭，山势接天。
别有日月，是谁雅轩。山中读书屋，世间桃花源。

瑰丽群山题画

瑰丽群山紫雾开，松岚翡翠迭天阶。
云涛捧出一团火，剪取晨光洗素怀。

山居幽然图

满卷才子诗，溢壶茶当酒，
行牧观牛犊，坐不离左右。
晨露湿青草，春华明瓦牖。
此时茶一瓯，吟句三两首。

湖山晓色图

平湖晓色远苍茫，风棹声传浦淑凉。
山霭来时天如水，丹枫艳处露为霜。
渔舍晴阁人何在，幽谷涧泉流转长。
湖山极目重怀古，诗情浩然满沧浪。

桃源问茶图

峡谷林荫足可栖,天然图画武陵溪。
连涧流水湾湾曲,隔岸桃花树树低。
春风绿雨连天碧,绝壑银湫断云飞。
桃花源里问茶处,竹炉松风醉忘归。

石梁听瀑山庄品茶·题重彩长卷石梁图

一瓢石梁水,煮沸五湖春。
瓯里茶气袅,壶中灵芽清。
屋上青山色,窗前流水声。
记取家山路,华顶揽归云。

四明观瀑图

飞瀑溟蒙凝挟雨,奇峰天峤欲排云。
半岩湫水撒白雪,一壑晓烟显春晴。

题湫水岩煮茶图

岩下才经昨夜雷,风炉瓦鼎绝尘埃。
便将活火煎岩溜,翻作松涛万壑回。

家山秋行图卷

海国湫山里,银泉碧嶂间。
墨浸山云润,龙腾壑雨寒。

茅轩归路静，禅茗清话闲。
林涛传爽籁，秋色点晴岚。

春山晓霭图

兴来展卷起云烟，漫写和风鸣棹船。
无尽溪山无尽乐，长歌吟行有诗缘。

太湖舟饮图

平湖晓霭淡苍茫，风棹声传荻浦凉。
共啜春茶重怀古，茶经禅诗满沧浪。

紫凝品水图

天台云雾韵清芬，华顶供佛葛仙茗。
水泻龙潭飞急雨，流滂绝壁破层云。
紫凝瀑布飘珠雪，濑转开岩起涧声。
十载关山孤旅路，瓢汲漱玉入茶经。

注：茶经：茶圣陆羽著《茶经》。紫凝瀑布：位于天台县瀑布山，陆羽品定为天下第十七水。

荆南山煮茶图

溪火见潭汀，茶烟泛绿云。
疏篱烧竹响，雅事遣闲情。

黄山吟·丁亥秋写长卷而作

黄山七十二芙蓉，绝顶天开第一峰。
半卷水墨通灵秀，万层云海荡心胸。
白龙深潭桃花水，立雪高台太古松。
我倚西海排云处，碧落青天夕阳红。

作新安行长卷吟句

绿水初涨拍天流，云霞如絮飘歙州。
桃花潭水成明镜，黄岳溪浦送行舟。
攀登天都好殊胜，吞吐烟云作卧游。
遥望夕照绀林外，碧落晴峰红山头。

龙池山雅集图卷题句

茗集龙溪入画图，清流小坐对春芜。
穿崖路径桥拱石，隔涧枇杷叶缀珠。
逸野山人聚雅好，松风竹炉提梁呼。
荆南山色龙鹤气，顾渚茶香胜琼酥。

湖山撷秀图吟句

荆溪处处水云乡，归棹悠悠罨画船。
杏花春雨江南好，撷秀湖山墨华鲜。
茶暖茗岭吟芳草，泉涌金沙坐晓烟。
我师造化开意境，芙蓉峰外水如天。

携琴访友图

满溪烟云缥缈间,崖顶诗斋三两椽。
乘兴访友青山浦,但听泉声桥下响。

清溪紫气图

天台云涛静气流,前山霜叶十分秋。
百里归帆清溪上,白云平涛诗悠悠。

春水归棹图

清溪碧水潺潺流,常挟山风入海游。
归棹云溪图画里,烹茶岩角野泉头。
造化神韵谁能得,恋乡襟怀自可侔。
便拟虹庐千万点,桃花春水隔汀洲。

秋溪棹吟图

芦荻花开饶风露,秋入溪山无尽处。
丹叶低垂隔霜洲,白鸥飞落横江渡。
绿苔鱼矶着钓纶,渔隐秋阳烟水埠。
风烟回首钓鱼台,清波闲吟秋色赋。

黄山云峰图

青溟一片湿寒松,黄岳千嶂插九重。
岚气透过北海雾,飞云直上天都峰。

石城云瀑图

石城山头翠影涵，绝壁雨瀑起惊澜。
崖中裂隙通古洞，佛前明窗含晴岚。
岩下岂无仙子窟，山外还有老龙蟠。
云溪流波带晚霭，丹霞抱日心爽然。

题宿墨湖山秋爽图卷

湖山撷秀浑苍茫，晴波逢霜染流丹。
红叶低垂清涧石，白鸥飞落浅沙滩。
舟上赋诗谁绝唱，梦中化鹤趁风还。
云卷云舒凭造化，游棹闲吟兴爽然。

石城岩洞过雨图

石城回合洞天幽，密树深云夏复秋。
过雨飞泉开奇景，登山归客仰清流。
岩窗幸沐斜阳照，湫瀑还看素霰稠。
莫道家山旧路陡，松声古韵此中留。

茶仙陆廷灿诗意图·和露煮岭云

临涧烹云小神仙，壶中乾坤别有天。
春山漫步看晴霭，曲水飞觞听流泉。
爽朗溪堂宜静坐，馨香瓦灶自飘烟。
相逢曲岸今雅集，蒙养心情一味禅。

注：茶仙陆廷灿：陆廷灿，字扶照，上海嘉定南翔人。清雍正年间任崇安知县。依陆羽《茶经》体例，广征博引，著《续茶经》洋洋数万言。在崇安武夷茶区，说到茶，茶人言必称父母官陆廷灿为茶仙。留诗武夷山云："轻涛松下烹溪月，含露梅边煮岭云。"

海国穿岩奇观图

三门岛踞海湾东，海山仙国造化功。
鳌背蛇蟠洞千窟，琴江横渡垂一虹。
屏山雨歇耸石笋，湫水龙腾泻渊泓。
日月奇岩同辉处，山花古树拥晴峰。

湫水山居图意

岭上奇峰青，门前涧雨晴。
绿阶苔草翠，险峡龙潭清。
雨过山云涌，湫飞石壁鸣。
幽居茶当酒，待客故乡情。

湫山逸兴小品十帧

郁勃林岚一望收，痴情笔墨千峰留。
深烟湿上云浓淡，冷梦惊回月沉浮。
茶盏怕空先煮水，谦斋宜静且清修。
心中海国霜天远，梦里家山画中秋。

荆溪春图意

扁舟晓发荆溪春，浮水观山列画屏。

锦绣江南常游历,渔帆沙渚透墨痕。
送迎鸥鹭如相识,点染湖山倍觉新。
极目烟波风送爽,芙蓉峰下杏花村。

鹤溪琴茶图

萧然渌水古曲新,曾引茶人抒心声。
沧海桑田多感慨,高山流水有知音。
莲峰紫笋仙都隐,瀑雨龙芽雪气腾。
万丈晴虹鹤溪下,烹茶陶醉白头人。

注:渌水:古琴曲。

秋溪丹山图

霜染天宇净,四望水云清。
绿橘朱橙熟,秋原香稻熏。
鱼虾随溪有,烟桥过行人。
欲问沧浪客,何处点丹青?

参用虹庐笔意作听泉图

白发暮年含艰辛,苦读虹庐画论深。
新安画派焦渴笔,干裂秋风带雨痕。
尚静生活宜淡泊,恋乡情结足沉吟。
听泉得句多自在,梦里家山更清新。

侗山秋韵图卷

昔游侗山意未忘,紫云晴日好秋光。
鼓楼村落人烟聚,竹篁松荫寨道长。
肇兴峰头曾观日,程阳桥上忆飞觞。
西风吹响萧萧叶,一夜山林尽染霜。

注:肇兴:中国第一侗寨,在黔东南苗族侗族自治州黎平县。程阳桥:侗族著名风雨廊桥,在广西壮族自治区三江龙胜。

水墨莲蓬

五湖浪迹任西东,自有清凉十种风。
暑气蒸人柳荫好,绿蓑青笠卖莲蓬。

湫水溪烹茶图题句

幽涧泉雨汲清华,晴川湫水流我家。
溪山又聚今堪惜,一地松针慢煮茶。

题萤窗投影图

诗斋窗前飞流萤,静夜豆灯读书声。
文思泉涌记笔底,词章耀彩作投影。

巨幅海山仙国揽胜图卷绘成感赋

悠悠乡梦五十年,浓墨寄情一卷间。

峡谷泉飞湫水雨，峰峦景添隐龙山。
千崖玉界仙子国，海气山风势壮观。
拙笔苍茫揽胜迹，多情彩墨点晴岚。

茆屋煮茶图

溪头晴窗照眼明，山乡书屋墨香馨。
艺文探赜新语境，经典钩沉旧世珍。
自古高人多清逸，当今词客远俗尘。
清茶苦味堪斟酌，掌上匏壶有乾坤。

秋宿云岭山庄写故乡全景长卷

湫水晴恋叠嶂稠，丹枫云海可忘忧。
隐龙深壑如夔府。穿月奇岩似柳州。
牛头门外建船坞，滨海滩上筑华楼。
书生自履他年约，聊写故园老笔遒。

重题海山朝晖图

初阳天影接沧浪，溪海交流自一乡。
游览洞岛窗石美，行舟港湾锦波长。
墨痕渲淡湫烟绿，笔意枯焦峡树苍。
涛头听潮迎日出，开渔网船欲远航。

题湫水山居图·拟天童寺住持八指头陀敬安大和尚诗

听泉湫水潭，峡谷已暮曛。
松翠高可掬，泉声咽更闻。
水清鱼嚼月，山静鸟眠云。
汩汩玉溪水，烟霞长属君。

剡溪茶会·八指头陀诗集句题画

寂寞幽居老忘年，忽惊珠露滴松圆。
时煨野芋留云饷，自汲寒潭扫叶煎。
人在定中忘白日，屋从破处补青天。
四明岩谷时宴坐，莫笑天童八指禅。

观云庐泼墨巨制湫水烟云图感赋

苍岩峻挺破虚无，砚泙潇洒雄气粗，
烟雨鸿蒙自造化，湫山云海已惊呼。
倾情挥写得奇崛，灵感驰骋尽润枯。
览读百家归融合，厚积薄发泼墨图。

云庐泼墨山水吟

神州游览画意兴，山水相期墨痕新。
欲以泼法润春气，定能拙笔写遥岑。

掀翻砚浒风格变,历练功夫宋元寻。
干湿浓淡造化得,飞湫烟雨雄势腾。

湫水峡烹茶雅集图

林泉高致野荫浮,湫水晴峰泉瀑流。
海国仙乡开玉界,江村晓霭泊渔舟。
灵芽蕴气香知远,奇峡藏声籁隐幽。
一瓢玉溪潭上水,好烹春茗入茶瓯。

穿岩秋晖图题句

屏峰拥翠石鳞皴,秋色月痕透野氛。
申浦壮游为久客,家山归计羡溪荪。
海气浩淼湫云惯,乡梦缠绵翰墨寻。
却望高岩辉日月,经霜黄叶接遥岑。

溪山揽胜图题句

青气腾涌万迭峰,银瀑泻汇一潭泓。
登高揽胜桥路达,欲展溪帆借春风。

题龙珠凤雀图

满筐圆实骊龙珠,入口香甜似琼酥。
山凤来仪露华重,秋醉西凉当酒垆。

撷秀溪山图卷

如絮闲云傍水隈,方知溪谷少尘埃。
路前松树龙态出,门外青山铁壁开。
胜地偶然行迹去,游人都望听泉来。
清流九曲归湖海,几叶飞帆过钓台。

溪峦深秀图卷

家住林峦远放舟,境随人转水随流。
溪山刚近红叶渡,茆屋深藏白苹洲。
踏路原同招隐别,看山先作翰墨游。
心源造化两相合,换得苍苔点夏秋。

玉溪烹茶图卷

玉溪湫水起苍茫,应许游踪到茆堂。
问寺先观松径老,传觞重品绿毫香。
亭台近水千层曲,草木连云一带长。
萦梦龙源偷闲看,笑我常住白云乡。

湫溪烹茶煮石图卷

湫潭碧水澄,野路踏歌行。
绿树依银瀑,山村听鸟声。
隔云晓籁远,过雨涧流清。
汲取清溪水,茶香煮石烹。

听泉写经图

写经爱逸意，倚牖听鸣泉。
气宇如净水，襟怀若碧渊。
会心应静寂，入耳宛泠然。
蛟龙潭作窟，湫水雾为烟。
似闻天籁响，何必抚琴弦。
清流悟佛理，造化可问禅。

宿清溪源写湫山海岛撷秀卷

白发何来云水头，觅凉避暑堪忘忧。
林蝉韵唱凭谁听，壶茗翻涛为我投。
客地神游莲峰石，家山船逐白羽鸥。
独留乡梦传乡阁，欣写海湾作卧游。

步琴志楼主韵吟题武陵山乡图卷

武陵归来秋气凉，寄情长卷画潇湘。
洞庭龙隐天连水，凤凰鸟啼月似霜。
吊脚楼台苗寨屋，土家织锦新嫁娘。
仙源又听楚船调，梦到花垣泛峒江。

注：琴志楼主：晚清著名诗人易顺鼎，字实甫，湖南汉寿人，山水诗成就很高，著有《琴志楼诗集》二十卷。

壬辰正月初一《湘楚清溪山居图卷》完成，吟句自寿七秩晋

回眸岁月老烟霞，春节寒斋听煮茶。
寻梦仙源看日出，吟诗陋室赋梅花。
人生命运因缘处，艺海游踪天下家。
感叹蹉跎谁似我，破毫残墨度生涯。

题楚山湘溪茶意图卷

壬辰新春，雨雪霏霏，宅陋居，读三湘游记，倏有卧游之想，用昔年客湘楚记忆作图，灵感勃发，神爽意畅。吟句纪念。

新岁龙年首阳春，挥毫濡墨诗意真。
申城陋室亦画室，湘楚骚人又茶人。
读水看山养清气，烹泉煮露生绿云。
茶禅一味可参悟，掌上砂壶有乾坤。

太行山苍岩胜景图

虎踞龙蟠上太行，看山读水阅沧桑。
岩连苍壑无边紫，日照长河分外黄。
探迹林州红旗渠，写生井径石桥庄。
画翁鹤步休相笑，添得诗情飞羽觞。

泰岱朝晖图

玉顶朝霞沐晓烟,仙峰衬日又晴寰。
苍松虬柏古庙里,云海峪泉岱岳山。
北望黄河沙岸上,东来紫气齐鲁间。
千年蹬道游人众,万仞天门镇险关。

庚子秋题佩君《鹤图》

独立乾坤,澄明心爽。寥落薰风,何其潇洒。
吐纳元气,晨涉青阳。出入晴霓,相拥蔚蓝。

题佩君《丹顶鹤朝霞图》

心存远志,独立而忘江湖。意在凌霄,群栖共染霞彩。
喜沐阳和,得清虚而眉寿。际会风云,展白羽而名仙。

题佩君《鹤图吟赋》

扎龙珍禽,丹顶仙羽。朗目长喙,清迥沼渚。晨展瑶岑兮,夕栖沃土。际会风云兮,腾骧霄宇。沐朝露兮鲜鲜,伫芷岸为飞骜。得玉清乃蕴蕴,发神彩乎栩栩。

丹顶鹤

吾妻画鹤,别开生面。茫茫天地间,其羽姿栩然,色彩明净,富有趣味,拟《诗经》四章。

一 章

翩翩舞鹤,其羽悠悠。天沐嘉风,涉我田畴。
翩翩舞鹤,其羽翱翱。天沐磊风,涉我灵沼。

二 章

翩翩白鹤,其羽娑娑。丹顶彤云,食彼田螺。
翩翩白鹤,其羽皤皤。丹顶彤云,食彼鳅鮀。

注:皤皤:白白的。鳅鮀:泥鳅和小鱼。

三 章

翩翩仙鹤,其鸣喁喁。野泽秋霞,翔矗琼瑶。
翩翩仙鹤,其鸣裦裦。野泽秋霞,翔矗暾朝。

注:矗:向上飞舞。暾:太阳。

四 章

翩翩寿鹤,啄鱼泱泱。沼露蒹葭,任尔涉飏。
翩翩寿鹤,涉泽茫茫。沼露蒹葭,任尔徜徉。

注:蒹葭:芦苇荻花。

沪上子夜飞雪望乡吟

书灯璨璨雪绵绵，海国乡关隔远天。
叶落寒冬思越地，乡愁情绪属吴船。
茶香淡淡斟浅盏，岁月悠悠度暮年。
六出飞花回望处，春申词客不成眠。

题《丹峰湫烟鸿蒙图》

家山揽胜寄图中，海国留痕造化功。
隐隐丹峰云漫谷，潺潺湫水雨鸿蒙。
近峦密树藏老屋，远脉高岑舞苍龙。
境会故园添墨韵，诗情画意两相融。

题《南龛佛崖神游图》

东南西北四佛崖，犹记南龛最精华。
子夜神游巴州地，隋唐石刻近农家。
步步摩崖梦境幽，阿弥陀佛拜观游。
如梭岁月闲回首，云卷云舒自清修。

注：四佛崖：巴中摩崖石刻有东龛、西龛、南龛、北龛，大多在农村山野农田村舍附近，有的农家依龛建民居。如梭岁月：一九七八年创作和摄制电影《大足石刻》，曾瞻仰广元、巴中、安岳等地摩崖石窟，在大足北山和宝鼎山摩崖石窟拍摄完成电影作品。回首当年影事，弹指一挥间，距今已有四十三年了。

题《栖霞山图》

鸟声啾啾空巷远，竹影绰绰院落闲。
山亭未登添境趣，红霞飞落禅林间。
十里人家聚木屋，五株歪树万枝芽。
且将湖水持一钵，新汲云水养心花。
岩苔绿点老荫壁，活火茶煮屋后泉。
雨洒山林随心过，长眉罗汉自清闲。

玉溪禅境

智者大师入云悠，高松泉石卓锡游。
花开花落非僧事，云卷云舒对碧流。
岭上白云挈雨过，天边皓月乘夜来。
低头且入茆檐屋，一啜禅茶笑几回。
长夜清谭亦神劳，枯松燃火暖衾袍。
眠云卧石唤不醒，林鸟一声山月高。

注：智者大师曾卓锡到湫水玉溪寺，云游泉石、湫烟之间。

题《闲情逸致图卷》

路入南山中，霜花老叶红。
高人石径入，煮月玉溪东。
岚峡好溪山，尽日松为侣。
此趣谁可知，白云度诗语。
乘兴游心爽，新烹学士茶。

瓦铫煮湫水，清波泛绿华。
朝云遥望处，老树丹叶稠。
心静坐崖下，寄言一天秋。

题《林泉高致图》

海山神秀故园情，拙笔苍茫作砚耕。
高峡春烟飞湫水，青云直上踏歌衍。

题《禅意醉秋·闲情逸致图卷》

辛丑春归山海之居鲍尊轩，逸笔草草，拙率苍茫，写闲情逸致图卷，题"禅意醉秋"四字，并吟七言五章书于卷上。

白云深处九重峰，几树霜枫醉嫣红。
山静沉香微入定，寺前溪影落疏钟。

龙山枧水读书堂，诵经礼佛心生光。
偶有茶翁窗前过，斜阳抖落一池香。

烹云煮月南山南，四面松风一溪烟。
石铫竹炉煮天露，斟茶啜墨度暮年。

木槿初开荷叶残，池塘宿雨晚添凉。
闲情逸致心自在，一醉秋风九霞觞。

苍壁复生绿苔藓，山花再浮岩脚泉。
一场竹雨过崖去，长眉罗汉自清闲。

自寿八十一岁吟韵两章

其 一

旧日游踪造化穷，云浮黄岳一望中。
雪晴长白清宵月，雨霁姑苏夜半钟。
浪迹天涯昆仑远，蹉跎岁月五湖东。
泛舟艺海寻堂奥，探赜古今适变通。

注：适变通：《文心雕龙》有通变之论，会通适变乃文学艺术继承和创变之道。

其 二

太极阴阳晴亦雨，天台雁荡起鸿蒙。
家园旧地吾归隐，图画新颜越海东。
不负年华心不老，偏宜拙率墨焦浓。
潇潇湫水飞流下，曲曲诗情唱晚红。

立春即吟

雨霁晴阳雪意消，红梅初绽自含娇。
春神节序随元气，活火金炉茗香飘。
今岁今年眉耋寿，来生来世足丰饶。
耳聋无曲摧花信，越盏仙茶饮一瓢。

注：春神：司春之补，传说名句芒（亦有名句龙）。唐代阎朝隐诗云："句芒人面乘两龙，道是春神卫九重。"元气：构成宇宙万物之原始物质、根源。"元气论"是最重要的中国传统宇宙观之一。金炉：金

属电茶炉。耋寿：耄耋年寿。仙茶：故乡亭旁镇丹邱山仙子红茶。

老笔纷披（题画）

　　壬寅新春，拟《家山闲云图》小手卷，笔随心运，逸笔草草，率性而为，山势出而气息生焉。老笔焦墨，如高山坠石，似枯藤攀崖，留迹于拙率荒茫间，勾皴点染，尽用书写笔意，所谓书画同源者。吟句题画。

　　　　清气乾坤应天长，苍茫险峡启松关。
　　　　千钧笔力留纸背，万岁枯藤画海山。
　　　　烟雨飞云飘石壁，湫泉泄水自潺湲。
　　　　退毫渴笔枯焦拙，墨韵丹邱亦斑斓。

神游甲午岩（题画）

　　　　甲午礁岩雄峻姿，剑峰苍石水云随。
　　　　白帆归棹乘潮泊，朱霭晨霏山海奇。
　　　　航道还看波浪静，六鳌遥望带烟移。
　　　　寄情百里渔家好，玉界千崖美在斯。

　　注：甲午岩：台州湾大陈岛礁峰胜景，峰如剑直指苍穹。六鳌：海面众多岩礁如鲸鳌浮海。玉界千崖：典用文天祥颂三门湾"海山仙子国，邂逅寄孤蓬。万象画图里，千崖玉界中"诗意。

帆鼓晨潮（题画）

　　　　海山如画千崖奇，帆鼓晨潮泛海时。
　　　　仙国桅樯船埠近，涛头归棹碧波宜。

溪流通海成渔港，羁旅神游惜赋辞。
诗意人生留画迹，相看岛脉起逶迤。

注：仙国：见前诗《神游甲午岩》注释之文天祥诗。涛头：三门湾海岛正屿山涛头畲族渔村。

题《南龛禅茶》

万境万机心幡动，一知一见尽消融。
花开花落摩崖静，云卷云舒听疏钟。
佛崖盘虬古长藤，花叶如云九霄乘。
南龛遥瞻心独到，瓦炉煮水坐茶僧。

卷　五

梅雨瀑

山重水复路萦回，奇壑山潭静气来。
莫道梅雨瀑布下，行踪到此足徘徊。

注：梅雨瀑：雁荡山之瀑。

灵　峰

雁荡何年落辰星，天造灵峰列画屏。
山卷松涛千秋雨，洞藏佛刹万古音。
随处亭台可倚梦，缘地蹬道好登临。
合掌奇岩擎天石，卓笔濡墨生烟云。

再吟灵峰

合掌奇峰势崚嶒，擎天巨石通性灵。
漫卷山涛千嶂黛，淡观云海一线明。
梵阁凭栏生静意，绿树飞雀啭娇声。
雁荡佛地观音洞，法雨龙华演禅音。

三吟灵峰

人说黄岳足胜游，我言雁荡更清幽，
一千五百奇峰立，七十二溪碧水流。
合掌洞中观音寺，翠微林间听松楼。
苍天造物谁能画，千古诗人咏不休。

铁城嶂

经风霜叶点三秋,洗雨晴峦隐小楼。
啜墨看茶应胜醉,乱毫破笔足成游。
龙湫泉涛奔雷下,铁城嶂色玄天陬。
驰神运思烟云变,浑厚华滋宿雨收。

游溪口雪窦山飞雪亭观千丈岩瀑布

千丈飞泉挂一亭,绝壁崖头听龙吟。
含珠林间菩提色,锦镜池中太古青。
妙高台下风云涌,雪窦寺里钟盘鸣。
瀑雪如华四明梦,应梦名山启冰清。

再吟游雪窦寺千丈岩瀑布

爽日再游雪窦寺,一道清流两峰悬。
银河奔涛雪落地,玉龙喷雨云飞天。
信步每临清涧上,畅怀时坐丹叶前。
飞雪四明亭中梦,千丈泉瀑生海烟。

登四明山徐凫岩

云涌四明隐仙家,鞠候徐凫望天涯。
一道寒玉下绝壁,万点飞雪撒琼花。
松籁如涛空谷起,山岚紫翠经雨佳。
人间好景非难见,看山读水又问茶。

溪口隐潭

百丈明河泻白云,潭龙飞雨洒甘霖。
全迷游客湿前路,时为空谷传爽音。
三叠银泉挂绝壁,万峰晴壑染朝暾。
清流汇向剡溪水,滋润田畴物华新。

四明山徐凫岩撒雪瀑感赋

瀑似天龙舞雪华,清嶂鞠侯微相遮。
飞珠恍探东海窟,织绡疑入鲛人家。
青霄倒悬星宿海,冰霰新融剡溪芽。
徐凫撒雪多诗意,支灶烹泉煮野茶。

妙高台

妙高台上晚吹凉,松涛如潮正重阳。
枫叶丹丹秋生色,乳泉汩汩水吐光。
风动清波剡溪阔,梦回四明佛土香。
缥缈紫气满怀抱,雪窦甘霖可飞觞。

四明撒雪岩品珠茶

雨瀑飞晴雪,山亭听鸣泉。
树绿溪风爽,兰香草木闲。
湫声传翠谷,活火起茶烟。
龙团养清寂,雀舌调永年。

四明山隐潭茶楼饮小龙团

卧游到剡溪,珠茶饮野氛。
客居四明上,朝晖绝顶临。
山风天籁爽,石根岩泉清。
偶品秋露白,心香绿昌明。

游溪口雪窦山隐潭品茶

大叶春华雾里藏,四明仙茗久迷茫。
古人曾说丹丘子,谁植仙茶今不详。
粗叶千片唐人识,甘露一酌我心凉。
今朝雪窦倾素盏,瓦鼎沸汤饮馨香。

注:四明越州大叶仙茗:相传余姚虞洪遇一道长,引至瀑布山曰:"吾,丹丘子也,闻子善具饮,常思见惠。山中有大茗,可以相给。"虞即奠祀,获大茗焉。

游四明山宿溪口镇

四明探幽看暮暾,共向山潭叩白云。
石路萦回千峰暗,锦镜波涌一溪明。
高崖瀑泻东海气,雪窦寺藏弥勒身。
夜月禅心清如水,剡溪渔火绝尘氛。

湖上过西溪

溪云过雨酿清寒,客话无多草木闲。

少年游子读书地,月印三潭小瀛天。
竹阁茶香绿烟袅,西湖风起碧波澜。
忽忆西溪幽绝处,轻盈小棹赴临安。

横店影视城夜观太极幻梦用仄韵

夜游梦幻谷,久坐望明月。
仰视天宇高,倏然山洪发。
三山狂涛泻,九天地火烈。
四时奇幻境,一梦庄周蝶。
烟云声光色,傩祭堪称绝。

游横店影视城秦宫汉苑感赋

秦宫巍峨接天关,汉阙高耸碧霄间。
英雄剑气啸江湖,残局棋枰卷波澜。
九州霸业秦皇城,赤县一统汉家山。
未央宫畔千古事,过眼烟云后人看。

天目诗吟

酷夏申城热火流,龙桥未到暑气收。
游仙狮口险关地,寻爽川源小神州。
大树拿云张天目,莲花倒挂悟禅修。
细泉如雨高崖落,涧气云涛凉似秋。

宿天目山禅源寺

大树王国凉荫盘,高峰狮林开此山。
松涛杉籁朝云里,暮鼓晨钟茶禅间。
莲峰孤亭悬绝壁,禅源泉雨到天关。
昭明分经启般若,花桥静坐听鸣蝉。

注:昭明分经:梁昭明太子在西天目分《金刚经》为三十二章。他编著了中国现存最早的诗文总集《昭明文选》。后人在故址建太子庵,庵在禅源寺后山。

天目山禅源竹林

幽篁万叶翔青凤,浮玉六涧腾蟠龙。
水石溪上箬泉急,雨华亭下碧泓泷。
竹祥山庄蔽天日,古刹禅源荡疏钟。
满谷秋蝉鸣不歇,惊飞绿萤随竹风。

清溪源消夏

天目消夏竹榻眠,闲居浮玉清溪源。
莲花倒挂山亭古,裂壁仰观一线天。
狮口揽胜林涛幽,蟠龙华雨翠微烟。
听泉汩汩如吟赋,欲写云海上峰巅。

注:清溪源:天目山天目村农家小院。

避暑清溪源

山斋坐雨品茶香,净几明窗竹树凉。
清溪消夏无一事,自磨残墨写潇湘。

清溪源听山泉饮香茗

清溪宜夏隐,竹榻意苍然。
地僻坐闲逸,风凉听雨眠。
神爽山月下,眼净画灯前。
惊喜同窗至,新烹屋后泉。

西天目山见萤火虫三十年不逢因吟

昨宵微月照华亭,今夜夏蝉沿溪鸣。
银杏渐消暑中雨,柳杉忽闪暮后萤。
晚钟随盘同沉寂,萤虫挂灯且轻盈。
笑说幽光童时忆,禅源寺中又见闻。

注:禅源寺:西天目山禅寺,为韦驮菩萨道场。

凉意蟠龙桥雨花亭

前后三年长夏,赴天目山山居避暑。其地最凉爽处,在禅源寺前蟠龙桥雨花亭,西天目山六涧之水汇集于此,巨树摩天,涧水清泠。坐溪石读书,临流纳凉,其乐融融。

古亭幽寂趁午凉,天目虹桥浮玉乡。
巨树风来游客隐,山蝉噪处韵唱忙。

人生心事谁知己，翰墨因缘自笑狂。
一阵沁心凉爽意，三年消夏避炎阳。

浮玉山揽胜

栈道连云浮玉霏，莲峰坐佛生霞晖。
吟诗喜得江山助，赏景欣添竹树围。
一线登天玄梦杳，千寻裂壁甘霖飞。
花桥凉爽亭照月，腾水蟠龙跃石矶。

注：浮玉山：天目山古称浮玉山，见《水经注》。

天目山度夏喜逢师友

辛卯七月与吾师、中国美术学院史论家郑朝教授，学兄中国美术学院教授孙恒俊等相聚天目山，回忆随师烟雨中同登西天目，半个世纪倏然而过，唏嘘不已，吟句纪念。

浮玉山居作游仙，人生惊叹似飞烟。
青春年少曾生活，白发师生又叙缘。
消夏凉台添竹椅，聊天别墅品山泉。
茶香吟句惊窗外，树色霁光入户前。
无人不挹缥缃读，独我偏教翰墨研。
再画清泠天目水，潺潺流过五十年。

注：缥缃：淡青和浅黄色绫帛，古人常用作书衣，此处借指书籍。

附

和以谦《天目山度夏喜逢师友》一诗
孙恒俊

天目邂逅师文忆，浮玉同窗缘为篇。
少年足迹复老迈，四十八载意绵绵。
泉清甘洌冬亦暖，卷长意蕴夏且凉。
再仿师长自然宿，不求树王愿草鲜。

步韵再吟奉和
孙恒俊

八十母校历风雨，弟子禾露难计年。
旧梦倏然说往事，炼狱丹青话摇篮。
春晖永驻铭师恩，学谊长存断藕连。
老健虽欣鲜靠谱，人怀所好苦亦甜。

三吟奉和
孙恒俊

昔日曾尝天目饼，今朝又饮天目泉。
少年故事老来读，半个世纪情更绵。
天目涌泉悦酷夏，长卷展景意无边，
祝君翰墨心田乐，相约再登天目巅。

步以谦兄天目山喜逢师友诗韵奉和
吴宗麟

漂居沪上作客仙，回首往事如飞烟。
十六七岁赴杭州，如同进入大观园。
学习生活两重天，夏暑寒冬整四年。
岁月无情催眉白，至今书画仍续缘。
风风雨雨半世纪，莫管老朽或红颜。
忘却往日烦心事，愉悦再过五十年。

和以谦天目山喜逢师友诗韵
宗士德

重游天目岁月迁，老友情痴话当年。
艺术摇篮西湖上，同窗手足叹逝川。
四年结伴同朝夕，半世相携共苦甜，
叹惊光影蓦然去，还愿来世复今缘。

步以谦师兄天目山喜逢师友诗韵
刘壮玖

家在天台雁荡间，遨游艺海心悠然。
恩师教授当园丁，稚子寒窗沐露妍。
萦梦涓涓西子水，闻莺唧唧柳浪边。
镜中鬓白红颜退，书画再俦五十年。

寄以谦兄并步天目山喜逢师友玉韵奉和

张敦永

校庆重逢感万千,韶华五十似飞烟。
常思传道恩师德,每念同窗益友缘。
翰墨功夫凭实践,丹青生活是源泉。
沧桑历尽豪情在,皓首雄心未减前。
题诗作画浑忘老,继古图新细考研,
天目峰奇连涧壑,任君挥洒乐天年。

步以谦天目山喜逢师友诗韵奉和

于逢海

艺术摇篮薪火传,蹉跎岁月情谊连。
感恩师教重文德,记忆同窗有凤缘。
歇浦春申从影业,天涯海北摄奇观。
春来秋去满头白,往事回眸苦亦甜。
吟诗作画吾所乐,继古图新盼破茧。
天目峰高千树寿,借天再活八十年。

天目山度夏喜逢师友再吟一韵

辛卯七月与师友相聚西天目村,学兄孙恒俊忆吟郑朝师登西天目旧赋,感慨中得诗,学兄读后长夜和诗,电波传递,遥相酬唱,再吟一律纪念。

一别申江热惊惶,重来天目鬓添霜。
师生邂逅谈锋健,客地相逢咏旧章。

涧水悠悠不知远，山风习习骤觉凉。
孙君隐处和诗到，直教唱吟爱夜长。

天目山清晓散步

初日山光夏雨晴，行人款段逐溪行。
早茶客舍香芽啜，夜火松风冷露烹。
涧石泉流声汨汨，枫林步态势盈盈。
晓云一径寻踪迹，花雨龙桥怀古情。

山居清溪源

消夏山家又一年，竹栏槛畔听流泉。
夜深犹作还乡梦，凉榻明窗尚未眠。

清溪源待客

吟诗谈赋竹荫斜，酬唱教人不忆家。
煮茗烹铫岩壁水，山风爽气香灵芽。

暮山行

蟠龙华雨送清风，天目山云喜又逢。
行尽藻溪杉柳岸，夕阳犹在虹桥东。

揽胜西天目

倒挂莲峰绝壑深，登临狮口几沉吟。
何当直上仙人顶，巨树天风惬素心。

金秋璀璨天目山

跨纪赏秋五十年，游踪天目喜如癫。
香枫满目红朱染，银杏漫山黄璨鲜。
漫步亭桥临曲岸，品茶禅刹听流泉。
相看倒挂莲峰石，蕴养诗情上锦笺。

后记：一九六三年癸卯深秋下乡劳动写生，住西天目白鹤乡，至今已近五十年。今秋又游天目山吟诗纪游。

闲坐双清池蟠龙桥

叠峰奇壁气氤氲，耸石仙寰树揽云。
坐饮茶从朝起煮，觅诗句每夜来闻。
双清池水昭明迹，绿雨蟠龙野萝芬。
酷暑寻凉溪涧上，禅源塔影沐阳曛。

轮渡赴普陀六横岛感赋

山色岚光对白鸥，海天梵唱袅礁陬。
驾舟洛伽佛云涌，幻梦普陀法雨稠。
渔港旗悬风猎猎，游轮波激浪悠悠。
船台动地惊天笛，欢庆建成万里舟。

轮渡六横岛远眺普陀山吟颂

龙华法会永流芳，心系灵山得吉祥。
佛坐莲台瀛岛翠，山藏碧海金沙黄。

将空作色是彼岸,以水为天即慈航。
我唯双掌合十敬,观音法雨送天香。

普陀行忆先翁夫子为古寺重光雕石数年

先翁夫子乃民间手艺人,为普陀山三大古寺修复雕琢石构件数年,这些石雕能在风雨中屹立数百年。

佛国海天卧翠岑,倏然潮激梵洞深。
达摩峰顶禅云出,盘陀石前心路寻。
慧济法华普济雨,观音大觉潮音声。
三寺莲柱谁雕琢,六横民间石艺精。

海天佛国

普陀山在莲花洋东,有普济、法雨、慧济三大古禅寺,以及数十处禅林胜景,为香客朝山游览胜地。名山胜迹,掇集成诗,殊有因缘耳。

神山浮海势如龙,短姑道头启游踪。
紫竹林前观音跳,西天门后达摩峰。
神龟听法盘陀石,梵洞潮音佛顶松。
法雨慈航洛伽渡,普陀慧济荡疏钟。
大乘香云多宝塔,圆通妙湛水晶宫。
杨枝隐秀极乐地,梅福法华朝阳洞,
显应观音不肯去,朝山香客好信从。
海天佛国莲洋界,瑞气祥光耀海东。

游山阴兰亭得神龙本兰亭序拓片

神龙诗序调羲和,双脚乌篷载酒过。
眺望镜湖澄碧玉,流觞曲水泛微波。
书圣杰作千秋颂,游客闲看一笔鹅。
怎奈兰亭余照落,未知今夜月如何?

天门道中

青岩叠嶂暗东西,路转山回人更迷。
身与游云奔落日,步随流水赴前溪。
天门昂首惊天近,草舍回看宿草萋。
夜半卧听天籁静,忽闻天柱报晨鸡。

注:天门:在张家界登黄狮寨山道绝壁中。

采石矶眺望长江

采石望大江,帆樯天际流。
旷然思万古,高咏东吴秋。

太湖船游姑苏水乡

一夕秋风霜满天,枫桥黄柳映雕栏。
吴江红白云初霁,兰蕙青苍露未干。
古刹寒钟声袅袅,张继绝骚意翩翩。
秋阳暖我舟游兴,丹叶爽风得怡然。

溪山春爽

荆南峰壑龙鹤姿，溪上晴轩寻新诗。
沙洲蓼渚春芜绿，紫瓯茶瓶吟雅时。
身远云峰作幽梦，人近碧涧写疏枝。
归帆点点烟江上，矶头雪影白鹭鸶。

荆溪烟村偶用仄韵吟之

江湖浪迹桑榆景，淡泊襟怀唯一静。
丹青墨痕江南春，剪取溪山黛岭影。
桃花半开山气冷，茶山一揽烟村隐，
观鱼行舟雨初晴，只知斯地有香茗。

邓尉探梅

枝头随处点轻痕，清气繁花满乾坤。
一径霜风寻旧梦，半林香雪到前村。
吟诗欲借冰为句，绘画应思玉作魂。
湖上畅游尘外迹，山梅如海郁芳馨。

瞻仰汉阳古琴台

汉阳古琴台，相传是俞伯牙抚琴遇知音钟子期处。

伯牙琴韵凤来仪，谁料知音属子期。
黄鹤矶前微风爽，晴川阁下春阳熙。

绿绮焦尾传天籁，樵子琴师点灵犀。
弦上为君抚一曲，高山流水两心怡。

长白山行吟

游到琼峰顶，畅神长白山。
云浮林海处，日涌雪原间。
遥望松挺挺，涛传鸟关关。
郁郁长生树，层层太古苔。
天池险路绝，元气通仙寰。
倏然风雪骤，霰迷瀑帘泉。
太白将军峰，碧波绿玉湾，
放歌长白顶，胜景可跻攀。

湘西秋行

武陵溪头梦行舟，绿雨晴云赋远游。
画意不离仙源谷，诗情多在楚乡秋。
丹枫落叶土家路，酉水清江吊脚楼。
龙山苗市看未尽，凤凰人家自风流。

湘西凤凰廊桥饮酒

鹭落江洲绿杨堤，黄家酒韵武陵溪。
廊桥避暑清波上，竹屋问茶沱水西。
山雨移来归客棹，水风凉透酒人衣。
桥头游客都闲散，小啜湘醇醉如泥。

注：黄家酒：黄永玉先生设计酒鬼酒包装，黄公弟子土家族画家田大年陪饮。

湘西五溪

　　武陵溪接益阳江，带水盈盈飞流觞。
　　可乘长风送客棹，可赏明月照船窗。
　　沱澧沅资酉水碧，五峒山溪接潇湘。
　　　情歌声脉脉，火塘影幢幢。
　　　陶碗对茶罐，土调唱成腔。
　　　武陵翠巍巍，湘溪森荡荡。
　　　金鞭索溪峪，俯仰生慨慷。
　　　龙山赶苗市，松桃下凤凰。
　　昨日花垣观织锦，今宵永顺宿峒江。
　　桂棹兰桡五溪短，芙蓉国里客路长。
　　洞庭百里云水阔，草木一溪对斜阳。

观土家人嫁女，新娘哭嫁歌唱通宵风俗

　　火塘篝灯夜倍长，边城凤凰感秋霜。
　　寒风吹柳叶颓绿，凉月照江隔纸窗。
　　苗族银冠土家锦，西兰卡普作彩妆。
　　哭嫁唱尽父母意，也送繁声搅酒觞。

注：西兰卡普：土家语，意为土家织锦。

边城凤凰秋意

凤凰秋信悄然生，老屋黄家旧柱楹。
月洒霜林山桂白，寒凝沱水船歌清。
梦如湘酒醉桥阁，静觉蛩声就草惊。
两到边城旬日宿，古街苗饰尽风情。

后记：黄永玉先生故居，前为临水吊脚楼，后筑三层画阁，为凤凰古城一景，乡民称之为黄家老屋。黄公弟子土家族画家田大年陪同游访。地近沈从文先生故居。

滇西大理忆吟

朗朗风月足低吟，白雪苍山清赏分，
洱海泛舟怡心爽，雄关花放香气闻。
南诏唐碑今犹在，大理三塔绕彩云。
雪月风花千古事，泉边蝴蝶舞缤纷。

游汉阳归圆禅寺记吟

旃檀阁在汉阳城，汉水长流大江横。
宝刹经年香积翠，琴台累月弦断声。
庄严殿宇好风物，自在如来长明灯。
禅意无言证妙谛，灵机千寻入空蒙。

鼓浪屿远眺金门岛

大块浮丘日光岩，延平王气鼓征帆。

雄兵收复台湾岛，一统山河万家烟。
宝岛自古归中国，乡音百代说闽南。
神圣妈祖佑两岸，海峡相连半屏山。

泉州游洛阳桥开元寺夜听南音

泉州城廓夕照斜，洛阳桥墩渡海涯。
浪激蛟龙聚蜃气，蚝生墩石胶蛎花。
开元古寺飞天拱，唐塔西东凌物华。
袅袅南音梨园戏，洞箫丝弦送晚霞。

注：洛阳桥：为中国四大古桥之一，桥墩殖牡蛎胶结坚固避免激浪。飞天拱：开元寺斗拱雕二十四尊伎乐天。

福州鼓山涌泉寺

建溪入海闽江东，鼓山龙脉如潮涌。
磴道摩崖镌刻石，苔碑藓碣晋唐风。
灵源洞口泻烟水，蹴鳌桥畔飞雨虹。
八闽首刹涌泉寺，天风海涛荡心胸。

黔东南州游飞云崖

黔风皱迹常氤氲，迥出天机一迭云。
神琢摩崖幽洞透，霞飞穹顶钟乳生。
泉声十里流溪峪，绿雨千林滴翠亭。
自古夜郎多奇景，月潭寺上宿云君。

注：飞云崖：又名飞云洞，穹顶钟乳状如飞云层层叠叠。洞中有月潭寺滴翠亭等古建筑，洞外崖壁左右有青狮白象状钟乳岩。它是黔东南州黄平县苗乡胜景。

步出东风航天城入居延海大戈壁

阳关古塞界天西，万里黄沙袭人衣。
汉代胡杨铁干直，祁连雪岭陇云低。
长城走马寒宵月，居延盘雕瀚海漪。
火箭凌空飞天梦，神州揽月喜登跻。

注：城郊弱水河故道有大片汉代胡杨林，巨树枯干，铁黑无皮，千年不倒，蔚为壮观，为居延汉简出土之地。

探居延海大漠戈壁

乙卯夏丙辰秋两赴东风城入居延海大漠，极度干渴，此生难忘。

黄沙满目浩无边，戈壁边城塞草连。
雪岭祁连千嶂白，驼峰瀚海沙毛翻。
人生塞北经苦旅，酷热风霜铸华年。
大漠干渴难忍耐，不堪回首斯时艰。

黄山绝顶随吾师海粟翁写生

散花坞前正秋光，清凉台上泼墨忙。
狮林当山聊俯仰，黄海待雨自阴阳。
共啸白发犹能健，却道闲情在沧江。
艺海任凭风云变，存天不减少年狂。

注：艺海堂为海翁堂号，叶公绰题匾。存天阁乃海翁斋名，康有为题额。海粟师为南海康有为和安吉吴昌硕弟子。戊辰秋吾拜在海老门下，是年秋随九十三岁刘海粟老人十上黄山摄制纪录电影作品。

金沙江石鼓镇俯瞰虎跳峡调韵吟句

雪域逶迤横断山，金沙奔腾霄汉间。
南流石鼓碧波静，北去川滇鬼神惊。
奇峡雪脊狂流急，哈巴玉龙两山立。
长江飞虹龙穿峡，裂壁怒涛虎跳石。
白汉场头秋光璨，香格里拉霜叶丹。
丽江迪庆形胜处，险峡雪山是征途。

宿香格里拉纳帕海

乙丑秋冬追踪拍摄中国高原灰鹤迁徙，帐篷宿纳帕海，登白玛雪山。

迪庆藏乡草甸鲜，白玛雪岭映蓝天。
牧民纵马原野上，吾侪风餐海子边。
玛尼彩幡风猎猎，高原仙鹤舞翩翩。
松赞林寺朝圣地，香格里拉摩尼天。

注：迪庆：藏语为吉祥如意之地。香格里拉：藏语为世外桃源代名词，或指心中的日月。

帐篷宿白玛雪山下海子朝谒松赞林寺

西陲万里迪庆州，松赞林寺梵宫游。
喇嘛辩经论慧觉，摩尼彩幡凌清秋。

琼峦霞霭翔群鹤，圣域灵山迭佛楼。
白玛雪峰草海上，风餐露宿天一陬。

后记：乙丑秋冬为拍摄《凤山鸟会》电影作品宿香格里拉纳帕海。

帐篷宿泸沽湖

夜雪茫茫宁蒗岭，车痕无迹雪路平。
泸沽湖畔帐作屋，狮子山前灯如萤。
摩梭风情女儿国，走婚奇俗大家庭。
百禽群集湖面上，仙鹤鸳鸯翘翠翎。

注：追踪候鸟群至泸沽湖，摩梭人仍为母系社会走婚制度，为人类社会家庭发展史上活化石，母系大家庭多达七八十人。

昆仑

天童寺住持八指头陀敬安大和尚有绝妙一联："水清鱼嚼月，山静鸟眠云。"禅心诗意，浑然一体，得六朝诗魂，成真门妙谛。吟赏其诗，顿生景仰，集句掇英成律。

神游吾亦到昆仑，五色摩尼互吐吞。
世事且随云共幻，此心宜与月同论。
好凭造化回旋力，净拭山河绕梦痕。
七二峰峦青在眼，英雄本色是真诚。

大足石刻

戊午冬、己未夏，吾宿大足北山和宝顶山石窟摄制电影，将荒山绝岭中鲜为人知的大足石刻艺术推向全世界，是世界非物质文化遗产对外宣传的第一部电影作品。四川美院雕塑家叶毓山和王官乙教授、大足文管所郭相颖兄鼎力相助。三十三年后忆吟之。

北山石窟架瓦垄，宝顶摩崖佛湾中。
数珠观音临水月，缨络菩萨浴日红。
护法天王金刚目，慈心佛陀宝瞳容。
喜观无量寿经变，瑶池天乐摩苍穹。
千手千眼观自在，般若菩提清梵宫。
我坐崖下听雨竹，万佛显密袅疏钟。

香雪海

游吴江邓尉，观"清、奇、古、怪"四汉柏，形态立卧盘虬，宇内奇观。复探梅香雪海，又进入另一胜境，花雨漫天，幽气香风，梅海奇观也。

爽踏水乡路，喜游邓尉林。
凌虚湖石馆，飞凤姑苏村。
寒蕊乱琼色，春华吐微馨。
观梅香雪海，花海醉人熏。

东坡书院怀古

己未初春，顾景舟师陪我游览宜兴蜀山东坡书院，建筑破旧未修缮，是其童时读书之地。顾师为我说大文豪苏东坡卜居蜀山饮茶轶事：有遣童至金沙寺与寺僧调符汲水故事。明正德始，有金沙寺供春壶创制，传至时大彬辈，紫砂工艺日臻成熟。后有好事者作东坡壶，提梁造型代代相传。吟诗纪念景舟大师九十八岁诞辰。

辽阔太湖汀渚西,晴阳斜日映虹霓。
眉山翰墨雕青简,荆溪陶壶割紫泥。
自有金沙泉堪煮,更从紫笋茶可沏。
松风竹炉逸雅趣,调水换符话传奇。

游扬州大明寺谒鉴真大和尚坐像

大明寺,南朝栖灵古寺,扬州为唐高僧鉴真故乡,鉴真坐像,乃日本国佛教界复制唐招提寺鉴真漆像送回扬州鉴真纪念堂供奉。

春绿湖山暖气笼,维扬古寺沐东风。
廿四桥畔柳亭外,平山堂前曲径中。
法雨大唐东传渡,佛光扶桑启慈容。
仰瞻鉴真稽首拜,放眼长江云水空。

扬州行吟

瘦湖曲水逢春晴,翠柳长堤绿到门。
二十四桥虹影色,大明禅寺雨无痕。
楼台近水开梵宇,蜀岗平山带水村。
扬州画派成奇境,创新风气不须论。

游大明寺坐平山堂上饮茶怀古

平山堂乃欧阳修任扬州太守时所筑,是与朋好论诗饮茶揽胜之处。唐张又新《煎茶水记》所云大明寺第五泉古井犹在。

闲坐山堂望平沙,日长口渴正品茶。
水天晓霭碧蓝色,蜀岗山榴红艳花。

目眺金焦成烟渚，宴吟轩阁添逸雅。
欧公喜作江山赋，更煮佳泉汲井华。

注：金焦：指镇江金山、焦山，平山堂可隔大江远眺。

游大明寺夜读第五泉水记感赋

广陵泉香入水经，欧阳筑堂近井亭。
涛烹蟹眼炉烟淡，茗煮龙团水石清。
晴日山堂远岫碧，瘦湖曲岸柳风轻。
品泉人去越千载，古井无波伴梵声。

后记："水经"借指唐张又新《煎茶水记》和欧阳修《大明寺水记》（又名《大明水记》），大明寺水列第五。欧阳修评论陆羽品水之道近于物理，诚是。足证其乃茶道中高人。

平山堂坐饮吟佳联得句

绝秀山堂巧画甍，凭栏相与远山平。
横峰翠树檐边出，古井苍苔石上生。
春入壶觞沏紫碗，风回雅赋集前楹。
欧阳水记长吟赏，第五甘泉挹露馨。

后记：平山堂四周堂榭轩阁有古今佳联二十多对，赏心悦目，递送人文情操。最佳为前楹集句联："衔远山吞长江其西南诸峰林壑尤美；送夕阳迎素月当春夏之交草木际天。"此联乃集范仲淹《岳阳楼记》、欧阳修《醉翁亭记》、王禹偁《黄冈竹楼记》、苏轼《放鹤亭记》文句而成。

步上扬州大虹桥口占二首

曲水西园五月凉，虹桥绿浪柳丝长。
新荷露尖莲湖上，曲槛雕楹斗文章。
隔湖横岭望轩轩，古刹山堂别有天。
水记禅诗共吟赏，文章太守已千年。

谒欧阳修祠（用平字韵）

欧阳修，号六一居士，其词有"文章太守，挥毫万字，一饮千钟。"之句，赋有《丰乐亭记》《醉翁亭记》和《大明寺水记》（又名《大明水记》）等，祠在平山堂后。

天净山容绿意盈，画堂树影隔江平。
文章太守归杳渺，六一宗风得分明。
古往今来为佳话，诗文遗墨总关情。
林泉不变千秋在，丰乐翁醉五水亭。

瘦西湖五亭桥小坐得句

四月清和柳絮绵，莲桥水暖涨湖烟。
琼花彩蝶翩翩舞，迭石钓台曲曲连。
玉镜平湖延野色，静香书屋赏楹联。
临风积翠亭钟袅，白塔晴云可悟禅。

后记：扬州五亭桥又名莲花桥。登桥小坐，极目四望，琼花园、小金山、钓鱼台、玉镜平湖、静香书屋、积翠轩、小南屏、法海寺、白塔晴云诸景尽收眼底。

三生石得句

黄山西海排云亭,前临万仞绝壁,筑有石护栏百余米,旅行情侣喜石栏上结同心锁,成千上万,蔚为奇观,名为缘定三生石。好友伉俪,知青时期缘结黄山茶林场,相濡以沫,情深意笃,期冀纪念,应属作图题跋相赠。回眸黄山旧事,倏然诗意勃发。

一诗一画寄壶觞,紧沏茶瓯慢炙香。
雨意填词同婉约,晴峰攀岭共低昂。
黄山西海犹堪忆,沪渎吴淞闲还忙。
得名三生缘梦石,丹青带入墨甜乡。

洗车古镇采风

三往湘西已卅年,龙山道上两秋天。
汉朝织机今还用,断纬通经土锦妍。
百代遗珍依传承,西兰卡普得瓦全。
洗车溪即武陵溪,风雨廊桥耸巍然。

注:断纬通经:国家非遗项目土家锦织造工艺,类似苏州缂丝工艺,沿用汉代腰式织机。西兰卡普:土家语,意为土家织锦,采风作品《土家织锦》获西班牙国际电影节大奖。洗车溪:即武陵溪,汉代古镇洗车河镇,临溪而建,溪上筑有九间古廊桥一座,该镇为龙山县南部土家乡镇。

卷 六

秋 望

龙头岭上我曾游，石城泉边亦驻留。
乡梦常回湫水峡，游子犹吟岁月稠。
空山风雨三茆屋，满目江湖一扁舟。
听枫阁里长怅望，仙山海国又高秋。

晚 晴

不厌粗茶食菜羹，老夫即此足平生。
亦知世事风波恶，但觉山中草木欣。
得句健忘还自喜，逢人无语已多情。
晚来笔墨追焦渴，添得斜阳流水声。

江南古梅展感怀

吾年十七早辞家，浪迹江湖任天涯。
梦忆超山香雪海，素馨白发岁月赊。
澄明冰蕊飞绿萼，散淡人生剩晚霞。
铁骨绰有元龙气，寒梅虬枝发韶华。

读王蒙丹山瀛海图感赋

笔墨能通万树梢，平生着意在山樵。
墨香还因浓焦聚，茶色已随酽蕴飘。

野谷橙黄风亦健,仙源橘绿云为矫。
枯毫破墨生奇境,丹山瀛海逐晚潮。

焦墨山水

南宗平远穷纤浓,北宗莽苍堆高空。
八十它山变焦渴,江山素华堪称雄。
险关奇壑揽千里,五洲云帆济海东。
传统今朝得造化,枯焦笔墨润岩松。

注:它山:当代焦墨山水大家九十翁张仃雅号。

读寒山拾得诗吟句

一花一叶一如来,处处圆明性地开。
难得智光慧般若,直教菩提心上栽。
寒山拾得无边相,释儒道俗安在哉。
山鸟不知吟啸事,千古诗篇在天台。

夜光杯刊文有武夷山野煮岩茶者喜其逸趣吟句

卧梦武夷峰,溪游木叶馨。
仙山坐幽石,云岭沐朝暾。
携灶茶烟袅,烹泉蟹眼生。
神畅岩巅种,野煮飘香馨。

读画偶吟

静寂聊无事,倏然斋里闲。
砚滋乌黑色,茗煮鹧鸪斑。
叶落霜初冷,秋晴日往还。
茶烟和墨味,揽读富春山。

夜读袁宏道天目山游记

凉风独坐夜悠然,旅梦无痕欲化烟。
石上蟠龙流涧气,林间山影送飞蝉。
文心不断相思路,画意绵延去水天。
浮玉仙山居静寂,明窗竹榻证枯禅。
中郎游记长吟赏,七绝神奇独占先。
巨树拿云惊笔墨,伴云带雨上峰巅。

注:中郎:袁宏道,字中郎,明万历进士,文学家。七绝神奇:袁宏道游记中描写飞泉、奇石、古庵、雷声、云海、巨树、茶笋,名曰七绝,独抒性灵,真率自然,写出天目山神韵。

四景·春晴(回文诗)

幽桐碧树栖鸾凤,径曲横桥短跨虹。
流水逐花汀远近,稠林翠草岸西东。

四景·夏闲(回文诗)

闲日遣怀诗唱吟,落红残处散香清。

泉飞近屋连高树,潭澄绿轩竹篁青。

四景·秋晓（回文诗）

溪曲绕村流泉听,小桥斜旁竹居清。
啼鸟月落霜天晓,岸泊闲棹渔笛轻。

四景·雪梅（回文诗）

灯伴夜窗闲读书,屋依梅蕊雪封枝。
层层凤舞群山白,馨馨梅雪寒吟诗。

浦江月色

蒲溪皓月远怀人,短讯长话意倍亲。
隔海论交今有几,经年入梦是何因。
我因闲散常念旧,书可修身不喜新。
明月霓虹光璀璨,万家灯火耀春申。

注：蒲溪：吴淞江支流蒲汇塘河。由淀山湖流经七宝镇、虹桥镇、徐家汇、龙华镇入黄浦江。

龙华寺

家近龙华五十年,常沾心香看慈颜。
弥陀佛心清如水,园庭桃花又斓漫。
绿柳能添春望美,片云还系游人欢。
吴淞江头潮初上,古塔禅钟袅旃檀。

注：龙华寺：上海著名古寺。建于三国东吴赤乌年间。庙宇和龙华古塔为国家重点文物保护单位。

元 旦

远眺江天忆浮门，早春云树千万村。
乘风夜棹临波急，听浪晨潮染阳暾。
问学焉能叹清苦，吟诗最可荡心魂。
人生风雨倏然过，梦里家山乐自存。

华林书院百岁红梅盛开

暮云千里染赤霞，老树百年抒寒葩。
朱蕊满盆散馨郁，豪情万丈腾龙蛇。
沉雄铁干凌霄骨，圆点疏枝胭脂花。
灵寿蒙养禅佛气，梅边正煮罗汉茶。

青春版昆腔牡丹亭

古曲昆腔世遗珍，青春翻唱牡丹亭。
书生柳梦梅边下，香魂游园香梦惊。

寄迹丹青吟

烟林秀远色，墨雨纵横来。
晴阳沐丹麓，高壁凌亭台。
东风荡海隅，万里净氛埃。
晚情寄画迹，挥笔心悠哉。

海上同学会

天涯相聚话春申，白发童颜情意亲。
万里飘摇同是客，一生惆怅不因贫。
从教笔墨能无恙，也为砚耕久怆神。
明日思君向何处？画中天地寄夙尘。

后记：中国美术学院附中六〇级五十周年同学会相聚上海世博会，悲欢离合，前世今生，艺文夙缘，唏嘘不已，唯寄迹诗书画印中。

清　明

家山不抵泪痕多，曾听东瀛子游歌。
片梦浮云聊复去，英年驾鹤奈尔何。
衰翁行脚寻湫涉，白发啸风作砚磨。
吾儿灵魂归山海，天台玉界依曼陀。

梦　儿

天荒地老晚岁过，月冷风寒奈尔何。
天国灵波传霄汉，暮年残梦叹蹉跎。
孤吟直面生死劫，老泪犹翻大海波。
谁信钟声隔人境，分明壶爱阿曼陀。

后记：吾儿生前喜绘画爱品茗藏砂壶，苦苦寻觅阿曼陀室款曼生砂壶，无缘得见。

天寒地冻画斋来客围炉烹武夷茶

瑞雪纷扬作冻寒，围炉煮水泛暖觞。
窗前已喜琼花净，斋里早闻武夷香。
久住春申成老客，长偕眷侣度晚阳。
微吟偶为知己起，往事如潮说又忘。

雪夜孤吟

雪舞申江夜纷纷，还期明日共转晴。
寒风朔气仍坚坐，暖意书斋作苦吟。
经历何堪言世变，别离可叹是残生。
晚年笔墨用焦渴，点划苍茫树石平。

申城银装

一夜飞絮漫天飘，银枝晶叶满树翘。
天寒地冻春申冷，万斛琼花撒连宵。
蜕甲云龙呈瑞色，摩天霓虹亮九韶。
瑶台玉宇耸海上，璀璨灯火浦江桥。

南方冰雪冻灾

惊闻冻雨彩云南，洒盐铲冰千里寒。
暖国山林挂雾凇，琼花填壑移步艰。
车路晶莹积凌厚，飞雪不停进退难。
奇异冰灾袭南粤，回乡客旅苦不堪。

坐 雪

依旧玉龙飞鹤翎,围炉挥笔作纵横。
暮年事业惟砚墨,幻梦故园只寄情。
粉萼琼花飞六出,散淡晚境求稳平。
坐看积雪莹天际,霁日海山万壑晴。

友朋来谦斋烹茶相约陶都题画砂壶

重雪坚冰簇短篱,霓虹街景岁暮时。
清斋颇好茶当酒,陋室宜吟赋与诗。
腊月围炉煮水早,龙华灯火涨潮迟。
明年行旅相邀约,再访荆溪苏轼祠。

七十初度赏雪感赋

搅天玉龙舞飞霰,海上琼楼似仙山。
霓虹只合瑶台有,雪花今从云上还。
寒屋围炉煮茶热,暮年残梦不胜寒。
黄浦繁华素妆裹,为尔还歌步蹒跚。

海上雪霁

雪霁冬阳照暖晴,沧浪初淡玉宇澄。
都城积雪披银色,园庭寒梅吐香馨。
无尽蒲溪连海上,重来波涛郁江声。
寒潮退去千家喜,却盼东风万里春。

七香园茶舍烹茶

扫叶入疏松,流泉出深竹。
清风携客来,茶烟袅窗绿。

赵州禅茶

赵州禅风,情生智过。庭前柏子,行住坐卧。
随缘任性,自然虚豁。顿悟玄机,心若明河。
如何是道,平常心喔。树摇鸟散,携筇踏歌。
鱼惊水浑,惊醒颜酡。觉华绽放,菩提娑婆。
曾来初到,去吃茶嘛。赵州茶禅,清心澄波。

暮 年

漂泊江湖未有期,高楼仄屋梦参差。
霓裳昼夜演播厅,笔墨朝暮陋室居。
何叹逝川如箭激,自能藏壑亦神迷。
老夫别有清凄处,历劫孤吟泪沾衣。

用友咏梅绝句衍成律诗

携得梅花魂半熏,浓浓淡淡逐君心。
苔枝曲直成铁干,玉蕊潇洒足清芬。
写意随生雅逸趣,挥毫偶变雪香馨。
天缘赐我为知己,画出丰神竟九分。

七秩自寿

烟波海国望迢迢,七秩回眸忆牧樵。
艺海游踪怀抱朴,丹峰湫峡揽素涛。
烹茶陋室待雅客,品水谦斋相紫匏。
莫道人生风雨骤,鹤年松寿乘六鳌。

注:海游、六鳌:故乡古镇。相:看,台州乡语。匏:瓜也,紫砂匏尊壶为吾师顾景舟传世经典之一。

后记:吾农家子,自幼牧牛砍柴,年方十四拜在鲁班门下学艺,十八岁进杭州南山路中国美院大门学画,二十二岁上海学电影,自此流寓沪上近五十年。风雨人生,不堪回首,垂垂老矣。喜用"艺海游踪"闲章,其一:嵌"海游"二字,故土难忘。其二:拜在海粟大师艺海堂门下。

中秋望故乡

轻舟如叶下吴头,晚景清闲望海游。
云净石城山过雨,溪澄湫水月逢秋。
潮音昼夜丹邱寺,玉轮中天五凤楼。
最是故乡今宵好,桂花琼色满台州。

回首人生·诗词集卷感赋

几载青衫涕泪收,吴天筑雨可堪忧。
诗心磊落元龙气,身世悲欢历劫愁。
短梦星辰成昨夜,长年行脚作遨游。

最惊立马高歌处，雪域荒原独啸秋。

人生述怀·七秩晋一纪吟

白发苍颜七一翁，游踪艺海感飘篷。
童年樵牧大匠徒，半纪影坛蒲溪东。
沪渎龙华迎岁月，白山雪岭度秋冬。
晚晴重展袖中笔，枯墨黄山画雨松。

注：大匠徒：吾十四岁当木匠学徒，拜在鲁班门下，故自诩为大匠之徒。蒲溪东：吴淞江支流蒲汇塘河东岸之上海徐家汇地区，是中国电影发祥地之一，明星等八大影业公司及天马、海燕、江南、上影、科影咸集于此。吾近半世纪从业之所科学教育电影制片厂和东方电视台西部，原为长江、昆仑、文华、长昆诸影业公司旧址。

道境禅意，造化心源

壬辰初五雪霰相交，寒斋围炉，览读禅语画论，感悟所至，得此韵味，不拘声律，直抒心境。

鹤发衰颜又新春，偷闲淡泊养元真。
家溪曲直通潮汐，岁月虚空忆故人。
无为登山仙是骨，无念渡海佛回身。
苍峰湫水作日课，拾得寒山是乡邻。
君不见，无此无彼涧底水，自舒自卷天间云。
铜镜不磨还自照，造化心源两相因。

文赋卷

淡淡的记忆

半个世纪已悄然逝去，童年时的记忆也变得有些模糊，在海游小学的六年生涯中，能留在我记忆中的，只有由章一山先生私宅老屋捐赠而设立的这所百年小学和两位老师——姚文桂先生和林泽襄先生。

记得走过水亭湖畔的鹅卵石小街，转弯向上西墙弄走过，在斑驳的砖墙夹弄中，有一种古老而神圣的感觉。学校不大的校门朝西开着，也是鹅卵石的路，一直延伸到学校的第二道门——章一山先生老宅的正门和厢房。在这两道门之间，一条不长的鹅卵石通道两边墙脚处，种着茂密的冬青树，约一人高度，修剪成两道路边林带，如在雨天，冬青树的叶子上会滴下晶莹的雨珠。进入二道门，便是老宅的天井、厅堂和东西厢房。厅堂和天井便是小学生集会和游戏的地方。天井是石板铺就的道地，石板是赭红色的蛇蟠岛上的蛇蟠石。厢房上下两层是教室，西厢房底层是老师的办公室。通过厅堂西侧的墙门，便是几间朝南的平房，也是教室，平房前是沙地小天井，也是小学生活动的天地。厅堂东侧墙门外北侧，则是由废宅基改建的操场，二十世纪五十年代初期，是海游这座古老小镇的人们看露天电影的地方。1956年夏，我从小学毕业后，学校的格局变化就不甚清楚了。关于小学的记忆，就只留下老宅、鹅卵石路面上的青苔和冬青树叶子上的水滴和阳光。所谓的冬青树，应该是女贞子树，它的籽可以入药。

小学的老师应该有十数位，其他的老师已从记忆中逐渐淡去，只留下姚文桂和林泽襄两位先生了。也许是由于我一生从事的事业多少受益于他们，因此，对于他们的记忆是清晰的。

记得姚先生是东海边姚家人，姚家距县城约二十里路，我的同班同学中有一位姚家小姑娘姚文雅，因此，对于姚文桂先生的记忆就清晰了许多。姚先生教过我语文课，应该说，他是我从事电影艺术创作所必需的文学基础的最早的启蒙者。小学生的课文当然与文学修养有着最最基础的联系。我记得我最喜欢的作业是写作文，写那些带有点模仿性的小散文之类，也读了许多新中国初期出版的解放区作家赵树理等人的不少小说和文学作品，只是并不太理解。姚先生是否有文学作品发表我不清楚，但他教过我作文是无疑的。

林泽襄先生是我的美术启蒙者，他是小莆村人。1993年在台州和三门举办我的山水画个人展览时，在我的请柬上就印着林先生和我另一位美术启蒙者三门中学章宏仲先生的名字。我记得林先生的美术是自学的，除课堂教育外，他能画山水画，他的画也许是我最早见过的中国画原作。当然也看过海游个别清代举人的画像，是画在绢上的工笔肖像画。林先生没有成为画家，他是一个道地的小学美术老师，因此，当我在故乡举办画展时，将他的名字和周沧米先生、刘海粟老先生的名字一起印在我的请柬上，我把请柬亲自送到他手里，他看了，显得有些激动。他在展览会上认真地看了我的作品，他由衷地高兴。

至于林先生教过我画什么呢？已没有任何记忆，只记得他给我上美术课。这在小学来说，只不过是一门无关紧要的副课，而对我的影响——是我一生绘画事业的最初的基石。林先生一生教过许多学生，我相信他们中必定有成为画家的，只是我远离故乡不知道而已。

记忆中，林先生那时也就是二十岁出头，讲话有些木讷，不善于言辞，但上课时总会拿出自己画的示范作品给大家看，这时候应该是他最得意的时候，而我也会睁大眼睛看的。他留给学生的作业是课堂上画完的，偶尔也会带学生到小学校西面的农田上去玩，或者说是去野外写生，画过什么已没有什么记忆了。每次作业他给我的是最高分，这应该是无疑的，同班同学中热衷于学画画的不多。

当时学校里没有第二位美术老师，小学生的画也只是儿童画而已，还谈不上美术基础训练。也许林先生自己也没有受过正规的美术基础训练，上课也只是按照课本罢了。可能他从未想过他教的课会影响我一辈子，而我却十分看重那种涂鸦式的美术启蒙。这在半个世纪后的今天是无法想象的。现今的儿童艺术教育远比那时正规得多，业余艺术学校的小学生所得到的基础训练，在那个时代，可能是中学的美术课也无法与之比拟的。

六年的小学生生涯，留给我的，只是这些淡淡的记忆，当自己满头白发之时，这些淡淡的记忆，依然是那样的美好。写下这些，不足以纪念母校百岁华诞，只是记忆而已。

癸卯中秋八十二岁翁章以谦

后记：今天上午，三门地方史志学者陈建华先生告诉我说：海游小学建校一百二十周年了，让我修改一下百年校庆时写的散文，准备收入海游小学建校一百二十周年文集。我重读一下，已经没有过多的记忆了。只是姚文桂先生是否是姚文桂这个名字,已记不清了。八十岁时出了十卷本《鲍尊轩词集》可以赠海游小学作纪念,《谦斋诗词集》十年前已经送海游小学校史室了。这两集书,也是可以让海游小学的小朋友们看一看这种传统的直排版线装书诗词集是什么样的,也是一种知识。

茶禅一味　清雅自知

——跋拙作《烹云凝烟清吟听泉》山水画长卷

　　茶乃东南嘉木，集天地灵气，发草木精华。茶为雅物，饮品之时，追求茶之意韵，感悟人生真谛。茶与人、物与心、自然与感觉，天性圆融，可谓之茶道。

　　道亦有道。道为方向、法式、自然规律、宇宙法则也。道蕴含着气、色、味、相、神、禅、悟、觉，合而为一，茶事亦然。

　　故而，茶道亦悟道，亦心道。从品茶中体味人性本真，感悟自然本质，天人合一，闻香品醉，清雅自知。

　　禅即梵语"禅那"，意为静坐思虑、修持心性、感悟智慧。自达摩祖师东来，不立文字，教外别传，传至六祖惠能，主张顿悟，直指人心，见性成佛。简言之，即"佛在我心，我心即佛"。

　　六祖惠能之后，流风所及，宗派纷纭，融合儒道，开启中国佛学时代，是民族文化重要之组成部分。

　　饮茶最易导入禅境。茶性清凉，可涤烦热。茶味枯淡，可去名利。茶叶茶汤，有形有色，是可见可触之物。而茶香茶味，无形无色，看之则无，品之则有。品茶，由有而入无，由物质可嬗变为精神。

　　到了可称为茶道之时，饮茶已经是一种情趣，一种境界。

一人品茶，即为禅茶，宁心静寂，通乎禅意。故佛家曰："禅茶一味。"感悟人生，感受心源。壶里乾坤，百味包容。吐纳常新，乐在其中。

茶韵禅境，茶禅得悟。禅茶同道，体味苦甘。淡泊静远，修身养性。借以感悟，明心见性，殊途同归。

一茶一禅，两种文化，有同有别。非是非异，一物一心。两种法数，有相无相，不即不离。品本色滋味，得平常心境。茶道禅意，相契相融。一啜一饮，甘露润心。一酬一和，心心相印。嘉境惟妙，增益道心。只可心会，实难言传，赵州和尚"喫茶去"三字禅即是经典。

入此境界，参禅饮茶，合而为一。不拘茶迹，不落茶痕。饮而不饮，不饮而饮。来无所从，去无所至，即为心饮。

心饮在于心，而不在于事物和环境。心静之处即是茶场。无论有无，随时喫茶。心饮可谓饮茶最高境界。不迷茶粗茶细，不寻泉甘泉冽。随其所便，得其所宜。情不随境，心不迷物。觅个石上溪头野岸，随缘而汲。置只竹炉，扫来松针，烹云煮露。藏绿砂壶，倾铫注情。茶汤清气，越瓯土盏可沏。闻香品醉，清雅悠闲自知。哪管它花开花落、云卷云舒。直饮得天老地荒乾坤转，直饮得神爽气清逍遥游。故善饮心茶者，最得茶之三味。此为饮茶之道上上境。

茶可看、可闻、可品、可听。随处茶韵香袅袅，煮石烹云听波涛。风涛乍起，水沸蟹眼，煮水之声，由微幽直到波涛翻滚，如钱江潮涌，万马奔腾。听茶，是一种逸趣、一种参悟、一种境界。听茶，能享受山籁溪声、茶铫水声。能体味闲情静意，净化灵魂心性。

清正和雅为茶道,明心见性为禅意。茶禅一味,蕴含着博大精深、大道至简之文化精神。

新春首阳,气清神爽,自正月初一始,五日一水、十日一石,退毫濡墨,寄迹焦润苍茫间,直抒胸中块垒。写就《烹云凝烟清吟听泉》山水长卷。喜而缘随茶韵,乘兴作短文,聊发浅论,借以畅怀也哉,是为跋。

乙未春月于云岭山庄借山书屋

古贤脉意　旧雨新知

——顾景舟汉铎壶创作与赧翁梅调鼎一段壶缘

一九七四年，顾师景舟收到海上老友、大画家唐云先生托能到他家走动的汤鸣皋（当代宜兴制壶大家，那时年轻无畏，经常登门请教已打入另类的大艺术家），悄悄送来两把缺盖的旧壶，每把残壶用自缝的布袋保护。唐云先生爱壶成癖，二十世纪四十年代，通过城隍庙铁画轩主人戴相明引荐，和顾景舟结为知己，已有三十多年了。唐云先生带来的口信说："'文革'初'红卫兵'抄家抄走的，现在发还了，两把壶盖却没有了。麻烦了，务请老友再难也配上壶盖。"顾景舟听后看旧壶，两壶都有赧翁书刻的壶铭，壶盖弄丢了，真伤了老药兄的心（唐先生自号"老药""药翁"）。他用半个月时间，无日无夜，不断地配泥片烧样，终于完成了老友所托。这是在那个特殊年代，他用心去承接了古贤脉意，老壶新盖，如旧雨新知啊！赧翁汉铎壶，原盖上的的子是桥钮，与新盖相比，缺少些汉铎的气度。顾景舟配的盖子和壶钮与壶身相融合，透出许多青铜艺术简洁的气韵。

清代同治、光绪年间大书家梅调鼎，号赧翁，宁波慈溪人。时人称其书法为"晚清二王"，名震扶桑。《沙孟海论书丛稿》评价梅赧翁书法云："清代二百六十年中也没有这样高逸的作品。"他也有不少砂壶和壶铭创作，流传在上海书画家和文友贤达手中。

送来汉铎壶铭云:"以汉之铎,为今之壶。土既代金,茶当呼荼。赧翁。"说明壶式源于汉青铜铎,同时也指出紫砂壶之贵重,堪与黄金比价。制壶者是祖籍绍兴的制壶高手何心舟,壶底款"韵石",即是何心舟的雅号。

我们从图片中见到的唐家所藏的顾景舟配盖赧翁铭汉铎壶,和宁波玉成窑梅调鼎赧翁铭桥钮汉铎壶,是同一款造型的砂壶,而顾景舟配盖的壶钮,把桥钮改为短柄钮,钮头饰一圈圆线,既是装饰,又便于拿捏,平添了许多汉铎的意味。

从传世的"曼生铭汉铎壶",可以看出这造型的历史渊源。汉铎原为古器,而这把壶,是杨彭年摹仿明代紫砂壶大家李仲芳汉铎壶样式的。李仲芳为李茂林之子、时大彬弟子,兼擅家传和师承,作品蕴含文气,技艺精湛。他的壶作,有时大彬见赏而自署款识者。此壶也以桥钮流传的。

铎为何种乐器?许慎《说文解字》中对铎的解释是:"铎,大铃也。"形状有些像甬钟,柄短而呈柱形。铎内有舌,分铜制与木制两种。铜舌者为金铎,木舌者为木铎,盛行于中国春秋至汉代。《周礼·地官·鼓人》:"铎,大铃也,振之以通鼓"。《汉书·艺文志》记载:"孟春之月,群居者将散,行人振木铎徇于路以采诗,献之太师,比其音律,以闻于天子。"孟春时节,鸣木铎以求歌谣,可以知风俗,过则正之,失则改之。从文献中我们可以发现:汉铎在宣扬政教法令、战场战事、采集民风、教化育人等日常生活事务中,扮演了多种角色。

顾景舟一生从艺,养成了一种极其良好的习惯:凡经手的有艺术价值之壶,必定会留下这壶的尺寸、形制、铭文、款印、泥料等全套资料，以备后用。此次给旧壶配盖，正是一次绝好的和古贤神交的机会。他发现这把旧壶，壶铭好，壶形也好，别开生面。在和古贤的对话中，他萌生了重新创作的灵感，设想着重新打造出一款更具青铜特色的造型，以光大传统的魅力。用顾景舟的创作理论来说，就是"在继承传统基础上进行创新"。有人说：顾景舟的汉铎壶是仿赧翁的。这话是有一定道理的，但不完整，没有说到"在继承传统的基础上进行创新"这一创作理论的本质。

我们将景舟汉铎与赧翁旧壶作个比较：为旧壶配盖的短柄状壶钮作了新的设计：壶钮加高成柱状，一圈圆凸线装饰到圆柱中间。壶盖保持嵌盖方式，和壶身浑然一体。比旧壶收紧几分。相比较，旧壶身筒底部过分大了些，上部直径小了些，比例上有不均衡感。壶形内敛了，气势上扬了，神韵生动了。景舟汉铎对壶流也作了改动：保持赧翁汉铎壶流的大形，改平口的壶嘴为外斜式，嘴部略向上向外突出，流的根部粗壮，茶汤出水集束有力。嘴向外似有唇线那般。壶的把也随器生成，简洁适手，美而实用。

景舟汉铎总体造型，突出汉铎古韵，线条流畅，直中带弧。点线面艺术处理，契合法度，合乎规律，比例协调，变化有度，整壶周正舒坦。气质浑穆，素面朝天，不饰一字，以紫砂材料美和技艺之美，凸显出紫砂光器质朴雄浑的艺术魅力。赧翁汉铎壶，用其书家高逸的文学和书法功力题刻铭文装饰，是最好的方法了。从比较中，我们可以看到景舟汉铎壶的设计，是升华了古壶旧器蕴含的艺术魅力，而成为景舟壶艺造型的经典。

景舟汉铎壶最早的作品，是在一九七四年秋至一九七五年春，此后，一九八〇年代各个时期均有制作，有工有写，随趣而抟，追求壶的大美和实用，有的一日而就，有的数月未完。每次抟壶随心而出，汉铎形意变化，在情在理。先生说过即使一次做几把同款壶，也会有随意而出的思考和改变。壶的印款也随意而用，亦有自刻简短款文的，更会随意留些痕迹，没有定数。说明其时，他的思维十分活跃。

顾景舟先生擅长紫砂光器，一生创作宏富，有上千款作品，强调"形气神"完美。造诣精深，是紫砂壶艺术古典主义的代表作家。

甲午十月

老宅论壶琐记
——采访顾景舟师笔记辑录

顾景舟论述（简称顾）

章以谦解说（简称章）

缘　起

三十六年光阴倏忽而过。一九七九年早春，在蜀山老街毛家老宅正屋二楼的那间破陋卧室中，先生和我促膝长谈几个昼夜。夜深了，先生送我到毛家老宅台门外，望着夜色中的蜀山，说："人间珠玉安足取，岂如阳羡溪头一丸土啊！"

一九七八年冬，经文化部电影局选题批准，我将要创作一部紫砂艺术电影。经过和高海庚兄沟通，我邀请顾景舟先生担任顾问和指导。先生非常高兴能参加这部电影的创作，陪同我参观了宜兴紫砂工艺厂的生产和工艺流程后，约我去他的家，他为我讲授紫砂艺术史论。他用特有的方式，结合茶壶、照片、印章、册页、拓片、书画、典籍资料等等，向我这个紫砂艺术门外汉，全面灌输了"什么是紫砂艺术"这个课题，希望对我的电影作品《紫砂陶》能起到实质性的指导和帮助。顾景老从紫砂史、独特的造型工艺、装饰与陶刻、艺术性与实用性，从金沙寺僧到苏东坡；从供春、时大彬、陈鸣远到邵大亨，从西泠八家陈曼生到吴湖帆、江寒汀、唐云、来楚生，一路讲来所有的思路，最后汇集到"紫砂是艺术"这个论点上。

　　我的电影作品《紫砂陶》，在先生的指导下，在高海庚、李昌鸿、吴震、储立之协助之下，在徐汉棠、徐秀棠、汪寅仙、周桂珍、谢曼伦、沈蘧华、吕尧臣、谭泉海、毛国强、沈汉生等密切配合下，顺利完成。影片兼顾了知识的普及和艺术的欣赏，采用先生的基本艺术理念，深入浅出，符合观众的审美要求。文化部对外文化联络局选定此影片为外宣片，译制成英语、法语、俄语、日语四国语版，连同汉语版，在一百三十多个国家和地区放映，电影作品取得了圆满的成功。先生不无感慨地说："这是我为紫砂做了件前无古人的事。"

　　顾景舟先生生前曾经多次邀我为他整理文稿。由于我的职业关系，天南海北，行踪不定，有创作和生活的压力，还得画画，加上人在"方圆"之外，因而一直没有答应他。现将采访他的谈话笔记作整理，先生有知，权当了却他当年夙愿，遂成《老宅论壶琐记——采访顾景舟师笔记辑录》，以纪念他的百年诞辰。

紫砂历史

　　顾：蜀山当地拜范蠡为陶朱公，窑上作陶神祭祀。其实，这里有一些新石器时代陶器和残片出土，绳纹陶之类，历史远比相传的范蠡携西施泛五湖隐居此地早得多。蜀山的蠡墅村、蠡河，据说和范蠡隐居有关。

　　在明人周高起的《阳羡茗壶系》中还有一个传说：相传壶土是由一位异僧经过村头时呼叫"卖富贵"土时，引导村民入山中，指土穴而去。于是村民挖掘出五色齐备的紫砂泥，灿如披锦。这是老天赐给我们的矿产宝藏，得天独厚的物质基础，成就了紫砂艺术的辉煌历史。

章：许多年后，徐秀棠兄为异神造像，十分传神。又若干年，一位制壶的居士告诉笔者：异僧就是布袋和尚，浙东奉化人，弥勒佛转世。居士是宜兴西望圩范家人、范仲淹后裔。

顾：我们在蠡墅村羊角山古窑址发现，最下面的文化层，是早期紫砂残器堆积层，我看到了大量的壶的残片，有嘴、的子、提梁等，工艺上粗放，从材质看属早紫砂，从捏塑的龙形壶嘴工艺看，上限年代为北宋无疑。因此，"紫砂陶有一千年的历史"的结论，是科学的。

文献中最直接的材料有梅尧臣的诗："小石冷泉留早味，紫泥新品泛春华。"元人《霁园丛话》有记载，孙道明遗物有紫砂罐，刻"且吃茶清隐"。从宋元饮茶方式看，这个紫砂罐，是个大壶类是无疑的。诞生于宋代的紫砂陶，应该是萌芽的形态。只有到了明朝开国皇帝朱元璋废除了龙凤团茶制造，推行散茶生产，撮茶冲泡方法流行的时期，紫砂才进入了名家辈出、各擅其能的时代。可以说，饮茶方法发展到了散茶撮泡，也催生了审美意义上的紫砂壶艺术。

紫砂壶最早有文字记载的，是明代周高起的《阳羡茗壶系》。创始者金沙寺僧和做缸甏的陶工十分亲近，他用细土捏壶，烧陶缸的时候，附带着烧成。金沙寺僧做的壶，有人欢喜，要去了喝茶用。当时吴颐山正在金沙寺读书，他是宜兴人，明朝正德年间进士。供春是吴颐山的书童，陪主人在金沙寺读书。他偷学老僧做茶壶，手工捏制，并用汤匙挖空，指纹都留在壶内壶外，成了供春壶。

那时烧出的茶壶表面沾釉不好看。供春后，四大壶家中的李茂林发明了用粗陶缸封闭壶坯入窑烧制，避免了沾釉，从此烧成工艺确立。

当时做壶，沿袭了民间陶壶用木模制壶的工艺。直到时大彬，放弃木模，经过推进，形成了凭空抟制的手工制壶方式。紫砂壶成型工艺完全成熟，这就是沿用到今的——"泥条打片手工镶接成型法"。时大彬奠定了紫砂成型工艺的基础，这是他对紫砂发展的最大贡献。从此，紫砂陶成型工艺独树一帜。

时大彬是一位非常了不起的巨匠，能写一手好字，用竹刀代笔，在壶坯上顺手一挥，刻出底款，有《黄庭经》《乐毅帖》法度。他擅做大壶，文化底蕴深厚。娄东一行，受到诸多文人品茶论茶的影响，改做小壶，并用硇砂调入泥料，烧成后效果古朴，成为案头雅玩，生出许多文思雅趣来了。这标示了他的紫砂创作才华和文化积累的厚积薄发。他的壶为当时的文人士大夫所重，价比黄金，蜚声海内外。他影响了紫砂艺术的发展历史。

有关紫砂的古代文献，周高起《阳羡名壶系》之后，最为全面的，有清代吴骞的《阳羡名陶录》和清代《宜兴县志》。民国年间有李景康等合著的《阳羡砂壶图考》，这本书比日本奥兰田《茗壶图录》晚了五六十年。

章： 影片镜头从浩淼的太湖摇到蜀山下繁忙的蠡河和陶都，简约呈现了历年出土的新石器时代陶器和残片，再从宜兴彩陶、均陶、青瓷、精陶、紫砂陶等镜头，叠出片名《紫砂陶》。

紫砂造型

顾：紫砂造型工艺，完全独立于其他陶瓷成型法之外。其他窑口的茶壶，多用注浆法和拉坯法，拉坯法和盘筑法也可统称为轮埴法。

紫砂壶属于造型艺术范畴。说到造型，如画画，用点线面。书法，用点线。砂壶造型，就是以点线面为基础，用泥条打片镶接成型的方法。这是最具特色的紫砂壶成型法。

打身筒，是镶接之后的手法，如"掇球""茄段"等。扁形壶用两片盆状泥片镶接，如合欢壶。四方壶、六方壶也一样，用泥片镶接。不同的造型用不同的手法，但都离不开打片镶接基本方法。

章：电影表现了徐汉棠从打泥片开始，到制成掇球壶的全过程。汪寅仙用两盘泥片镶接合欢壶、吕尧臣镶接绞泥四方壶的成型方式，亦突出了紫砂独特的造型工艺。

顾：造型大致可分光货、花货、筋纹三大类。经过代代相传，约有一两千种造型，现在还在增加。可谓"千形百态信手出"，"方非一式，圆不同相"。

章：影片在介绍三大类造型时，解说词引用了"千形百态信手出""方非一式，圆不同相"等语。

顾：光货可分为圆器和方器两类，以几何形体为造型基础，追求简朴雄浑大气。

圆器造型，要圆稳周正，柔中带刚。以掇球壶、仿鼓壶为经典。"石瓢"是我喜欢的造型，是圆器的变化运用，各家心法不一，感受不同，变化也不同。早年在石瓢壶上，与吴湖帆、江寒汀等书画大家合作过，宜书宜画。此壶亦可素面朝天。

方器造型，线面平挺，轮廓分明，干净利落，有四方壶、六方壶、传炉壶、僧帽壶等经典造型，也能有无穷的变化。

花货以仿生为主，动植物、青铜玉雕、松竹梅菊、莲花草虫都可作为题材，追求写实性和装饰性，或写实写意兼而有之。用浮雕、镂雕、捏塑、堆塑、泥绘等手法表现，达到美和实用的统一。以树瘿壶、东陵瓜壶、松竹梅壶、鱼化龙壶为经典。有些壶，仅在壶的的子、壶嘴、壶把上用写意的雕塑装饰，或在口、肩、腹部用夔纹等青铜纹样装饰，也属花货。

章：影片重点表现了朱可心"报春壶"的诗意欣赏、蒋蓉"莲花壶"的荷塘清趣和以"竹"为题材的各种造型的壶，用特技逐格摄影手法，表现出竹园的春色。

顾：筋纹器取材于花果。只是更具装饰化和规范化，把花的瓣、果的筋囊表现得更加精准，筋纹流动有致，深浅和粗细的变化都在精准的规范中。菱花壶、合菊壶、菊蕾壶为经典造型。

章：影片表现了以菱花壶为代表的工艺，由青年艺人拍摄镜头，意蕴紫砂工艺后继有人。

顾：紫砂造型，我以为有形、神、气三个关键。三者融会贯通了，作品就成功了。形即形状样式。神即壶的意韵、情趣和神态，如国画的气韵生动，是壶的生命力。气即壶的气质，让人在使用中获得美感，赏心悦目。紫砂壶往往一个设计一种样式一次只做几把，这就是以稀为贵了。

章：影片以较大的篇幅表现了紫砂壶各种经典造型及其不

同的制作手法，重点介绍了黄玉麟的觚弧壶寓圆于方，顾景老的汉云壶舒展自然，谢曼伦的竹节壶工艺精湛，周桂珍的北瓜提梁壶虚实空间的审美意趣。通过各种造型、工艺、实用关系，阐述了紫砂壶以稀为贵的道理。

陈鸣远

顾： 我十分景仰陈鸣远。陈鸣远是清初康熙、雍正年间杰出的紫砂艺术大家。据吴骞《阳羡名陶录》载，陈鸣远喜和文人学士交往，文人收藏家争相邀请他。他的作品，可与三代古器并列。他在和文人收藏家交往中，看得多了，视野开阔了。他传承了明代争奇斗艳的传统，大胆创新。无论几何形类，还是自然形类，随心所欲，得心应手。作品与时大彬不相上下。他造型能力强、古文功底和书法功力极好，东陵瓜壶就可说明一切。

东陵瓜是什么瓜？典出何处？没有文学功底的，无从知道。司马迁的《史记》、郦道元的《水经注》和刘伯温的文章都写到过：汉代人召平，秦始皇时封为东陵候。他品格很高，甘于安贫乐道。秦朝灭亡后，当个布衣，在长安东门外，也叫青门外种瓜，很甜美，人们就叫它为东陵瓜。唐诗中也有东陵瓜的诗句。

陈鸣远很仰慕召平的人品节操，用香瓜形制壶，刻"仿得东陵式，盛来雪乳香"壶铭，见其心迹。此壶藏在南京博物院。陈鸣远的壶铭，还可以看到他的书法有多好，同时也可看到他的制壶技巧已达到巧夺天工的境界。

邵大亨

顾：邵大亨，清乾隆晚期上袁村人。我也出生在上袁村。从我学艺时临摹他的掇球壶开始，直到现在，我一直把邵大亨的传世之作奉为圭臬、作研究的经典范本，探其堂奥，悟其真谛。

大亨性格耿介，技艺卓越。他传世之作，一扫陈鸣远之后日趋繁缛的宫廷习气，回归紫砂本质，素面素心。追求器形朴质、大气、洗练、雄浑。追求形式和实用的完美结合。看着养眼，用着养心，体现出器形和材料赋予的美感。

我揣摩和临摹过他的传世之作，大度的气质、完美的形式、适用的功能、超凡的技巧，令人印象深刻，一生受用。作品体现邵大亨已达很高的艺术境界。

邵大亨是一位威武不屈、富贵不淫、贫贱不移、秉性刚烈、情趣野逸的壶艺大家。清末的县志记载着，他宁可坐牢也不给贪官做壶的故事。表现了他的艺术气节和高尚的人格。

陈曼生

顾：陈鸿寿，号曼生，清嘉庆年间书画篆刻家，西泠八家之一。他的艺术主张："不必十分到家，时见天趣。"他是文人书画篆刻家涉足壶艺并产生巨大影响的第一人。从他的艺术主张看，选择杨彭年作为合作者，也是必然的。可以说，"曼生壶"的诞生，是他和杨彭年一代艺缘的成果。杨彭年技艺并不十分出色，但由于有陈曼生写刻壶铭，造得曼生壶，成就了杨彭年在紫砂艺术史上的地位。因而我说，这叫"壶随字贵，字依壶传"的现象。

陈曼生是在诗文书画篆刻上有相当影响的艺术家，他进入紫砂远比其他文人要深得多。他的印章、书法、诗词、铭文、刀法、样式等，给紫砂壶带来了书卷气。他的壶铭，集诗词、书法、篆刻、茶道、壶艺于一体，促成了紫砂文化和茶文化融合。可以说，曼生壶是陈鸿寿在文学、书画、金石学之外，又一艺术形态，影响深远。

有把曼生壶，石瓢款式，书刻着"不肥而坚，是以永年"。底款是他刻的"延年益寿"印，壶铭和底款，切壶切茶。书法和镌刻，斩钉截铁，妙不可言。赠你一纸我亲手拓的墨拓存玩。

曼生壶的创作，还有江听香、郭频迦等陈曼生的幕僚参与壶铭撰写和镌刻。如同国画，曼生壶铭追求文化内涵，追求诗、书、画、印有机结合，追求陶刻的书卷气、金石味，丰富了陶刻的表现力，提高紫砂艺术的审美境界。陈曼生最大的功绩是把紫砂壶从民间工艺地位，推进到人文艺术范畴。使曼生壶同他的书法、篆刻、绘画，完全处于同等的艺术地位。

章：影片用特技镜头表现了赵之谦题"合欢"二字的清代壶盒、盒中的曼生合欢壶自壶盒中移出展示，配以解说"壶随字贵，字依壶传"。此壶借于沪上藏家，由顾景老鉴定后摄入影片中。

紫砂陶刻

顾：紫砂壶的装饰，以陶刻艺术最具民族特色。紫砂陶刻通过刻陶者手中的刀，用不同的刀法，表达中国书画的美。如果分析来看，执刀如执笔、入刀如入笔，中锋直入。行刀如行笔，一波三折，提按转折，快慢顿挫，类同笔墨。偶用侧锋，刚柔相济，增强表现力。陶刻高手，往往也是书画高手，表现淡淡的一抹远山，刀刃浅浅一刮，干净利落。

　　章：电影摄拍了老艺人在花盆上以刀代笔刻写二王风格的行书，中锋直入、行刀转折徐疾、提按顿挫、遒劲洒脱。表现了毛国强运用侧锋刻出一抹远山和几点远帆的浅刻薄刮刀手。

　　刻坯时有两种方式。一种是先着墨后刻，充分表现笔墨意趣。一种是完全以刀代笔，凭空镌刻，坯体上不落墨，直接用刀表现书法绘画，富有金石味。山水、花鸟、人物、青铜纹饰、金石文字、汉砖瓦当，均为镌刻题材。所刻内容，切壶切茶，这就要求有诗词曲赋、书法绘画的修养。

　　紫砂陶刻的绘画技法，受近代海上名家任伯年等画风影响很大，用刀吸收笔法，崇尚书写性，画面点线刻划，有韵味。还研究出用装饰土加釉彩上色渲染，更具国画效果。

　　章：电影摄拍了许多化妆土加彩釉上色渲染的陶刻花鸟画，具有任伯年小写意笔墨色彩神韵。

　　顾：装饰效果的需要，刀法也很多，常单刀、双刀、顺刀、逆刀、冲切拖划点刮，阴刻阳刻留墨刻，陶刻高手到了有法而无法层面，刀为我用。

　　章：电影摄拍了许多珍藏的紫砂器陶刻装饰和历代名家题壶之作和当代陶刻家谭泉海、毛国强等以刀代笔、各种刀法表现书画的镜头。运用特技电影逐格摄影技法，在十几秒时间的长度之内：借沈汉生先生之手，从入刀开始，直至刻完一幅《梅雀图》，最后落款完成，形象地表现了以刀代笔、一气呵成的韵味。

实用功能

顾：紫砂陶是实用工艺品，它和纯艺术不同，除了审美功能外，还有实用功能。因此，实用性和欣赏性同等重要。民间生产的紫砂器，如紫砂厂外加工的"乡坯"，也就是低档产品，以实用为主。乡间壶手农闲之时，在竹林深处，悠然自得地做一两款神仙壶、洋筒壶。完全手工，成批生产满足农家田头实用的大茶壶。

章：顾先生和吴震陪同我们，找到一户竹林深处的农家，由一位制作乡坯的农妇摄入镜头，近处制壶，院中一村姑捧洋筒壶坯晾晒，一只放置田埂的洋筒壶，镜头升起，山坡上，一望无际的茶园，采茶的姑娘们在劳作。

顾：紫砂厂大批量的产品，是实用工艺品，用上千种传统的造型，成批量制作生产，满足群众日常之用。虽然是实用工艺品，同样需要实用性和欣赏性有机地结合。

真正能成为紫砂艺术品的，是具有艺术造诣的工艺美术家创作、制作的作品。现在紫砂厂特艺室，就承担了这个任务。艺术紫砂器，它的实用功能同样重要。和任何艺术一样，内容与形式要完美结合。紫砂壶的实用性就是泡茶，壶是"内容"，形式就是造型。实用功能和造型美感要高度统一。手感上要温润舒服，视觉上要美轮美奂。

紫砂陶，是介于瓷器和陶器之间，现在有研究者认为，它可称为"炻器"。我觉得还是称紫砂陶好，最具本质意义。电影片名可用《紫砂陶》，以求准确。紫砂陶在约一千二百摄氏度高温下烧成，紫砂泥的特性决定了它烧成后，具有一定的气孔率、吸水性和透气性。刚烧成时，外表没有灵气，使用时间久了，经常用湿布揩净壶身，手掌触摸，壶身会有包浆呈现，越用越有灵气。

紫砂壶的造型也和实用密切相关。不同品种和类型的茶叶用不同类型的壶。红茶是发酵茶，适合闷，用小口的高壶泡红茶最好，闷出的茶汤香醇。绿茶未发酵，用大口的扁壶适宜泡绿茶，可以保持茶汤碧绿清莹，一闷即黄，可惜了。

章： 影片专门用这段文字当作解说词，配上高壶和大口扁壶，表达了不同造型的壶有不同的使用功能。同时介绍了紫砂的吸水性、透气性，以及和其他陶瓷相比较的直观镜头，向观众展现和普及紫砂壶实用知识。

顾： 一把久用的紫砂壶，壶内有茶垢形成，俗称很厚的茶垢为"茶山"。不放茶叶，冲入开水，也有淡淡的汤色和茶味。此壶如果长期不用，壶内难免有霉味。最好的办法是冲入沸滚的开水，倒干，速投入冷水，如此几次，霉味就消除了，壶也消毒杀菌了，可继续泡茶。紫砂壶不会因冷热变化而生裂。

你知道茶能醉人吗？有副古联"茶亦醉人何必酒，书能香我不须花。"书香茶醉是一种生活境界。三杯极浓的功夫壶，可以把人喝醉。闽南潮汕人，好饮功夫茶。南国蕉荫之下，一只小炭炉，一把小茶铫，一盒乌龙茶，一套功夫壶茶具，二三知己，煮水冲泡，淋壶加热，内闷外热，将填了大半壶的茶叶，泡出浓苦的茶汁，龙眼杯喝两三杯，十分消渴，减少出汗。

章： 为了拍摄这组电影镜头，顾先生亲自准备了功夫茶具、乌龙茶、木炭、瓦炉、火夹、葵扇、水铫等，取景惠山公园芭蕉林下，并由顾先生亲自示范了功夫茶泡制的整个过程。手法娴熟，使人大开眼界。

壶即艺术

顾：我十分自信，我的紫砂作品，就是艺术品。在三四十年代，我的一把砂壶，可和齐白石老人换一方图章。也可与任何同代的大家如吴湖帆等交换画作。我的壶艺作品和他们的书画作品一样，具有同等品位和艺术价值。同样，江寒汀、唐云、来楚生等书画艺术家也欣赏我的砂艺，互相合作。

章：顾先生的一把石瓢壶拍卖最高价已经突破2300万元人民币，咏梅茶具经历沧桑，几度易主，流落海外，如今悄然回归，更是拍出了2870万元天价。顾壶已经成为国之珍宝。

顾：紫砂壶创作和中国绘画一样，追求气韵和韵味，而紫砂高手的作品，有的灵秀隽永，有的浑厚大气。繁有繁的趣味，简有简的沉雄，各有其艺术魅力。如我见过圣思的《桃杯》，构思巧妙，技艺精湛，艺术感染力极强。而邵大亨经典的掇球壶，实用简洁大气，极具精气神。

有的造型追求舒展流畅，嘴和把似天然生成，如汉云壶蕴藉朴素和清丽。有的造型在功能上做文章，如北瓜提梁壶，实用的提梁，赋予造型以张力，提梁加大了作品的空间和气势。提梁的造型又须和不同壶身融为一体，如东坡提梁壶、竹节提梁、玉璧提梁壶等空间气势变化得体，丰富了提梁壶的语言魅力。

章：经先生提议，影片用周桂珍的北瓜提梁壶作为提梁壶范例，表现实用的提梁在虚实和空间上有加大气势的审美意趣。引导观众欣赏东坡提梁壶和各种造型的提梁壶。

顾：来楚生在"文革"中，送我一本册页，一面十二幅，画的全是山水，另一面画的全是花鸟，是他的精品力作。你看，有多精彩！没几天，他带信说："现在我的画被列入上海'黑画'展，这册页现在千万别露面。"他的画被打成"黑画"，那时候，没有道理可讲。他刻的"景舟制陶"一印十分随意，我喜欢。

郑板桥有一首题砂壶诗："嘴尖肚大耳偏高，才免饥寒便自豪，量小不堪容大物，两三寸水起波涛。"很有诗意。这首诗对于壶的造型，描述得十分具体，是类似球鼓形双耳提梁壶，完全可以做成一把又美又实用的壶。

章：根据这首诗的诗意，顾先生在电影摄制期间，设计并制作了板桥提梁壶，底款用"壶叟"一印。由谭泉海用板桥体书写并镌刻此诗，壶与诗，意韵粲然，相得益彰。这件作品，是诗和壶、壶与陶刻高度融合。拍摄电影镜头之后，不知何因，这把为一个镜头而创作的板桥提梁壶，此后从未出现在任何紫砂展览和画集之中。

紫砂雕塑

顾：这是新中国成立以来取得很大发展的领域。自古以来出了陈鸣远、圣思等擅长雕塑的壶艺大家。但是，作为雕塑艺术主体的紫砂人物雕塑，它前无古人，现在的紫砂人物雕塑，已经发展成为一个完整独立的艺术门类。

自从徐秀棠进了中央美院跟张景祜先生学习泥塑之后，以他扎实的绘画基础、坚实的造型能力，突破了"泥人张"民间泥塑的框架，吸收了古代人物雕塑和西洋雕塑的造型技法，塑造了许多具有独立审美价值的紫砂雕塑作品。

秀棠的《张旭》《雪舟学画》《萧翼赚兰亭》《观音》等作品，不但形准、结构准、雕塑语言的表达流畅，而且富有美感。他的作品，还充分运用了紫砂材料之美。紫砂雕塑还会有很大的发展，以满足人们审美的需要。

章：先生简约地论述了紫砂雕塑，果不其然，徐秀棠创作了大量的优秀雕塑作品，造型之生动，艺术语言之丰富，成就之高，十分令我佩服。最了不起的，是徐秀棠开创了独立的紫砂雕塑门派。而影片则以一组运动镜头表现《雪舟学画》《萧翼赚兰亭》《观音》《张旭》等紫砂雕塑，给观众带来审美的感受。

跋　语

此篇采访笔记辑录，断续整理，花了几个月的零星时间。由于采访时还没有便携式录音机，根据笔记整理，先生亦早已作古，不可能再作审定了。当年我们在毛家老宅论谈紫砂的年代，"文革"刚刚过去，还属"产品""新产品"的特殊年代。因此，那时先生"论艺"，已具超前意识，尤显其可贵。当时采访还涉及诸如临摹、创作、鉴定、花盆，装饰手法涉及浮雕、泥绘、绞泥、堆塑、捏塑，以及注浆成型试制等，限于篇幅，不作整理。

癸巳中秋初稿
甲午新春定稿于海上龙华谦斋时年七十有三

又跋：又过了十年，甲辰岁次顾景舟师一百一十华诞将至。此文还是比较完整地阐述了先生壶艺精论。即使对广大的紫砂爱好者，也还是难得的一篇好文。八十三岁翁小记于山海居鲍尊轩。

后记：此文获"百年景舟"征文一等奖，2015年10月，征文集

《百年景舟》由中国文联出版社出版。作家徐风先生写作《布衣壶宗：顾景舟传》时将本文列为参考文献，撷取了有关章节原文以及有关内容。

情缘的纪念

——景舟大师命题《撷秀湖山图》三记

顾景舟先生是二十世纪最杰出的紫砂艺术大师，一百年出一位紫砂泰斗，是这个时代的骄傲。他已成为一个时代的代表，成为巨匠，成为他所推崇的陈鸣远、邵大亨之后彪炳紫砂史册的壶艺大家。今年（乙酉）九月初十，是他九十周年诞辰。谨以他生前命题嘱画《撷秀湖山图》的一些往事琐记来纪念他的诞辰。

一

一九九三年八月十八日，景舟师在暑热难耐、阴雨连绵、气压低且老年慢性支气管炎频发的情况下给我来信，信的最后一段写着："恳为我画山水中堂，现悬之镜框尺寸是151×82厘米，但我还有个奢求，（若真为蓬荜增辉）我喜设色明亮一些，取景旷远一些，因敝舍正面对荆南山，门前一泓水，以取"撷秀湖山"之意，不情之请，实厚望焉。"来信时，我却远在香格里拉藏区的白玛雪山下，风餐卧雪，拍摄《凤山鸟会》电影。直到在泸沽湖完成拍摄越冬的黑颈鹤镜头回到上海，已是岁尾了。对于顾老的命题嘱画不敢怠懈，以我生活跋涉过的武陵源为素材，作《撷秀湖山图》。我知是年顾老七十九岁高龄，画完时已是甲戌新春，正好可作他八十华诞的贺礼，款题"景舟大师八十华诞大庆，作此武陵源胜景致贺"。景舟师是性情中人，果将拙作悬挂中堂，配以陈曼生楹联，令我激动不已。先生一生交结了诸多书画大家，尤其在"文革"中，与来楚生先生成生死之交。他竟然如此看重我这个晚辈的拙作，是我始料不及的。虽然我不能相待于顾景老左右执弟子之礼，但这幅拙作，却朝夕相伴他走完人生的历程。

我也十分感激顾燮之弟与弟妹，至今仍将此画悬挂于中堂，使我到此如又见景舟师，在这个环境中，仿佛先生仍然与我用心灵在诉说着心底里还没有说完的话，继续着在毛家老宅昏暗的斗室中论艺。

二

十个暑去冬来，时间已是二十一世纪的第三年。以传统和公元纪岁，甲申和乙酉两年都是顾老九十岁诞辰。我想，先生的弟子们、当今的紫砂艺术家们会以他们的方式去纪念的。而我是紫砂方圆之外的学生，我只能用我的念想去纪念。从二〇〇三年初春起，我以顾景老给我的命题，再创作一件作品，历时一年，直到二〇〇四年甲申初春完成通景山水册页一部，用这种方式表达我用心的纪念，纪念自一九七九年为拍摄《紫砂陶》电影而建立起长达十八年的我与先生亦师亦友的缘。不期葛陶中来电，转达景舟大师九十诞辰展组委会和徐秀棠兄的盛情相邀，参加了紫砂艺术家们为顾景老举办的盛大而隆重的纪念活动。是夜，我为徐汉棠、周桂珍、高振宇等壶艺大家展示我的纪念作品。我的杭执行老师的同门师兄、中国工艺美术大师徐秀棠为画卷首页题了"撷秀湖山"。在卷尾我的跋文后，海上篆刻大家、西泠印社副社长高式熊先生亦欣然题词"壶之缘、画之意。景舟大师九十诞辰，以谦作大师命题纪念"。这是我跨越十年时间用心对景舟大师的纪念。

三

景舟先生与我亦师亦友十八年，而葛陶中在先生身边执弟子礼十八年。一九七九年，那是个百废待兴的年月，我为拍摄中国唯一的一部有关紫砂的电影《紫砂陶》，打听到我一直怀念的高海庚兄。是他推荐顾景老当我这部电影的艺术顾问和指导。顾景老给我介绍了他工作室中的弟子们，指着葛陶中说："这是我最年少的徒弟，是向沈蘧华要来的，到工作室不到两三个月。"十八年中，当我多次问候先生、聆听先生论艺时，陶中总在一旁沏茶续水，默默地微笑。他为人敦厚、学艺严谨，深得先生壶艺三昧，先生十分器重他。顾景老一九九三年台湾之行，陶中弟贴身照料，尽弟子孝道，做先生助手。

纪念活动期间，陶中为与恩师的情缘，嘱我作一幅画，我欣然应允，以六尺横幅又作了《撷秀湖山图》惠赠他作纪念，纪念顾景老与我和他的情缘，所题的长款中记述了自癸酉顾景舟大师命题嘱画到这幅巨制创作的缘由。这是有着特殊意义的纪念。

乙酉九月初八于龙华听枫阁

后记：此文发表于《江苏陶艺》季刊 2006 年第 1 期，入编《紫砂研究》，2007 年 12 月由上海古籍出版社出版。

生活、艺术、科学

——观大足石刻

雨中一幕

三月春雨,把川东的山山水水染上了一层嫩绿。

在蒙蒙的细雨中,我们乘车前往石刻之乡——四川省大足县。将要到达县城了,在南山的盘山公路上,雨雾中的南山石刻,连同那些千百年来和它相伴的苍松古柏,隐隐约约地映入我的眼帘。汽车到了山顶悬崖下,我仰首直望岩壁上的石窟,南山石刻在眼前清晰起来,一瞬间,车飞驰而过,石刻又隐入雨雾中了。虽然只看到如此一眼,但是,这"雨中一幕",俨然如一场戏的序幕,把我带进了石刻之乡的正剧中。

几个月的时间里,我们探访了大足石刻中很多分散的石刻区,看到了像珍珠一样的艺术品,嵌在那些偏僻的山野上。看到了大足石刻中两处最大的石刻区、全国重点文物保护单位:北山摩崖造像和宝顶山摩崖造像,它们交相辉映,组成了著名的大足石刻。

有一天,我们乘着一只小船,在西南大山里的水库中行了两个多小时,到石篆山石刻区工作。在山巅佛会寺古迹四周的悬崖上,看到了很多石刻龛窟。特别是单龛造像的春秋战国时期的巧匠鲁班雕像,让人觉得亲切。鲁班形象古朴,身材高大,着一双草履，一套工匠的服饰。他手持角尺（这种角尺，近代木匠还称它为"鲁班尺"），腕挂剪刀。他的弟子跟在后面，挑着称、斗、扫帚。从这座雕像看，鲁班已成了木工、泥工、铁匠、裁缝师傅等"天下百工"的祖师爷了。在佛教石刻艺术中，直接塑造了单龛的我国历代劳动人民所敬仰和歌颂的能工巧匠的像，据说是很少见的。

像石篆山这样刻有一两千身雕像的石刻区，在全县境内有几十处，都是刻在当时通往大足县城的几条通路上，在到达大规模的石刻区前，这些小规模的石刻区，总是不断映入眼中，引起了人们去观赏更加宏大的大足石刻艺术中心——北山和宝顶山的兴趣。

在宝顶山四周二三里许的地方，也有高观音、松林坡、广大山、对面佛等分散的石刻分布点，看到这些石刻，就让人觉得宝顶山就在眼前，转过几道山湾，古柏参天，寺宇庄严，石刻摩崖规模宏大的宝顶山就在眼前。

这些先入眼中的石刻区，像"序幕"，引人入胜。

幻想与现实

北山，距城北五里，周围十二峰，峰回路转，山势起伏，犹如一条卧龙，又名龙岗山。幽深的山谷，茂密的水竹，清澈的山泉，构成了绮丽的山村小景。青崖古塔，互相掩映，二百九十多个石刻龛窟，成"一"字形地"陈列"在山岗之上。据碑文记载，这些石刻龛窟开始雕造于晚唐景福元年，一千多年来，石刻长期裸露于风雨之中。新中国成立后，政府在摩崖上建成了一里长的沿山长廊，妥善地保护着千年珍品。

北山的晚唐雕刻，仍然保持着盛唐造型的遗风，但它们已摆脱了外来的影响，向民族化、民间世俗化发展。如那个持莲花、戴金冠的胁侍菩萨，形象丰满胖硕，袒肩露臂，披着薄纱衣带。浅浅的阴刻刀法，把薄衣轻纱随着丰满而圆润的肌体起伏而变化的韵味，表现得十分得体，大有"曹衣出水"的笔意。她那悠闲自若的神情，与其说是"菩萨"，倒不如说是唐代的宫廷仕女了。

晚唐最杰出的雕刻之一，是"观无量寿经变"了。这是一龛描写宗教幻想中的天堂景象的浮雕。龛高四米，宽二米多，上下三层，内外三面，三百多个人物，数十种场面，结构十分严谨，琳琅满目。边框浮雕刻的是佛经中的一个故事：瓶沙王夫人韦提希，被她的儿子阿阇世幽禁在七重殿中受磨难，在绝望中，她祈求佛降临。经过十六种冥想中的艰难考验，感动了佛，释迦佛降临在她的前面，她抛弃身上披戴的贵重的装饰品璎珞，举身号泣。佛为她指出无忧无虑的去处。无忧无虑的去处在哪里呢？就是边框里面龛中刻的天堂景象：琼楼玉宇，宝树栏楯，云中飞鸟，空中天乐，飞天在朵朵云彩中起舞，众人在莲花池中划船赛舟，……这是幻想中的世界。

然而，人们所看到的幻象，却是以人间现实为依据的。所谓的"琼楼玉宇"，刻的是唐代的亭台楼阁、宫殿寺宇等建筑，屋宇建筑的式样达数十种之多，连那些建筑中衬景的栏楯，也有四十多种。这是我们研究唐代建筑珍贵的资料。那"天乐"，把我国几十种民族乐器如箫、笙、鼓、钹等都刻得十分真实。没有现实中的建筑，哪来的"琼楼玉宇"？没有现实中的乐器，哪来的"天乐"？那些人物场面，就更是人间的风俗画了。

幻想，不过是人们借助于想象的翅膀，把神和现实统一起来的一种手段而已。

观音、神灵、人

月夜，微风拂拂，疏淡的竹影婆娑。一个美丽的少妇身佩珠饰，臂挂飘带，临水背月坐在水边岸上。她一足下垂，像是浸在水中，另一只却高翘在岸上，搁在膝上的那只手，抚弄着衣带。仿佛有粼粼的水波，将月光水影反映在她的身上荡漾开去，……这位凝思的年少妇女是谁呢？她，是宋刻的"水月观音"。

在月光之下欣赏"水月观音"，她那姿态是多么的潇洒，她那神情是多么的自然。

观音，大足石刻中都塑造成美丽的女性形象。但是，在唐以前，多以男子的形象出现，"挺然有丈夫之象"。敦煌壁画中有的观音还是长着胡子的呢！到了唐代，为了迎合善男信女的心理愿望，开始流传着观音变成美女解救人间苦难的传说。《释氏稽古略》中就记载着观音化为马郎妇的故事。观音的形象也就渐渐地被刻画成女性，体现她的"慈悲为怀"。《释氏要览》中说，自唐以来，观音就被刻画成"工笔皆端严柔弱"的妇女形象。

"水月观音"，是因为她身后被雕成背光圆月，足下刻水纹图案而称的。

北山宋代石刻，尤其令人喜爱的是仅高米许的"数珠观音"。

"数珠观音"头戴花冠，两手自然地搭在胸前，却生生地斜依在石壁前，身段窈窕，侧身微笑，一对深深的小酒窝，神态媚人。腰际间微带曲侧，在宁静中显出轻微的动势。披在身上的裙带凌空飘舞，配上蚌壳状椭圆形背光，像是在大海中乘风飘移，整座雕像形成一种柔和的韵律感。细细看来，她又如一个倚在柴门上观赏着眼前的景色、憧憬着美好未来的少女雕像。她是刻得那样的风雅、娇怯、妩媚，当地的群众称她为"媚态观音"。

她再也不是那种令人敬畏的神灵了！

这些从人间现实生活中升华而来的形象，是古代匠师精神所寄托的理想中的形象。但是，那种梦想摆脱的苦难生活，依然如枷锁一般，被封建统治者用来牢牢地套在雕刻匠师和下层劳动人民的身上。

繁简、粗细、动静

艺术的对比，是产生艺术感染力的重要方法。从宋刻的"心神车窟"中几尊观音菩萨上可以寻觅出很多带有艺术规律的艺术手法。

普贤像雅美、修长、腴润，她盘腿坐在白象背的莲台上，微微前倾，目光向下，面部表情温柔中略带傲慢。体现她既高高在上，又亲切慈祥。她的下侧，刻着一个体魄强健，形象粗憨的"牵象奴"，两个形象形成了鲜明的对比，使得普贤的理想性格更加突出。和普贤像对称的文殊像，则显得丰满、温和、文静，她坐在一尊怒吼的青石狮背上。文静温和的文殊，把异常凶猛的野兽作为坐骑，配上粗犷雄伟的"狮奴"，互相对比，互相烘托，使人感到文静中寓有强大的威武。这种动与静、粗与细，对比强烈、矛盾统一的构思，是很有独创性的。

据说文殊是十分善辩的。北山还有一幅巨大的白描线刻的《文殊诣维摩问疾图》，是用北宋四川人物画家石恪白描图阴刻而成的，和宋代大画家李公麟白描的维摩诘十分近似，线条的疏密对比，流利而挺拔。

文殊像外侧的"玉印观音"，脸庞俊美，刀法细腻，凑近一看，下嘴唇却是由几块几何形小块组成，十分概括，使轮廓更加鲜明。可是，这和脸部细腻的手法很不协调。

六臂观音，肌肤显得十分白净，像是有弹性。为什么会产生如此光洁的艺术效果呢？原来是古代匠师用了对比衬托的手法，把头上戴的花冠和胸前披的璎珞纹样刻得很繁细。细密的图案与脸和手臂互相衬托，使得肌肤更加光洁了。真可谓"疏可走马，密不容针"。花冠璎珞，繁密绮丽，却是繁而不琐，华而不俗，恰到好处。

在这些以娴熟、雄快、利爽、准确的刀法所雕成的石刻中，我们看到了古代匠师高度的艺术修养和非凡的艺术才华。这些带有规律性的艺术手法，是值得我们学习和珍惜的宝贵遗产。

小佛和大佛

大足石刻几万尊雕像中最小的一尊佛像，是北山"观无量寿经变"龛中的小佛，高不过一寸。佛像虽小，形体比例还是十分舒服的。

宝顶山大佛湾《九龙浴太子》图像旁的"释迦涅槃像"，是大足石刻中最大的雕像，也是我国最大的佛像之一。

这是一座卧佛，长达三十一米。释迦佛侧卧，他的十六个弟子在祈祷他的"圆寂",云中天女在恭迎他归天。古代匠师将三十一米长的东崖,只刻就大半身,下身插入南崖的岩石之中,好像安卧在帐幔之中。下身虽然"虚"到南崖岩石中,但是给人的感觉是完整的。这种虚中见实的大胆的构思,突破了原有的三十一米岩石的物质条件的限制,给人造成远远超过三十一米长的印象。加上其旁刚出生的释迦太子小儿像,仅约半米高,衬托之下卧佛就显得"伟"而"大"了。这种一虚一实,一大一小,显然是煞费了一番心血的。

最富于幻想色彩并天衣无缝地解决了艺术和科学统一的,是释迦佛腰际间升起的一缕香烟。

卧佛的上部崖顶,是三十多米长、前伸四五米的巨大崖石,厚约三米,这样巨大的崖顶靠什么东西来顶住它,使它和卧佛像免遭损毁呢?古代匠师巧妙地结合"涅槃"的主题,刻了一座香炉,香烟袅袅而上,化作一朵祥云,直接崖顶。云中刻着九个迎接释迦佛归天的天女,肃穆自然。这朵祥云,向外突出二米,形成一朵"云柱",使得崖顶中部有了坚固的支护。

参观的人们往往只被如此巨大的雕像所吸引,但一经指点,便也觉得这承托处是其妙无穷的。

洞天砥柱

艺术的变化是无穷的,古代匠师在建造石窟摩崖的时候,发挥他们的创造才华,开凿了很多既保护艺术的完整性,又巧妙地进行建筑力学处理的优秀的作品。

身高七米的"华严三圣"像,刻成略为前倾的姿势,很适合人仰视的透视效果。头部的花冠,直顶崖顶,"顶天立地",

支住了前伸三米、长达二十米的巨大崖顶。二菩萨双手前伸一米二,手捧佛塔。经计算,双手和石塔重达千斤,之所以经久不坠,是匠师们雕刻了接地的袈裟斜垂到地面,把重力引到地下,起到支撑的作用。

北山"心神车窟"的洞顶,是一层约五百立方米的巨石。匠师们在洞的中央刻了座砥柱般的"转轮",呈八角形。上下两轮由八条形态多变的小龙柱连接,活像一只镂空的"花鼓筒"。"转轮"的边沿上刻着数十个形态生动的儿童游嬉小雕像,捉迷藏的、钻荷花的、爬栏杆的、学牛羊抵角的,生动有趣。"转轮"底部刻着一条云游在"须弥山"中的蟠龙,它的爪子十分有力地托住"转轮","转轮"的上面直接窟顶,刻着彩云的浮雕。可以设想,假如简单地在洞中竖一巨柱,那会是怎样地大煞风景!

雕刻师伏元俊设计雕造的孔雀明王窟中(匠师伏元俊为窟中铭文刻的),处理的手法又别具一格。

金碧辉煌的孔雀明王窟,中央部位刻着孔雀明王金身圆雕像,三面石壁刻着富有图案味的一千尊小佛像,成为主像的陪衬景物。

孔雀明王高高地坐在雀背的莲台上,孔雀站立地面,尖尖的雀嘴横刻,贴在莲花座上,既增加了动态的变化,嘴又不易损坏。脚边缀以山峦云气,形成一个稳固的基础。巧妙之处还在孔雀的尾巴上呢!孔雀尾在明王身后高高地翘到窟顶,既当作明王身后华美的屏风,增添了富丽堂皇的气氛,又成为一洞的支柱,起到托住窟顶沉重的岩层的作用。

这种内容和形式结合、艺术和科学融合在一起的设计处理,就是在现代建筑艺术中也有其重要的参考价值。

山泉、水滴、阳光

水，有着巨大的破坏力，天长地久，滴水可以穿石。我们也曾见过，由于那细细的渗水，有的雕像就被侵蚀殆尽。

古代匠师充分看到水的破坏力，在设计雕造宝顶大佛湾时，十分注重对水的处理，并在有些作品中加以利用，变成了不可缺少的艺术成分，更有艺术意境。

大佛湾处于宝顶山的山间深谷中，三面山上的流水和雨水流向谷中，尤其是上游的水源不断，对石刻区的危害就更大了。

大佛湾石刻由十九组内容各自独立而又互相连续的巨型浮雕所组成，南、东、北三面摩崖连在一起，形成了五百米长的巨幅画卷。在雨天，我们曾几次沿着摩崖观过雨景，不用带伞，崖下淋不着一滴雨。坐在离石刻四五米远的石栏杆上仰望，只见十多米高摩崖石刻向前倾斜三十多度，崖顶向外伸出足有七八米远，崖顶上的雨水顺着崖檐，滴到几米外的山谷中去了。

坐在石刻摩崖前，远看山前山后烟雨迷蒙，静听崖顶谷底雨声沥沥，有一种说不出的乐趣。没有古代匠师如此周密的设计，不要说观看雨景了，就连这五百米长的雕刻画卷，恐怕也难以保存得如此完整。

古代匠师在上游山泉流入大佛湾的自然流水口中，充填截流，雕出"九龙浴太子图"。涓涓泉流从石龙口中有节制地吐出，洒在坐在盆中沐浴的释迦太子身上，流入图前石砌的半月形池中，再由池中流入石砌的水渠"九曲黄河"，从谷底泄水。导引山泉，喷浴太子，给石刻雕像增添了盎然的生趣，产生出独特的艺术意境。

"九龙浴太子图"的上游山谷,形成了一个"水库",湖边古树成荫,东山十分奇特的倒塔——一座塔基朝天、上大下窄的石塔,塔影映入平静的湖面,给整个宝顶石刻区增添了湖光山色。

走进"园觉洞",使人感到十分幽静,在幽静之中,又听到"淙淙"的滴水声,静穆非常。

这样干燥的洞中从哪里传来滴水声呢?莫不是洞底暗泉作响声?

"园觉洞"是大佛湾最大的洞窟,刻有十二尊统一而富有变化的菩萨,洞壁上刻着粗犷的山峦云气、亭阁花木等装饰图案,与主像融为一体。在山峦中刻有一个托钵的僧人,托着石钵。钵的上方刻了一条在云气中游行的石龙,龙口张开,水滴从龙口滴入钵中。意想不到水滴声竟从这里发出。

原来是古代匠师巧妙地处理洞壁渗水的设计。用暗沟引渗水流到石龙的口中,向下滴入僧托的钵,然后水从钵内顺着托钵僧身体内的暗沟,流入地下暗沟排出洞外。

"园觉洞"原是光线阴暗的深洞,古代匠师在洞口上方开凿一个"天窗",凿壁借光,阳光可以顺着"天窗"直泻洞中。"天窗"开得很小,角度和大小看来是经过严密的选择的。"天窗"小,可以保持洞内幽静的意境,阳光射入洞中,一束强烈的光照到一尊雕像上,使它和周围的雕像之间产生丰富的明暗层次,更能增加洞天佛地的气氛。

古代匠师在水、声、光、力诸方面的运用和构思中,因地制宜地利用地形地物,创造出很有意境的作品,在千百年前就达到这样的成就，是难能可贵的。

宗教中的苦难

宗教中的苦难，是现实生活中苦难的曲折反映。古代匠师以凝重的笔法，在"地狱图"中刻画出他们所熟悉的下层贫苦人民的形象和悲惨的生活情景。

"寒冰地狱"中，两个骨瘦如柴的贫苦农民，衣不遮体，饥寒交迫，紧缩头颈，两肩高耸。一个咧开大嘴吸着冷气，一个咬紧牙关瑟瑟发抖。裸露的身躯筋骨，紧咬的面部肌肉，一双粗手紧抱两臂，聊想取得一点温暖，所有这些具体的刻画，使人感到"寒气袭人"。像是两个做长工打短工的穷汉在雨雪交加的严寒中觅不到活路，栖身于街头屋檐下。

如此逼真的艺术形象，竟被雕刻匠师带到宗教气十足的"地狱图"中。

烈火烧身，灼痛难忍，一个在火坑中挣扎的受苦人，那只劳动的手，十分粗壮而有力的手，被烧得变了形，正在护着身背。这是"火床地狱"中的雕像。

一对瞎眼的夫妇，正互相扶着，在摸索行走，像是一对流落街头的盲人乞丐。这是"黑暗地狱"。

所有这些，都是雕刻匠师把他们所熟悉的下层人民悲惨的生活和痛苦而贫困的形象，在宗教题材中表现出来。对于我们认识封建社会人吃人的社会制度和阶级压迫，仍有它的作用。

特别是那一对瞎眼夫妇的处理，他们那失明的眼睛，引起我们不断的想象，并用这无限的想象去补充我们的感受，使我们感受到"黑暗"的效果，感受到生活中的苦难。由于它是采用含蓄而写实的手法，它的艺术感染力，正是靠人们这种补充去不断丰富的。

生活、细节、情趣

生活，是艺术家进行创作的唯一源泉。只有那些从生活中提炼出来的有血有肉的作品，才有艺术魅力。

大足石刻，不仅从现实生活中提炼出很多人的形象，塑造了很多人格化的观音、菩萨。最可贵之处，还在于雕刻家们不顾宗教教义的藩篱，把现实生活中丰富而又变化的事物，把下层人民对美的理想、愿望带到宗教题材中来，创造出很多反映下层人民生活、具有浓郁的生活气息的作品。"养鸡女"和"牧牛图"，是这一类雕刻中最有代表性的作品。

清晨，一位穿围裙挽高髻，形象健康、美丽的养鸡女，躬身将竹编的鸡笼拉开，鸡从笼下挤着钻了出来，她愉快地看着这些刚出笼的鸡群，脸上浮起怡然自乐的微笑。两只鸡在笼前争啄着一条蚯蚓，这更是一种富有戏剧性的细节描写。整座雕像形成了一种优美、抒情、明朗的氛围，十分富有诗意。

但是，这"养鸡女"却是宗教教义中所要打入"地狱"的人，所以她也被刻在"地狱图"中。人们看到这样甜美而宁静的生活、这样热爱劳动的健美农家妇女，又有谁相信她会被打入"地狱"呢？

有一天，我们在宝顶山西侧的另一条山谷下，发现了一座不见著录、从未被人介绍过的渔翁雕像。由于雕像被孤独地刻在偏僻的石坡上，长期在风雨中裸露，有严重的风化。大体形象还是清晰的：一位穿短衫的渔翁，腰带上挂着一只竹编的鱼篓，一手扶着鱼篓插子，鱼篓口上爬出一只肥美的螃蟹。这简直是可以和"养鸡女"堪称姐妹篇的雕像，真是一幅很有情趣的"渔翁捉蟹图"。

"牧牛图"，由十个情节组成，是展现在人们面前的田园诗般的长卷。

穿着蓑衣的牧人在吹着牧笛，一个牧童听得入神，情不自禁地拍手相和。

在明媚的阳光下，一个牧童敞开胸怀仰天长睡，一只俏皮的小猴在树丫上倒挂下来扯弄他的衣袖，也难以把他从睡梦中唤醒。

两个诙谐可笑的牧童正攀肩搭背耳语，不知因为什么有趣的事引得他们喜笑开颜。

牧童们或牵牛，或训牛，或攀山，或挥鞭。十头牛奔跳的，慢走的，昂首的，回眸的，舐草的，静卧的，临泉饮水的，十个牧童十头牛，前呼后应，相互穿插，动作多变，生动自然，富有诗情画意。值得一提的是十个牧童，其服饰、衣着、发型、形象、姿势没有一个雷同。

这些粗野豪放、天真爽朗的艺术形象，有趣的乡土情调，明快而抒情的艺术节奏，构成了一曲情景交融的牧笛山歌。这是雕刻匠师献给牧童的颂歌。

在宝顶山大量的表现社会生活、家庭生活的作品中，"养鸡女"和"牧牛图"可称杰作了。我国著名的雕塑家刘开渠同志给我们的信中说"大足石刻的特点在宝顶"，是十分有道理的，尤其作品中浓郁的生活气息，更是其最鲜明的特色。

顽石生辉

在长长的历史画卷的末端,匠师们停笔了。残留下没有雕完的十大明王像,斑斑凿痕,像是要告诉人们:巧夺天工来之不易啊!

据专家们考证,大佛湾开凿前,先开凿小佛湾,小佛湾是"蓝图""草稿"。在小佛湾石室的条石砌成的殿壁上,的确有些与大佛湾内容相同,形似草图的小石刻,如小佛湾的十大明王像就只有约三十厘米高,而大佛湾的十大明王像中的几尊胸像,都是三米多高的巨制。这些"蓝图"的存在,为说明怎样从小样到大样的雕像,提供了有力的证据。或许是古代匠师在放大的过程中因为战乱的兴起而火速停工,留下了十大明王没有雕完的石刻。这些都是探索和研究雕刻过程、雕刻技法的珍贵材料。

其中最主要的一尊明王像,全身高约六米,头像已经刻得十分精细,连朝上竖起的头发都是一丝丝的,纹理精细,一丝不苟。但是朝上伸起的两臂仅刻成大体,细细的凿痕历历在目,十分明显,还未经过精雕细琢。而胸间的双手则更粗糙,是用斧凿凿出的大块的粗坯。胸下的腰部和下身两腿,还只是作为轮廓的石槽呢!脚的左右,就只有凿得很平的崖面了。

从这里,我们看到了雕刻匠从开崖凿槽,经过粗打成坯,再经过千百次雕琢,千锤百炼,付出艰苦的劳动,才将这冰冷的顽石变成了栩栩如生的艺术形象。

看到这些流利的凿痕,仿佛听到开山凿石的斧凿叮咚声在山谷中回荡，如一组铿锵有力的交响乐。声音中有明快、有沉闷、有悲愤、有欢乐，血汗和智慧交织在一起，连续响了七十年，突然停止，鸦雀无声。

大足石刻的兴起，是在晚唐以后。由于连年战乱，当时我国北方的石窟艺术已渐衰落。可是，大足石刻却以它精美的雕刻艺术，严密的总体布局，独特的艺术构思和带泥土气息的浓郁的生活情趣为特色，发展到了一个新的水平，为我国艺术史增添了新的光辉的一页。

这些流利的凿痕，使我们想到一个真理：劳动创造了艺术。

大足石刻，是我国古代劳动人民创造的灿烂的文化艺术，是祖国瑰丽的珍宝。

己未四月

后记：应散文家、《随笔》主编、广东人民出版社副社长苏晨先生约稿而创作此文，发表于《随笔3》，由广东人民出版社1979年10月出版。上海人民广播电台"文学欣赏"节目于1979年11月全文配乐朗诵播出。

当时的"大足石刻"缺少人员经费，在荒山野岭中少人问津。"文革"之后，1978年我们摄制的电影《大足石刻》向海外全面介绍了这座佛教艺术宝库。改革开放后，成立了大足石刻研究院，进行研究和保护。现在是我国"世界非物质文化遗产"之一。

2015年5月，大足石刻经典之一的"千手观音浮雕像"观音主像及一千零七只手和眼，进行了研究性和保护性全面修复，重新贴金，历史性地再现了金光璀璨的巨大浮雕画卷。是这篇散文发表三十六年之后，新华社最新的新闻报导。

乙未五月于三门湾畔云岭山庄借山书屋

太夷先生墨宝作寿礼记

海上著名外科医师叶世会教授，是我的姻兄。近代大书家、同光体诗派巨擘郑孝胥先生是他的外祖父。古典文学家叶葱奇先生，是其令尊大人，叶公是著名的古文学派"安徽桐城派"最后的余绪和辉煌。他们祖孙三代卓越的艺术成就、深厚的古文功力和大医精诚的医术仁德，是我所景仰的。

郑公孝胥，字苏戡，一字太夷，号海藏。福建闽县（现福州市）人，清光绪八年举人。民国初年，寓居上海，筑庐静安寺附近南阳路，尝取东坡"万人如海一身藏"诗意，言其居所曰"海藏楼"，于海上鬻书自给。太夷先生和寐叟沈曾植、缶翁吴昌硕、南海康有为等书家，营造了民国初年上海书坛海纳百川、空前繁荣的奇特景象。他与于右任先生享有"南郑北于"之美誉。太夷先生书法一流，法度严谨，气韵生动，用笔开张有致，笔力坚挺爽朗。有清刚之气、精悍之色，浑厚松秀，气势激宕，体现出他深厚的六朝碑版的功力。他的书法，篆隶楷行俱精，楷书取法于颜真卿、欧阳询和苏轼三家而自成风格，名动海内外。

二十世纪末，我们在沪上拍卖而得一轴郑孝胥太夷先生书法，收藏了二十多年。这轴书法品相完整，民国旧裱，从墨色、纸张和印泥看，古穆旧气，可以看出是书于"海藏楼"时期的作品。从所署干支年款，可知存世将近百年，"甲子"即一九二四年。所书文字为《文心雕龙》精粹之语,粲然有神。

作品内容、款、印和尺寸,分述如次:

内容:凭情以会通,负气以适变,采若宛虹之奋鬐,光如长离之振翼。

款识:甲子冬日孝胥。

钤印:郑孝胥印(白文)、苏戡(朱文)。

尺寸:130厘米×30厘米。

这轴作品的书法艺术,我极欣赏。笔法的开张爽劲,力度的沉雄,会引起作书作画时联想和启迪。作品的内容,是对我衰年求变的教旨,使我心领神会。"会通""适变"亦即"通变",是必须穷极一生所追求的课题。对于中国诗书画印的优秀传统,学习、继承、融会贯通了,才能适应时代而变化创新。"笔墨当随时代",是对通变理论通俗的解读。人到耄耋之年,无论书画诗词,对"会通适变"的内涵理解得会更深刻一些:变则可久,通则不乏。望今制奇,参古定法。"会通适变"是书画创作大道之法,是这件作品的意义。

此作品可以传世,但在一些人的眼中往往是"金钱"。如若由太夷先生后人入藏,一件书法真迹,寄忆亲情,思念前辈。这远比由他人收藏,更具有意义和价值,因为亲情永远是无价的。

几十年来,在生活上、健康上、精神上,我们得到了世会兄、慧君姐无微不至的关心和爱护,尤其他们不顾高龄,登楼寒舍问医问药,赠送食物。从内心深处对他们感恩,又难以回报。

欣逢世会兄、慧君姐九十和八十寿庆,我和佩君两人,用郑公太夷先生这件墨宝真迹作寿礼，恭贺世会、慧君伉俪大寿之禧！并致以无上的礼敬和感恩！相信这也是这件作品最好的归藏。祝您们生日快乐，健康长寿！

匏尊轩主人谦谦君子同贺！漫记此文题曰《太夷先生墨宝作寿礼记》，留作纪念。

辛丑腊月初十八十一岁茶翁记于海上小斋

填　词

几位书画道友，问宋词的词牌和填词创作，很想了解，故简约地作些疏理，而成此短文，名曰《填词》作答。

填词有自主创作、借鉴创作、自度创作三种方式，需要作些大致的了解。

一、先说自主创作

自主创作一首有词牌的词作品，我们经常用"依谱填词"说之。创作过程是这样的：

灵感。灵感得自生活感受，也可以得自读诗、读词、读画、读美文而产生的感悟。促发创作词的欲望，即是灵感。随之而来的，就是选取抒发情感的题材，也就是要写内容想法。

选词牌。选择词谱中长调、中调或小令，确定正体或变体之一体。因为同一词牌如"洞仙颢"除正体三外，还有三十多个变体，字数长短不一，用韵多少也不同，需要确定一体。大多数词牌都有多体调式的。还有押韵或换韵的，都随词牌而规定的。当然也有仅一种词体的，如"鹧鸪天"，但在流传中，众多词家产生的可平可仄变化太多，也要取舍确定的。

选韵。选用什么韵字押韵？押韵也叫"叶韵"。有的词调只用平韵，或者只用仄韵，都得选择韵字的。选韵，一般选韵字多的，便于可选的词韵辞藻丰富，方便用韵。有的词牌规定只能用入声韵的,那么就选入声韵一个韵部。还有一些的词牌规定只用上声或去声韵的。相对而言,大多数词牌都是用入声韵的。另有少量的词牌平仄互叶、变韵等特殊用韵方式,如我们常见《减字木兰花》全词四字七句字式,八句八韵,平仄互叶和变韵,用韵奇特,不可不知。

　　填词。依谱填词,充分发挥自己的文笔水平。辞藻可素淡可华丽,情感或平和或激宕,手法或虚写或实写,抒情写意,依主题而行。如果碰到突破格律了,例定也似近体格律诗,凡五七句式,第一第三字可不论,其他分明即可。词谱格律中可平可仄,大多集中在这个范围,也有突破这范围的,依词牌变体格律就是了。实在碰到格律害意的,以词情和意境为主。例如毛主席的《蝶恋花·答李淑一》,作者也自知破格的,但为了意境,毛公直言就这样不改了而发表。成为《蝶恋花》一种变体。产生变体并被词坛公认者,往往是有极大影响力的大词家、一言九鼎的伟人,绝非凡夫俗子。

　　炼字定稿。在合乎格律的前题下,用字用辞用韵,反复推敲后定稿。一首词,从初稿到定稿,要几天,或者经月,甚至经年也是有的。当然,即兴应酬之作,可以速就的。事后,如若觉得尚可提升,再对谱,推敲文辞意境,力求格律和词意,完美体现。

　　词学,是一门专门的学问。何谓减字、偷声,何谓添字、促拍,何谓小令、慢词,何谓以入声代平声,何谓单调、双调,何谓换韵、叠韵,何谓双拽头三叠、四叠词,等等,需要大致了解,对作词大有好处。词学的内容很博大,可以从阅读相关典籍和专门词论入手。《宋词大辞典》中有简明的分别门类论述。无论自主创作，还是借鉴创作，都是需要了解的。

二、再说说借鉴创作

运用他人的一首诗、词、曲、赋，或美文，或自己的诗词旧作，作为借鉴和启迪的文本创作新词，这是绝对可以的，大致有以下的方法。

步韵、和韵之法。

步韵或者和韵，只限于词。前提是借鉴的这首词要合乎格律规范。于是，依它的平仄句读格式，严格步原韵，或者和其韵填词。步韵，原词中每一个韵字照用不变。而和韵，只依原韵之韵，用同部同韵相和，完成自己创作的新词。

隐括之法。

用他人的诗、词、曲、赋，或者自己的旧作，作为借鉴的文本。用这作品的意境或佳句，重新建构，拓展词意、丰富内涵和辞藻，进行再创作，全新构成一首新词。这种创作方法，在词学上称之为"隐括"。

剪取之法。

古人偶用，今人不见。此法为剪取两种词牌之前后段连接，另成新调，用同韵填之，另成新词。如《暗香疏影》，就是《暗香》和《疏影》各剪一段，连接构成新调，再填词。又如《南乡一剪梅》，剪取《南乡子》和《一剪梅》，重构新调，用韵填词。最终成为词牌词作，流传千年。

见到一首好诗词，心有所悟，产生启迪和灵感，无论是步韵、和韵填词，还是用隐括之法创作新词，这都是最常见的借鉴好诗词进行再创作的方法。可以借词而作，也可以借诗而作，还可以借美文而作。仔细品读体味，是会看出借鉴诗词文赋的影子的。

借鉴创作偶用的"剪取"之法，创新调、填新词，在宋词的演化中，是真实存在的，也流传下来一些经典词牌和作品。在现当代，还没有看到今人运用的实际例子，也许有，只是我未曾见到而已。倒是现代流行歌曲的"串烧"演唱方式，有这种"剪取"之法一点淡淡的影子。

一首古典式词，无论是用文言、白话或是用半文半白的语言文字呈现的，都是有词牌的。唐五代词、宋词、金元词、明清词，传到现在，有近千种词牌。清代康熙朝，《钦定词谱》，较全面辑入了千种词牌和各种变体，是词坛公认的权威工具书，沿用至今而成为经典。还有清代万澍编著的《词律》亦有千种词牌，《白香词谱》介绍了百种比较常见的词牌，也是公认的填词很实用的工具书。词韵典籍当推《词林正韵》，分为十九部。新编的《辞海》辞语分册附录有词韵十九部。历代的词集、词话、词论，也是学词写词的典籍。如果完全脱离词谱词律和词韵典籍，是无法作词的，即使是其中的自度曲，词家也会阅读运用的。

三、最后说说自度曲

自度曲，是一种自创调式，亦存在几种方式，可作些了解，以便参考。

度曲填词。

宋词，原本是可以歌唱的歌词。故有词家先自度曲子，再依曲调作词。也就是先作曲，再作词，作曲作词一人完成。如吴文英的《高山流水》是他在文友处雅集，为主人家善操七弦古琴的歌伎即兴度曲填词的，歌伎抚琴歌唱，曲调词韵很美，后来广为传唱而成经典。这种自度曲在千种词牌中占有一定比例。从唐代的教坊曲、曲子词开始，经五代到了宋代空前繁荣，在南宋时期，达到顶峰，成为可和唐诗比美的——宋词。这和许多词家，既是作曲家又是作词家的贡献是分不开的。

有词牌名的自度曲。

宋词到了成熟阶段之后，歌唱方式渐渐地远去，慢慢地成为文学样式，是诗词文体。不少词人虽然不会作曲度曲，但精于文词音韵和词体调式的研究，或自撰词调文体，或请人度曲再填词，大量创作这类自度新调，纂辑付梓成集。由于所作之词兼文采焕发，可读可吟，成为文学作品而流传。大多由作者用词作中精粹之语作为词牌名。或者在流传中，由传承者冠以词牌。《词谱》中有许多关于词牌的来历的诠释，往往注明是谁自度的。这类自度之词数量极其可观。它在宋词演化过程中，占据了很大的比重和分量。

《自度曲》。

还有一种近似于微型散文的自度曲，自出机杼，不依词牌，不冠曲名，由作者自由构成，字句长短组合，成为韵词。这类词只冠以《自度曲》。这是一种不拘长短，不受束缚，十分自由和随性的词风。

清代文人金农，字冬心，有深厚的古诗词功力。他曾赴京城举博学鸿词，不第。在他的传世词作中，有大量的《自度曲》而较少传统词牌的词作，这是十分有趣的文化现象。

金农的自度曲，作词随意而为，不受格律束缚，自由自在，词句沿用长短之句构成。因情而作词，因境而歌吟，抒发心中意境和情绪。文雅与趣味，郁勃而清新。金农自度曲用韵也很自由，或一韵到底，或平仄韵互叶，成为别调而流传至今。金农辑成《冬心先生自度曲》一卷，最长的一阕十七句八十六字，最短的是仅三句十三字的《自题梅花矮卷》："雪一枝，玉不如，风亭小立数花须。"词韵十足，比《十六字令》还短。冬心先生每每自度曲完成，便会教家童弹弦吹管，婉转而歌，或赠友，或题画。这是"扬州八怪"书画家的创新韵文，影响了其后的书画界。金农自度曲，究其本质，还是在宋词的范围之内。他的自序云："鄱阳姜白石，西秦张玉田，亦工斯制，恨不令异代人见之。"也说明了这一点。这是文人词客玩得很到家的创作和创新方式。

当代书画界有识之士，提倡"文墨双修"，提升自我学养和襟怀，效法金农《自度曲》，形成自撰自题书画的新现象。用自度曲作书题画，清趣雅意自生，提升了书画作品的书卷气。这是一种文化的回归，有极大的发展空间，值得提倡。可惜的是，在当代浮躁的社会和文化环境下，还没有真正形成"文墨双修"的氛围。许多书画家不敢大胆触碰诗词文学，造成诗文学养和修为的欠缺。故一些作品，虽然打着"文人画"的旗号，但作品所具有的气息，与真正的书卷气，相去甚远。这就是古贤大家倡导"诗书画"兼修，要从画外、字外求书卷气的道理。

我们在宋词格律、词学和调牌声韵的学习和研究中，经过创作实践，会逐步深入宋词堂奥的。关键是要真正地下一番功夫。做学问，没有捷径可走。

　　学会填词，是一种享受，会带来很大的乐趣，使人乐在其中。生活在诗词的境界里，使人散淡而充实。就精神层面而言，这就是诗意人生。

辛丑夏初稿壬寅春修改定稿八十一岁翁谦者

序、跋短文八则

听涛是品茶诗意

一壶茶，品人生沉浮。一芽一世界，一叶一菩提。绿水青山，瓦炉煮茶，壶里乾坤，龙腾凤鬻，飞觞畅怀。故茶乃可看、可闻、可品、可听之灵物。听茶为一境界。声动波翻，壶泻涛响，是为可听，诗之意境也。郑燮板桥题画诗云："量小不堪容大物，两三寸水起波涛。"即是"听涛"诗意。记啜茶心语几言题《听泉煮茶图卷》前。

丁酉春七十六岁叟以谦

跋《神游甲午岩》

余观名山游记，纵其文笔高妙，处处精到。然于语言文字之间，使人想象，终不得其面目。不若图之于纸上，则其山水之幽深，烟云之吞吐，一举目，皆在可观、可游、可居而得以神游其间，胜于文者也。春夏之交，于海上闭关五十余日，心澹澹而静寂，卧游吾台山海，千崖玉界，渔岛仙乡。漫写奇岩礁石，梦回故乡遣怀，是名神游焉。抒情而放笔，不拘于写景写意间，随情而书写，着意造境，而得此荒拙苍茫意境。气韵自生，脱尽甜俗习气。得意忘象，随手变化，不见痕迹，直到荒率地步。寄情于海山，作神游，是为跋。

壬寅初夏写于沪上龙华八十一岁翁以谦

跋《渔岛云帆归》

山水之道，有造境、写境二法，各臻其妙。造境者追求章法之气势，烟云之回环。川壑起伏，空灵绵密如将军布阵，千军万马，适用于大场景之画。写境之法着眼于笔墨趣味，基于丘壑而不拘于形似，随心所欲，纵情放笔，直抒胸中块垒，写心中逸气。写景之法适用于案头小品之画。对山水家而言，两者不可偏废。造境之气势壮阔，写境之简约凝练，一管退笔尽情而挥写也。故谓造境写境相互依托，亦相互转移，往而复始，写出心中山水。长卷山水，尤见造境与写境融合之重要。手卷山水含有小品和大画两种要素，运用得当，方臻完美。使作品充满生生不息之生命气息。跋《渔岛云帆归》图卷。

八十一岁翁以谦于海上龙华

《帆鼓晨潮》诗跋

海山如画千崖奇，帆鼓晨潮泛海时。仙国桅樯船埠近，涛头归棹碧波宜。溪流通海成渔港，羁旅神游惜赋辞。诗意人生留画迹，相看岛脉腾逶迤。

甲午礁岩雄峻姿，剑峰苍石水云随。白帆归棹乘潮泊，朱霭晨霞山海奇。航道还看波浪静，六鳌遥望带烟移。寄情百里渔家好，玉界千崖美在斯。

壬寅春夏，上海封城，足不出户六十天，闭关修心，神游山海，调节元气。挥毫濡墨，焦拙荒茫，写得《帆鼓晨潮》之卷，因吟两律聊增故乡"云水长和岛屿青"诗意。

八十一岁翁以谦吟跋

题《家在山海间》

庄子曰，天地有大美不言，万物有成理不说，天地大美、万物成理即乾坤之道。故山水作家以自然为宗师，进乎道而抒发胸臆。外师造化，中得心源，直追乾坤清气耳。使逸笔草草，境界开阔和天地对话，与山川交流。悟天运之道而心骛八极。写山川神秀两寄情龙湫。笔笔相生，枯润相济。写心中块垒，境界自生。吟题。

《高山流水图》词跋

吾台海门白井头为徐元白和徐文镜先生故里。徐氏兄弟系民初著名书画家、古文字学家、古琴大家。以浙派琴宗和镜斋十二琴铭名震海内外。两先乡贤同拜杭州云居山照胆台释大休上人门下，得浙派古琴精粹，卓成大家。元白先生客杭州勾山里，文镜先生在香港买地建海表琴台，亲自斫制十二张古琴制琴铭刻于琴上，公诸琴坛，扬我华夏徽音。

二〇一三年癸巳之夏，吾赴雁荡山写生，途中寻访海门徐家旧地，听元白先生《西泠话雨》，心生感慨，依宋代四明鄞县词人吴文英自度之曲《高山流水》填词纪念：

素桐微妙起圆通。揉丝弦、袅向苍穹。潇洒送清波，山光水色空蒙。沉吟处，绿叶花红。西泠桥，亭上飘来细雨，滴翠莲蓬。坐风荷曲院，碧水动凉风。

琴中。家乡有西子，徽不绝，羽觞清宫。操一曲瑶琴，畅忆照胆疏钟。望云居，常想大休艺德，鹤唳孤松。恁禅音化雨，弦上意相融。

高山流水，知音之经典也，蕴意无穷，亦喻琴音之高妙。如写翰墨，则喻山高水长之意境也。

壬寅正月八十一岁翁以谦作跋于沪上

《逐梦赋：中国美院一九六〇级同学美术作品集》序

且夫岁月留痕兮，当忆艺院西湖。仰望大德先贤教授兮，不忘园丁沐育甘澍。为梦想，我们负笈杭城，为梦想，同学走到一起。同窗少年，英俊聪慧。才情勃发，奋楫进取。五湖四海任放飞，苦乐自知经风雨。蹉跎年华过去了，六十年后再相叙。闻莺馆里同学会，回首往事多唏嘘。昏昏灯火话平生，草草杯盘供笑语。居然不忘那时逐梦之初心，依旧还画那时摊开那张纸。回首南山校园四年打基础，记得青葱年少勤奋苦读书。名利早放下，画卷展徐徐。今值非常灾时日，却是同学佳作汇集时。瞬间灵感翻新意，传统今朝境界殊。戎马生涯豪情在，成就事业有建树。璀璨七彩霓虹笔，水墨五色丹青谱。中西融合兮，争奇斗艳。浩渺意境兮，心爽神舒。古稀耄耋绘新图，鹤寿振翅如鹏鷔。噫也哉！乘风而飞舞，追梦成短赋！是为序。

庚子二月于海上龙华

跋《高山流水图卷》

先秦之时，楚国俞伯牙善鼓琴，钟子期善听。伯牙鼓琴，志在高山，钟子期曰："善哉！峨峨兮若泰山。"志在流水，钟子期曰："善哉，洋洋兮若江河。"伯牙所念，钟子期必得之。凡贤人之德，不在富贵贫穷，有以知之者，是为知音也，无论琴家或樵夫者也。高山流水之典故，蕴含人之间相知贵在知心。喻为知音者，难逢也。唯知音难得，故云：得一知己足矣。

　　高山流水亦喻琴由之高妙，徽音弦韵，操缀流畅，微妙圆通。或悠悠含蓄，或酣畅奔放，古雅致极如天籁。如入诗意绘画之境，寄意高山流水，得造化之真趣耳。一百位山水画家有一百种高山流水之意境，各臻其艺术境界。沉寂其心，翰养笔墨，走向山川深处，同时进入心灵深处。探幽微，穷神变，以气化形，以情造境，写心中山水，与天地精神相往来，此乃山水之道也。

八十一岁翁书跋于上海徐家汇

画谈三则

浅谈山水画的三重境界
——画谈之一

王国维的《人间词话》中三重境界之论云:"昨夜西风凋碧树,独上高楼,望尽天涯路。此第一境界。衣带渐宽终不悔,为伊消得人憔悴。此第二境界。众里寻他千百度,蓦然回首,那人却在灯火阑珊处。此第三境界。"

受此启迪而联想,山水之道,亦有三重境界。简言之,即是"写生、写意、写心"这三重境界。可谓是山水画创作的不二法门。

写生境界。

写生是源于生活,走向大自然之境。明唐志契《绘事微言》云:"画山水者,看真山水,极长学问,便脱时人笔下套子,便无作家习气。"写生是山水画家笔头生活重建与大自然之间的联系,是磨炼技巧的好方法。尤其是宣纸水墨写生,是对传统和自然的信仰,通过景物取舍和笔墨调整,呈现出绝对的感性形象。石涛所谓"搜尽奇峰打草稿",通过写生,直面自然,师造化,这是初心,可谓山水的第一境界。

写意境界。

作者通过不断地写生,看山读水,认识山川真气,把握山水性情。得其性情，则山性即我性，山情即我情。天地为师，传统为师。师造化，师古人，"读万卷书，行万里路"，才能"中得心源"。将山川之美，化为笔墨之美，以意写之。诚如孔子所言："立象以尽意。"笔墨纵横自在，体现"写意"精神。使作品达到诗意升华，这是山水的第二境界。

写心境界。

中国山水画与西洋风景画最大的区别在于，写情写意写心，写"心中山水"，而不是再现自然风景。中国山水境界，是畅怀写心，直抒胸臆。以点线为出发，以笔墨为语言，以中国哲学观为思考，运用"写境"和"造境"相结合的创作方式，表达心中大美。至此境界，则笔随心运，逸笔草草，老笔纷披，得生率荒茫神韵。写心中山水，与天地精神相往来。此时，已经是"不知我之为山水、山水之为我了"。山水的写心境界，即是内美大气、天人合一的境界。

我行我素，我写我法，写生、写意、写心。行到水穷处，坐看云起时，我心悠哉。

八十一岁翁写于上海徐家汇

造境与写境
——画谈之二

山水之道，其法有造境和写境两种。

造境者，追求章法之构成气势和烟云之回环绵密，有实有虚有深有远，如将军布阵、千军万马、山重水复，开阖多变，适用大场景巨幅。写境者，着眼于笔墨趣味，基于形而不拘于形，心随笔运，写胸中逸气，简单的一两个开阖，适合案头小品。此二法，不可不知。

造境与写境，虽作用不同，对于山水画家而言，却都是手头要法，需要得心应手，两者不可偏废。造境之虚实深远，大气萦回，亦是笔墨营造的。而写境是在造境中感悟而生成简约凝练。故云：如无造境能力，何谈写境。能造大场面，必能写小品。造境与写境，互相依托，亦互相转移，往而复始，最终画出好作品。

山水画家只有集造境和写境的方法于一身，方得山水之道。使主观精神与乾坤清气交融，意境迭出，使作品充满生命力。

跋《雁荡山荆溪图卷》于沪上徐家汇壬寅正月八十一岁谦者

山水画境界论
——画谈之三

中国山水画有意境之论。山水家须极力营造意境，即"境由心造"也。山水之道即哲学之道，乾坤清气，生生不息，变化无穷，画者每每追求之。求若何？外师造化，中得心源之意境也。

吾以为，山水意境可分为几种。

其一，空灵之境。

世界原本真实，而绘画者却从真实感受中，得到空灵之境，从了解天地山川真实本质入手，用感觉去判断世界虚幻和空灵。即使画得极塞实，亦须留些许空白，以见空灵，此乃塞实黑密处通气的气眼。"实景逼而空境现"，实处有虚，虚处有画，谓之空灵之境。

其二，诗意之境。

山水画强调写意，强调表现心中山水。追求诗意，要有书卷气。这种诗之意境，并非单纯是技巧技法所能营造的，须在画外求之，要"读万卷书，行万里路"，关乎学养、文化、生活和诗书画印全面修养和积累，方臻此境。

其三，生拙之境。

造化之美，美在神秀清新。笔墨之美，美在生拙苍茫。山水画笔墨之美，贵有浑厚华滋、巧拙相生、焦润相融、率真随性。追求"干裂秋风，润含春雨"之气韵，进入"老笔纷披""人书俱老""返璞归真"境界，此境即道家所言"大拙若巧"也。

意境营造，道为本、技为末。然技亦不可不精。以技御道，以文载道，诗意自生焉。于是乎，发自内心，寄于笔墨，拙涩苍润，恬淡自适，能得浑厚苍茫、清韵悠远的意境。

当然，意境是需要观赏者参与的，只有观赏者产生了共鸣，这意境，才得以最终完成。由于观赏者审美水平不同，所感受到的意境也是不尽相同的，读画者的文化学识和修养，决定了他的审美层次和境界。

读杜甫题赠广文馆博士郑虔诗，得佳句："台州地阔海冥冥，云水长和岛屿青。"撩拨乡愁，心生画意，勾皴点染，得《云水长和岛屿青》图卷，心中有悟，作此短论。

辛丑正月八十一岁翁于上海

鹧鸪声声

——忆顾景舟师海上寄寓和"鹧鸪提梁壶"创作

一九八三年早春，那年顾景舟先生六十九岁。人生之中，他又遭遇逆运，老伴徐义宝患重病，陪伴她求医于上海肿瘤医院。其时，家中经济并不宽裕，为节省费用，经同乡、亦是紫砂盆业余爱好者周圣希帮助，借住在淮海中学。不久，他便托淮海中学学生陈勇带口信给我。因我出差在湖北广济外景地，待回沪后去看望先生时，他已住了半个多月。先生告诉我："得同乡周圣希老师帮助，已经安顿下来。每天早晨步行去医院探视老太婆，还方便的。"

早春的上海，有点早春寒。先生原先借住在门房间的休息室，太阴冷。有幸得到生物老师顾国栋的帮助，住进了他管理的淮海中学植物房。玻璃顶植物房暖和多了，也安静，就成了顾景老生活和活动的地方。

顾国栋老师为人敦厚本分，乐于助人。他们原本互不认识，没想到顾景老竟和他成了莫逆之交。由于师母的病况，先生内心十分沉重。人在艰难和逆境之时，心情压抑。由于代沟和处事方式差异，先生和燮之之间发生了分歧，用先生话说："钉头碰铁头"，以致父子俩时有争执。家庭琐事是无所谓对错的。顾国栋老师在两代人之中，经常充当和事佬的角色，为先生化解了许多困扰和精神上的烦恼。顾国栋淡泊人生，没有任何企求，热情帮助始终如一，真君子也。这期间，先生还得到老友戴相明先生的关心和帮助。事后，先生用鹧鸪壶回赠了周圣希和戴先生。景舟师是一个性情中人，总觉得无以回报顾国栋而一直记着这位老师。直到晚年，先生曾经多次通过陈勇，热情相邀顾国栋来新居小住一些日子，以报知遇之恩，最终因顾国栋老师相谢而未果。先生唏嘘不已，真乃"人到无求品自高"，而先生本要"滴水之恩当涌泉相报"的。

在植物房安顿下来后，每日探视师母回来，先生内心沉重，也有些寂寥。这时，周圣希老师有学习紫砂盆制作技艺的愿望。高海庚兄也想到让先生用做壶来化解无聊、分散压力。周桂珍到上海探望先生和师母时，带来了一些紫砂泥料和几件简单的工具，让先生用创作来暂时排解沉郁悲凉。不几天，先生向周圣希示范了一些小型盆的基础技法。

我也希望先生能用自己的艺术来减轻精神的压力。先生说："在这里，一切做壶的起码条件都没有了，只能因陋就简，也不知道能做出什么东西可留下借住此处的记忆。"

淮海中学是用竹篱笆当围墙的，植物房紧靠竹篱笆。篱笆外是一条泥路，先生每天早晨都走这条泥路去医院。路下是一截遗存的小河湾。河岸上一溜排着十几株粗大的老柳树。河上有座小木桥，桥那头是天钥蔬菜队的菜地和叫姚屯湾的小村庄，村屋和菜地四周有许多柳树、槐树。校园里也有一些林木。时不时地，会在树林间传出几声"咕咕咕咕，咕——"鹧鸪的鸣叫声。想必先生也会听到的。鹧鸪是江南地区的留鸟，在江浙一带十分常见。我去看望先生，从科教电影制片厂围墙外经过菜地，走过小桥，就到了淮海中学，制片厂就在菜地的南边。

我在这里生活了五十多年,早春时都会听到鹧鸪叫。现在这里变成南丹东路和天际花园高层建筑群,连淮海中学也消失了。然而,鹧鸪声依旧,早春季节时有所闻,也许和徐家汇、龙华一带园林繁茂有关。

先生让我借《词综》给他消遣。见面时,除了询问病人,我们谈得最多的,是艺术和茶文化。先生告诉我:"宋词中有'鹧鸪天',宋代的茶盏也有'鹧鸪斑',还有一种古代名茶,也叫'鹧鸪斑'的。"词牌和茶盏我是知道的,不知道还有此名茶。

其时,先生已经开始做提梁壶了,我并不知道这壶叫什么。只觉得,他那时情绪低沉,对于治病,流露出一脸的无奈。

陈勇下课后,喜欢往植物房跑,他是一位极具好奇心而又好学的少年学生,是我同事的儿子,先生很喜欢这位小友。有许多琐碎杂事,都是交给他去办的。短短的三个月中,陈勇看到顾景舟先生将一团紫泥敲打拍捏,在花盆架的水泥板上,用只木工刨床和几件竹片、铁片之类工具,七敲八抟,竟做成了紫砂花盆和茶壶。简直神奇极了!先生的创作,无意之中激发了这位少年的艺术梦想,如同一粒种子植入他的心房。陈勇初中毕业后,考入了美术电影动画专业,从此,开始在艺术道路上跋涉。先生和陈勇成了忘年之交。长达十多年的交往中,相见甚欢,无话不谈,一老一少,其乐融融。他们的友谊,一直延续到先生大限之时。先生在淮海中学三个月寄寓生活中,能得一位老师和一位学生为友,虽萍水相逢,殊胜因缘也。

许多年后,我才知道这提梁壶,名为"鹧鸪提梁壶"。也读到了底上的刻款:"癸亥春,为治老妻痼疾就医沪上,寄寓淮海中学，百无聊中，抟作数壶，以纪念命途坎坷也，景舟记，时年六十有九。"后来，又见到潘持平先生的文章，顾景老告诉潘先生取名"鹧鸪壶"的原因：一是抽象的形似，二是取一种名茶叫"金缕鹧鸪斑"之意。从潘文中也读到用辛弃疾《菩萨蛮》"江晚正愁余，山深闻鹧鸪"来诠释先生创作时的心境。读到时，先生已驾鹤西去，离开我们好几年了。

"金缕鹧鸪斑"这种名茶，在宋人陶谷《茗荈录》中有"缕金耐重儿"条目："有得建州茶膏，取作耐重儿八枚，胶以金缕，献于闽王曦。"宋僧惠洪《与客啜茶戏成》中有"金鼎浪翻螃蟹眼，玉瓯绞刷鹧鸪斑"。玉瓯当是青瓷越盏，亦有称琼瓯的，用茶筅绞刷的鹧鸪斑，应是叫鹧鸪斑的茶了。

后来发现宋人吴曾的笔记《能改斋漫录》有记："豫章先生少时尝为茶词，寄《满庭芳》，其后增损其词以咏建茶云：'北苑研膏，方圭圆璧，万里名动天关。碎身粉骨，功合在凌烟。尊俎风流战胜，降春睡、开拓愁边。纤纤捧、香泉溅乳，金缕鹧鸪斑。相如，虽病渴，一觞一咏，宾有群贤。便扶起灯前，醉玉颓山。搜揽胸中万卷，还倾动，三峡词源。归来晚，文君未寝，相对小妆残。'词意益工也。"豫章先生就是黄庭坚。词中的"金缕鹧鸪斑"就是名茶，十分巧妙入上片尾句而押韵。《全宋诗》收录此词。近来又读到明代常州黄履道《茶苑》卷十八、清代佚名的《茶史》诗余部分，辑有黄山谷年少时这首词，稍有几处文字差异。

"金缕鹧鸪斑"为宋代研膏茶无疑。欧阳修《归田录》云："茶之品莫贵于龙凤，谓之小团，凡二十八片重一斤，其价值金二两。然金可有，而茶不可得，……宫人往往缕金花其上，盖贵重如此。"米芾的《满庭芳·咏茶》有句："密云双凤,初破缕金团。"也佐证了这种名茶。读了潘持平兄文章后,为诠释这种古茶名,我开始留心寻找相关资料,几年时间中,如大海捞针,终有所得如上述。而先生随手拈来作题,足可证明顾景老的博学和强记了。

就我所见,和对顾景老的为人和学养的了解,我以为"鹧鸪提梁壶"创作,是由以下的几方面因素促成:

其一,师母徐义宝患重病,先生年近古稀陪同求医,当时的心境凄苦而无奈,精神负担极其沉重。恰是这种处境,触动了寻求精神寄托,做壶就是一种寄托,诚如"自古好诗出悲苦"。

其二,当时寄寓的环境是寂寞的,时不时地能听到几声清绝哀婉的鹧鸪声。尤其是早晨去医院途中,或傍晚静寂之时闻之,更触动心绪凄凉。也可以说,当时的环境激发了灵感。

其三,先生的古典文学和茶文化修养极为深厚,一旦有创作灵感闪现,就会产生一种意境,借题而表现之。用鹧鸪为题,符合当时的心境。

其四,他的紫砂艺术,无论题材和构思、情感和意境、造型和技法,达到炉火纯青、澄怀观化之境,已经不在乎条件的简陋了。"鹧鸪提梁壶"的创作,就是杰出的典范。

这几方面的因素,决定了"鹧鸪提梁壶"是倾其心血的寄情之作。这壶先生后来又做过几把,亦有艺术家在坯上题字,那是后话了。

这篇短文,做了顾景舟先生海上寄寓和制壶旧事的钩沉。大凡经典之作的诞生,是有它特有的人文背景的。我以为:一位紫砂艺术家，用他的大美之作来冲刷心中悲苦。用诗的意境来寄情。在最简陋的条件下创造了最洗练而又富有壶艺魅力的传世之作。就此境界，这在中国紫砂艺术史上是绝无仅有的。

顾景舟先生是壶艺大家中的文人、文人中的壶艺大家，他代表着一个时代的紫砂艺术高度。如同他所景仰的和高度评价过的时大彬、陈鸣远、邵大亨一样，在中国紫砂艺术史上，代表着紫砂的最高境界。五百年紫砂艺术发展史中，也只有顾先生才有资格和他们几位相提并论。因为，他在这个领域中达到了他们那样的高度，甚至超越了他们！他以自己毕生的努力、才华和学识，无私地贡献给他所热爱的紫砂艺术。这是我写完这篇文章之后，最大的感受和认知。

甲午是先生百年诞辰之年，谨以此文纪念紫砂艺术大师顾师景舟先生。

甲午新春于海上龙华谦斋完稿时年七十有三

后记：此文为纪念一代壶宗顾景舟先生百岁诞辰而作，入编《百年景舟》征文集，2015年10月由中国文联出版社出版。作家徐风先生写作《布衣壶宗顾景舟传》时，列为参考文献，撷取了有关章节原文，以及有关内容。

黔山灵石记

偶得贵州安顺岩溶石一峰，经千万年雨水浸蚀而成。此石跌宕多姿，孔窍天然，皱皴突变，有龙形起伏，凤羽凌云之势。瘦皱漏透和岁月沧桑集于一石，堪称灵奇。洞壑通灵，玲珑剔透，不沾不滞，无碍自在。道悟乾坤，洞达世事，大化无痕，得圆融境界也。

石瘦者，峻峻清瘦，卓尔不凡，与清相依。文人喜石瘦、竹瘦、神瘦，铮铮风骨，坚贞凛然。

皱者，皱皱苍茫，皱法无常，气韵生动，充满节奏。如入画，浑然生趣，可以发思古之幽情。

漏者，漏谓天游。天游者何？儒家言，上下与天地同流者。道家言，浑然与造化为一，乾坤大化也。艺家言，外师造化，中得心源也。

透者，玲珑剔透，开启思绪，世事洞达，可谓空透，入悟禅心。严羽《沧浪诗话》中曰："大抵禅道惟在妙悟，诗道亦在妙悟。"

石有孔洞，即为漏透。故有洞少可漏月、洞多可锁云之说。孔洞之间，清气生焉。

对于诗家、词人、艺匠而言，世间万物都在一个气中，沉浮于大化洪流之气息，融自我与万物为一体。此时此刻，已不知我之为石，石之为我了。心灵超然拥抱世界，与天地造化同流，即造化心源，天人合一之道也。

《素园石谱》序云："此老颠书纵横千古，或从此中悟入。"米颠拜石，须把抽象思维赋于形，"瘦皱漏透"便成了他精心结撰之赋形赏石精辟之论也。看透拳石，可看透人生，亦可看透世界。"世事洞明皆学问，人情练达即文章"。故尔，"瘦皱漏透"这四个字，就是米芾相石经。

得一奇石，喜不自禁，八十岁画翁记于山海之居匏尊轩

犀峰蒲石记

　　喜得蒲石一峰，黝绿古意，疑为人祖女娲炼石补天所遗之石，原浸于灵江山溪泉涧中，沐天地雨露，历万千岁月，吾友有缘觅得，赐我作文房清供。拳拳一峰石，似犀牛，古韵壮伟，蕴乾坤清气，发山水烟云，名之犀峰，盖形似也，乃毓秀钟灵之蒲石也。石隙中生一丛九节菖蒲，如虎须，绿意盎然，养于饱尊轩中。蒲石苍然间，静寂之气，幽逸之韵，油然而生。九节菖蒲，澹泊清宁，宛若君子，只需清水，即可生生不息，心无赘物，自在逍遥，烟云雨意，携山带水，养墨养心，置为斋中长物，澄怀观化，清润艺心。此石稳如须弥石，可作长年供养，是为记。

己亥春七十八岁海上画翁饱尊轩布衣谦者

后　记

六十年前，年少的我在杭州浙江美术学院读书学画之时，多次聆听潘天寿院长和诸位老师的教导："学习中国画，不求'三绝'，而要'四全'，诗书画印，要全面修养，全面发展。"遵循潘公和老师之教，六十年来孜孜以求，不敢稍有松懈。虽努力修为，由于天资愚钝，岁至耄耋，不成大器。尤其学习诗词创作，着实很难。诚如毛公润之先生所言："诗难，不易写，经历者如鱼饮水，冷暖自知，不足为外人道。"

古典诗词是专门学问，非专学无以入门。必须治学严谨，认真学习和研究诗词格律，方能进入门庭。我在四十年前，私淑北大教授王力先生学习《诗词格律》，打下基础，使我渐渐地进入诗门。

七十岁前，以写旧体诗为主。凭借电影导演职业生涯，艺海游踪，饱览神州山河，开阔襟怀。多少年来，抒情写意，寄情于斯。吟得诗二百六十余首和少量诗余，十二年前辑成《谦斋诗词集》付梓。

中国美术学院郑朝教授，是我的文学老师和班主任。晚年在天目山避暑时，我俩有四年长夏相聚在一起，经常回忆学校旧事、谈艺论画。郑朝老师读到这册诗集时，非常感慨，赠我《天目山晤以谦读其诗画有感》一诗："八十老儒七十生，艺窗旧梦浮玉前。品赏丹青三五卷，吟哦韵句两百篇。苍健郁勃亦超逸，隽语真情悟机禅。教我潘公诗书画，门墙几人可比肩。"老师的厚爱和赏识，使我愧莫能当。

　　古稀之后，研学重点转入词学。填词，语言可文可白，题材可大可小。大千世界，家国情怀，山水花鸟，人间琐事，均可入词。一段乡愁，一丝感触，一撮悲喜，一星念想，都能借调而寄情。词有记叙、抒情、议论的功能。具有词牌形式美、格律声韵美、修辞语言美，恰如有格律声韵的迷你型散文，使我陶醉其中。

　　人到暮年，要应对繁多的词牌及其格律，是极具挑战的。但是，词又是田园诗，以写实抒情为主，借景寄情，虚实相生，渲染烘托，近于书画之道。故此，虽已暮年，我依然兴趣勃发。依《词谱》《词律》等基本典籍，比较和研究了众多的经典作品，选取了一百余词牌格律声韵。借神州大地、家乡山海、湫水石城为背景；以乡情乡愁、淡泊生涯、笔墨追求为主题，寄情写意，进行创作。运用自吟、隐括、集句等创作方法，依调填词，得词一百六十余阕。依《词林正韵》《晚翠轩词韵》用韵，合乎词学传统。八年间得词一百六十多阕，二〇二〇年，《鲍尊轩词集》出版，依旧采用直排线装函套成书。

　　清末词人王国维的《人间词话》极力推崇词的"境界"之论，他说："言气质、言格律、言神韵，不如言境界。"可见他对于境界之说重视的程度，对我的词创作，产生了很大影响。诗

后　记

情画意，是我在书画创作中追求的品质。中国画的"意境"论，即近乎他的"境界"之论。

词是合乐的歌词。宋词后来逐渐脱离了曲子，完全独立，成为一种文学样式和诗体。时至今日，还有千余种词牌调式流传保存下来，成为珍贵的民族文化遗产。

近现代西学东渐，现代白话诗大行其道。而古典诗词创作日渐式微。

四十年来，正值改革开放新时代，随着国家的昌盛，古典诗词创作也如沐春风，出现了近代以来从未有过的繁荣景象，大有复兴态势。今天是"实现中华民族伟大复兴，同圆中国梦"的伟大时代，复兴和传承优秀民族文化遗产，是重要的组成部分。从古至今，我们的祖国，是诗的国度。欣逢盛世，我虽人至耄耋，仍向往诗意人生。依调生韵，依曲赋句，抒情写意，文心不改。活到老，学到老。

二〇二四年甲辰春，我的诗词手稿已经积累至二十四卷，有词作二百四十多阕，古典旧体诗三百六十多首。这六百余首诗词作品，很大一部分是抒发对故乡山海深深的眷恋，也有许多题画的诗词，纪吟我长达六十年的艺海游踪。为了这批诗词手稿有一个好的归宿，在我的夫人赵佩君女史和孙子章轩堂的支持下，决定捐赠给故乡台州市档案馆。台州市档案馆编辑出版《山海踏歌：鲍尊轩诗词文赋作品集》一书，就是为诗词手稿捐赠编纂的刊本，为这次捐赠活动平添了翰墨清气。我衷心感谢台州市档案局郑志敏先生和他的同仁的支持。感恩我的忘年好友、作家、书法家张林忠先生辛勤汇集并编纂全书文稿的努力。

谨以此书献给家乡的亲人和朋友。献给生我养我给我无尽精神和灵感支持的故乡山海。献给同为台州山海讴歌的艺术同道者们。献给亲爱的读者。

二〇二四年五月于三门湾畔

橘树园鲍尊轩八十三岁谦者